黒田如水

吉川英治

角川文庫
18063

目次

蜂の巣

一

太鼓櫓《たいこやぐら》の棟木《むなぎ》の陰へ、すいすいと吸いこまれるように、蜂《はち》がかくれてゆく、またぶーんと飛び出してゆくのもある。

ここの太鼓もずいぶん久しい年代を経《へ》ているらしい。鋲《びょう》の一粒一粒が赤く錆《さ》びているのでもわかる。四方の太柱《ふとばしら》でさえ*風化《ふうか》して、老人の筋骨のように、あらあらと木目のすじが露出《ろしゅつ》している。要するに、この*御着《ごちゃく》の城と同時に建った物であることは疑いもない。

「……あ、蜂の巣か」

官兵衛《かんべえ》は眼をさました。とたんに自分の襟《えり》くびをつよくたたいて、廂《ひさし》の裏を赤い眼で見あげた。

ゆうべから彼は寝ていない。一睡《すい》のひまを偸《ぬす》むこともできなかったのである。そこでさっきから独りここへ逃避《とうひ》して、柱の下に背を凭《もた》せかけたまま、よいこころもちで居眠っていたのであった。

本丸の方からは見えないし、夏の陽《ひ》ざしもぐあいよく四囲の青葉が遮《さえぎ》ってくれている。それに城内でもここの位置は最も高いので、中国山脈の脊梁《せきりょう》から吹いてくるそよ風が鬢《びん》の毛《け》や、懐《ふところ》を弄《なぶ》って、一刻の午睡《ひるね》をむさぼるには寔《まこと》に絶好な場所だった。

「これはいかん、だいぶ食われた。……蜂までがおれを寝かさんな」

官兵衛はひとり苦笑して、襟くびや瞼《まぶた》をしきりに手でこすっていた。

為に、眠った間はほんのわずかであったが、それでも、大きな欠伸《あくび》を一つ放つと共に、夜来の疲れは頭から一洗《いっせん》されていた。そしてまた今夜も寝ずに頑張らなければならないと、ひそかに考えていた。

しかし彼は容易にそこから起《た》たなかった。袴《はかま》の膝《ひざ》を抱いたまま、柱に凭《よ》って、ぽかんと屋根裏を仰いでいた。蜂の巣を中心に、蜂の世界にも戦争が行われているらしいのである。偵察蜂《ていさつばち》が出て行ったり、突撃蜂を撃退したりしている。官兵衛は見飽《みあ》かない顔をしていた。けれど頭のなかではまったくべつなことを思案していたかも知れなかった。

するとやがて二人の家中《かちゅう》が上がって来た。侍《さむらい》小頭《こがしら》の室木《むろき》斎八と物頭の今津《いまづ》源太夫のふたりだった。官兵衛のすがたをここに見出《みいだ》すと、ふたりとも意外な容子《ようす》を声にまであらわして告げた。

「や、ご家老には、こんな所へ来ておいで遊ばしたか。いやもう、彼方ではたいへんな騒ぎです。きっとご立腹の余り姫路へ帰ってしまったにちがいないという者もあるし、いやいや、殿に無断で立退《たちの》くほど非常識なお人ではない、まだどこかにいるだろう、などと諸所を探しまわるやら、城外まで人を見に出すやらで……」

「ははは。そうか。そんなに探しておったか」

まるで人事《ひとごと》のような官兵衛の顔つきだった。そんな問題よりは、蜂に食われた瞼のほうが重大らしく、眉《まゆ》と眼のあいだを、しきりと指の腹で掻《か》いていた。

二

全国、どこの城にも、かならず評定《ひょうじょう》の間《ま》というものはある。けれどもその評定の間から真の大策《たいさく》らしい大策が生れた例は甚だ少ないようだ。多くは形式にながれ、多くは理論にあそび、さもなければ心にもない議決におよそ雷同《らいどう》して、まずこの辺という頃合いを取って散会を告げる。

三人寄れば文殊《もんじゅ》の智《ち》というが、それは少なくとも一と一とが寄った場合のことで、零と零との会合は百人集まっても零に過ぎない。時代の行くての見えない眼ばかりがたとえ千人寄ってみたところで次の時代を見とおすことは出来ないが、評議となって列座すれば、誰ひとりとして、

（それがしは、めくらである）

と、いう顔はしていない。

そのくせ信念もなければ格別の達見《たっけん》も持ってはいないので、ただ自己をつくろうに詭《き》弁《べん》と口舌《こうぜつ》の才を以《もっ》てすることになる。従って、評議は物々しくばかりなって、徒《いたず》らに纏《もつ》れ、徒らに横道に入り、また徒らに末梢的《まっしょうてき》にのみ走って、結局、何回評議をかさねても、衆から一の真も生れず、そしていつまでも埒《らち》はあかないという所に陥《お》ちてしまうのだった。

「もう止めい。前夜からの評議というに、そちたちの旨を一わたり訊《き》いてみれば、つづまるところ昨夜の初めのことばから一歩も進んではおらない。……それよりはもう一度、この席へ官兵衛を招いて、篤《とく》と彼の意見を質《ただ》してみてはどうか。かりそめにもわが御着《ごちゃく》城《じょう》の興亡にかかわる大事ぞ。たとえ官兵衛に快《こころよ》からぬ者どもも、日ごろの私心《ししん》や不和などは一切打ち捨てて談合もし結束もしてくれねば困る」

城主の小寺政職《おでらまさもと》は、並居る一同の上から、ついに長嘆ともいえる語気を以て、こう一《ひと》先《ま》ずいいわたしたところであった。

それで一応は、日和見的《ひよりみてき》な消極論も末梢的意見も、我意と我意の角突《つのつ》きあいも、鳴りをひそめたかに見えたが、また突如として、

「いや、その官兵衛殿ならば、今も今とて、どこへ参ったか、姿を探しにやっているところでござる。ほかならぬご評議の席を、ご家老たるものが、ひそかに座を外《はず》してしまうなどとは、実に言語道断。あの仁《じん》には、お家の浮沈を憂うるとか、殿の将来を案じるとか、そんな忠義のかけらも心にはないとみえる。ただ大法螺《おおぼら》を吹くだけが能事のおひ

とらしいて」

　重役のひとりたる陶義近《すえよしちか》が罵《ののし》ると、その列の上座にいた老臣の蔵光正利《まさとし》、村井河内《かわち》、益田孫右衛門なども口をそろえていい出した。

「元来、口さき巧者だが、実のうすいさむらいじゃ。不作法もしかたがない」

「日ごろの不作法はゆるされるが、いったいこのご評議を何だと心得ているのだろうか」

「さればよ、官兵衛どのに、その忠義などを、求めるのが無理であろうよ。われわれ譜《ふ》代《だい》の臣とはちがい、つい父の代からご当家に縁故をむすんだご被官《ひかん》に過ぎぬ」

「そういわれれば、元々、目薬屋の倅《せがれ》どの。ついわれらどもが、ご家老として、重んじるのがかえって、ご本人には、辛《つら》いのかも知れませんな」

　主人をおいて、聞えよがしの私語である。多少、官兵衛に好意をもち、また彼の説を支持している末席の若い武士たちには不愉快なことだった。

　で、耐えかねたか、その辺の席から一名の若い声が、

「宿老方のおことばを遮《さえぎ》って恐れ入りますが、殿の仰せでもあります。ともかく官兵衛どのが見えるのを待って、もう一応、あのお方のご意見をよく問い質《ただ》し、そのうえで如《い》何《か》ようとも、是非を仰せあるもよし、反駁《はんばく》なさるのも結構だと思いますが、ここは私《わたくし》ならぬ場所です、余りな陰口などはお慎《つつし》みあるべきではございますまいか」

　と、自分の身分に顧慮《こりょ》しながらも勇気をふるって窘《たしな》めた者がある。

城主の小寺政職《まさもと》は、

(そうだ、よくいうてくれた)

と感謝しないばかりな眼をして末席の方を見ていた。彼はそれほど自分を主君として重く臨めない人だった。決して暗君ではないし、地方の豪族の主人として教養もあるほうだったが、この世代に一族郎党を統率《とうそつ》してゆくには、多分に欠けているものがあった。大きく今の時流とその作用する分解や再建を観てゆく活眼であった。またその動揺のなかに処して迷わない信念とであった。彼にはそれがない。

もっとも、この播州《ばんしゅう》にいて、僻地《へきち》の数郡を領すに過ぎない地方の一城主に、そんな達見を望むのは無理だともいえるのである。いま、天正三年という今日のうごきは、余りにも烈しく、また余りにも大き過ぎた。

岸なく泳ぐ者

一

どうかなる。そのうちには、どうかなってゆくだろう。

政職《まさもと》が時勢に恃《たの》んでいたのは、実にそれだけだった。けれど、どうにもならない日がついに来た。

ゆうべからまだ解決を見ない苦悩と困憊《こんぱい》のいろを、古池の腐水《ふすい》のように湛《たた》えたままでいるこの評定の間の人々にも、もちろん一半の責任はある事だった。いや主家の滅亡は自分たちの滅亡でもある。もう明日《あした》を恃んではいられない難関が個々一身の上にも蔽《おお》いかかって来たことはあらそえない。

問題は、

「この際、小寺家の向背《こうはい》をいかに決めるか」

であった。

二分して観《み》れば、

「この先も飽《あ》くまで毛利家《もうりけ》に組してゆくか。それとも織田信長の新しい勢力と結ぶがよいか」

の両論にわかれる。

そのほかにまだ、この期《ご》になっても、

「いずれとも態度を明らかにしないで、毛利家には旧来のごとく異心《いしん》のない体《てい》を示し、もし織田勢が攻め入って来たらその時はまたそれに応じた策をとればよい」

などという依然たる旧態《きゅうたい》の保守一点張りな老臣組もあったが、いかに時流にうとい政《まさ》職《もと》の眼から観《み》てもそんな小策や糊塗《こと》では、もう到底、毛利家とて釈然《しゃくぜん》たらざることは余りにも明確であった。

なぜならば、すでに一昨日から、その毛利輝元《もうりてるもと》の使者が、城下の一寺院に宿泊して、

「諾《だく》か。否か」

の返答を待ちうけている。諾ならば、あらためて芸州《げいしゅう》吉田城へ質子《ひとじち》を入れられよ、拒絶とあればそれもよし、二度と使者としてはこの播州《ばんしゅう》へ来ないであろうと、充分な威嚇《いかく》を口上《こうじょう》にもふくんで、輝元の書簡をも、同時に小寺政職の手へ呈してあった。

愕然《がくぜん》、色を失った政職は、いまはじまった問題のように、夜来、遽《にわか》に一族や主なる家臣をあつめて、

「どうしたらよいか？」

を人々に問うたのであった。諮問《しもん》をうけた面々もまた、軒《のき》に火がついたような困惑《こんわく》を顔色に燃やしながら、

「もし信長が中国へ軍を向けて来たら、まっ先に踏み潰《つぶ》されるのはこの辺の第一線である。しかも今川、武田をすら打ち破り、京都の幕府勢力まで駆逐《くちく》した彼。決して侮《あなど》ることはできない」

という者もあり、また、あたまから否定して、

「たとえ、織田の軍勢が、どれほど来ようと、毛利の勢力は、安芸周防《あきすおう》をはじめ、山陰山陽の十二ヵ国に亙《わた》っている。瀬戸内《せとうち》には、村上、来島《くるしま》一族の水軍も味方にひかえ、大坂の本願寺衆とはかたく結び、摂津《せっつ》そのほか所在の内応も少なくない。なんで元就《もとなり》公以

来の固い地盤《じばん》が揺《ゆる》ぎでもするものか。――まして当城は旧来から毛利家の被官《ひかん》としてこの地方を領して来たお家柄でもある。なに迷うことがあろう。どんな質子でも誓紙《せいし》でも入れて、その代りに、ご助勢を仰げばよい」

これは明らかに、四囲の情勢を無視して、ただ毛利家の強大のみを頼りにする者の言葉だった。

この場合の危急が、その程度で切り抜けてゆかれるものなら政職とて元よりそうすることに異議はあるまい。けれど実際の情勢は決してそんな生《なま》やさしいものでも簡単なものでもなかった。それとその説を主張する一部の言は、余りにも、信長の勃興《ぼっこう》勢力というものを過小に観《み》ているきらいがある。

その証拠には織田軍の西下を、「かりに」とか、「たとえ来ても」とかいっているが、織田対毛利の衝突は、いまや必然的であり、しかもそれは、明日に迫っている空気なのだ。決して、

「もしや」といえるような生ぬるい情勢ではない。

二

ことし天正三年のつい先月、五月の初めには、信長は岐阜《ぎふ》を出て、徳川家康とともに、甲山の精鋭*武田勝頼《かつより》の大軍を長篠《ながしの》に破って、もう岐阜へ凱旋《がいせん》していた。

彼の兵馬は、一定の方向を持たない旋風《せんぷう》のようなものだ。きのう北越《ほくえつ》に上杉勢と相搏《あいう》っていたかと思えば、たちまち伊勢《いせ》の一揆《いっき》を討ち、また返って、江州《ごうしゅう》の浅井を屠《ほふ》り、転じて朝倉を亡ぼし、更に叡山《えいざん》へ火の手をかけているという疾風迅雷《しっぷうじんらい》ぶりである。そして抜本的に、中央の癌足利《がんあしかが》初世以来の幕府勢力まで悉《ことごと》く京都から追い払ってしまった彼である。

「――岐阜は遠い」

などと考えていたら大間違いの因《もと》である。

枝葉と闘わず根を抜き去る。――これも信長の戦いに見られる手口のひとつだ。過《あやま》って数年来、彼は火元の炎に水をかけず、炎の影の映《うつ》る所へばかり兵を向けてあわや奔命《ほんめい》に疲れかけようとしていた。

伊勢、江州、北陸、諸国に蜂起《ほうき》しては彼を苦しめた宗門《しゅうもん》の一揆《いっき》はたしかにそれだった。彼に亡ぼされた今川、斎藤、朝倉、佐々木、六角、浅井の諸家の残党や、亡命将軍の義昭《よしあき》をあやつる各地の反抗も、それと同じ性質のものだといえないことはない。

では、こうした炎の片影《へんえい》でなく、真に燃える力をもつ反信長の火元はいったいどこにあるか。聡明《そうめい》な彼は、すでにその所在を今日では知っている。

莫大《ばくだい》な信徒と富力と、しかも兵力さえ持っている大坂石山《いしやま》の本願寺か。

いや、その本願寺にしても、それだけの伽藍《がらん》勢力だけでは、こう何年も信長と対立し信長の統業を根底から邪《さまた》げるものとはなり得ない。一応は本願寺衆の不屈な反抗も認め

られるが、その背後にあって、陸路からまた海上から、彼らの物心両面に逞《たくま》しい補給を与えているものこそ、実に信長が、

（いつかは、かならず）と、心のなかで睨《にら》んでいるものにちがいなかった。それは山陰山陽十二ヵ国の富強を擁《よう》している毛利一族なることはいうまでもない。

表面、織田と毛利とは、まだ交戦状態に入っていないが、暗々裡《あんあんり》の戦闘は、すでに何年も前から行われているといっても過言でない。摂津《せっつ》から山陽方面にかけての豪族たちの抱き込み、物資の争奪、密偵の往来、また旅人を用いての流言戦だの、血をながす以外のあらゆる部面では、もうまったく戦っているのだ。もちろん相互《そうご》の国交はとうに断絶しており、関所の要害は海路まで厳密を極めている。

とりわけ両勢力の中間にある群小国家ともみなせる多くの小城の持主や地方豪族の切りくずしには、序戦のまえの予備戦としてあらゆる手段が尽されているらしいのである。たとえその中に巻込まれている一豪族でも、すぐ隣村の豪族は毛利加担《かたん》か織田の味方か、またわずか河一つ隔《へだ》てた小城の性格でも、いったいその何《いず》れに組みそうとしている肚《はら》なのか、ほとんど、表面的なうごきだけでは真《まこと》を卜《ぼく》することは出来ないような情勢にある。

たとえば、これは大藩だが、この播州御着《ごちゃく》からはすぐ隣り国の浮田《うきた》家にしてからが、いまのところでは、毛利方と観《み》られているが果たして不変なものかどうか、密偵の情報などに依《よ》ると、甚だ疑わしいものが感じられるのだった。

そこで、こう見廻《みまわ》せば見廻すほど、この地方の城主たちは、まったく帰するところに

迷っているというのが、まず誤りない実状だったのである。ひとりこの御着城と小寺政《まさ》職《もと》だけのうろたえではなかった。

三

――だから私が、夙《はや》くからいわないことではないでしょう。どうです。

ことしまだ三十歳になったばかりの若い家老職、黒田官兵衛（当時まだ主家の姓をうけて小寺氏を称するも紛《まぎ》らわしきためここにはその本姓を用う）――彼だけはゆうべからこの席にいても至って超然《ちょうぜん》たる風を示していた。

政職から名ざしで、

「官兵衛の意見は」

と問われても、

「つねに申し上げている以外、何も事あらためていう意見もございません」

としか答えなかった。

そして、にやにや笑って誰彼のことばを、黙って聞いている。また、ひょいと鋭い眼を向けて、唾《つば》をとばしていう者の顔を見つめる。

「これでは埒《らち》があかんでしょう」

明け方ごろ、主人の政職《まさもと》へ、就寝《しゅうしん》をすすめたが、老臣の蔵光正利《まさとし》が眼にかどたてて、

「まだご評議の一決も見ぬうちにお寝《やす》みあれとは何事だ。それでも其許《そこもと》は輔佐《ほさ》の任をしていると思うておるのか」

と、手きびしく決めつけられ、官兵衛は素直に、はいといって俯向《うつむ》いてしまった。

そのうちにいつの間にか、姿が見えなくなったのである。もっとも交代《こうたい》で朝食へ退《さ》がってはまた席に回《かえ》っていたので、彼もそれで立ったものと思われていたが、陽《ひ》が高くなっても、午《ひる》ちかくなっても、戻って来ないので、大いに彼の進退を疑う者が出て来たわけである。けれど政職だけは、さすがに若い彼を家老に抜擢《ばってき》したほどだけの知己《ちき》である。ほかの家来が疑っているような事は毛頭考えてもいないふうだった。

「やあ、ご一同。やっとご家老のおすがたが見当りました」

そのとき末席の板縁まで、侍小頭の室木斎八と物頭の今津源太夫のふたりが戻って来て、座中の人々へこう明るく報告した。

けれどその声の方へ眸《ひとみ》をあつめた老臣以下すべてといってよい一同の顔つきは、決してそんな気軽なものではなかった。幾人かの白い眉《まゆ》のうごきは強いてその眉に皺《しわ》をよせて、

「なに、おられたと。いったい今まで、どこにおられたのか」

と敢《あえ》て難《むずか》しく事を取り上げた。

斎八と源太夫は、顔見あわせて、やや口を濁《にご》しかけたが、ぜひないように、

「太鼓櫓《たいこやぐら》のうえにおられました」

と、つつみなく答えた。

老臣はたたみかけて、

「なんじゃ、太鼓櫓にいたと、それは誰と？」

「おひとりで」

「して。何のために」

「お眠りになる為らしく思われました」

「あきれた。いやはや言語にたえたことだ。そして、官兵衛どのは、どうした。もうこれへは来られないとでもいっているか」

「いえ。居眠っている間に、蜂に瞼《まぶた》を刺されたそうで、ただ今、顔を洗って膏薬《こうやく》なりと貼ってからまたお席へ出ると申しておられました」

「…………」

あきれたとも、怪《け》しからんとも、もういう者さえいなかった。

沐《もく》浴《よく》

一

湯殿口のわきに、筧《かけひ》の水がとうとうと溢《あふ》れている。鵲《かささぎ》のように行儀わるく辺りへ水を跳ね散らしながら、そこでごしごしと顔を洗っている者が官兵衛であった。

「——手拭《てぬぐい》。手拭」

頤《あご》の先から雫《しずく》をこぼし、後ろを向いてこう喚《わめ》くと、いま用の済んだ剃刀《かみそり》を盆にのせて、脱衣部屋の隅棚へ立って行った小坊主が、あわてて駆け戻って来て彼の前に手拭を捧《ささ》げた。

そこへ最前の室木斎八が橋廊下の彼方《かなた》にまた姿を見せて、

「ご家老。おはやくお臨み下さい。ご評議の席は、いつまで埒《らち》もなく、ただ誹《そし》り口《ぐち》や争論ばかりで収拾《しゅうしゅう》もつきません。殿にも、唯《ただ》ひたすら、あなた様だけをお力としておられるらしく、しきりとお待ちかねでございます」

「いま参る。いま参る」

官兵衛は板敷に坐《すわ》って、小坊主と対《むか》い合い、ひどく腫《は》れ上がって来た左の瞼へ、膏薬《こうやく》を貼《は》らせていた。さっき太鼓櫓で蜂に刺された痕《あと》である。

「よし、よし」と小坊主をねぎらい、やおら起《た》ち上がって橋廊下を渡って行った。そして縁づたいに幾巡《いくめぐ》りしてようやく評定の間へもどって来た。

陽に遠いので、夏の日も涼しくはあるが、洞然として中は薄暗い。夜来《やらい》の惰気《だき》と昏迷《こんめい》を、むうっとするばかり澱《よど》ませている。そしていま議論も尽き果て、さっきから官兵衛の誹謗《ひぼう》ばかり並べていた老臣以下の面々は、とたんに黙りこんで、敢《あえ》て眸《ひとみ》もうごかさず、官兵衛が着席する様子をも強《し》いてみな無視していた。

二

主君の座にむかって、官兵衛は一礼した。それから瞼の腫《はれ》へ掌をあてながら、しきりにそこの熱を気にしているふうだった。

向う側の老臣席の者をはじめ、人々は眼をそろえて、ややしばし官兵衛の一身へ、意地わるげな沈黙を向けていたが、官兵衛もまた洒然《*しゃぜん》と黙りこくっているので、ついに主人小寺政職《まさもと》の一族小川三河守までが、肚にすえかねたような面色をもっていい出した。

「官兵衛どの。大事なご評議を措《お》いて、長いこと、どこへ中座しておられたか」

「や。てまえのことですか」

「ほかにそんな不嗜《ぶたしな》みの侍はこの席におらぬ」

「休息には参ったが、不嗜みではないつもりですが」

「太鼓櫓へ上がって、悠々昼寝してござったは、誰じゃ」

「頭のつかれを一洗《いっせん》するには、眠るにかぎると承知いたす。君前で居眠りも相成らねば、ほんの寸刻、心身をやすめていました。それもお家の為と信じて」

「ご家老」

こんどは蔵光正利《まさとし》が、老人ながら鋭いことばつきで、横あいから叱責《しっせき》を助けた。

「やあ、ご老台……」と官兵衛はその方へすこし膝《ひざ》を向けかえて、

「何事でおざるかの」

と、むしろ昂然《こうぜん》たるふうすら示した。

正利の面は、その白い眉毛が、急に際立《きわだ》つほど、朱《しゅ》になった。

「おぬし、まだ若いので、日ごろはわしも黙っておった。三十歳そこそこでご家老の職をけがしては、思い上がるも無理はないとな。……したがじゃ。きょうはほかの場合でない。お家の浮沈はこの席で、東するか西するか、評議一つで定まるのじゃぞ」

「仰せの通りです」

「にも関《かか》わらず、なんじゃ……」と、蔵光正利は、わななく指を、官兵衛の面へ指して、膝をも共ににじり出しながら、

「その顔は……その顔は、なんじゃ」

「この顔が？　いけませんかな」

「おぬし、いつ髯《ひげ》を剃《そ》った」

「ただ今。お湯殿において」

「明け方、殿のご仁慈で、つかれた者は一睡せよと、ありがたい仰せがあったこと故、休息の事は、まあ不問にいたしおくも、髯を剃ったり、顔を洗ったり、洒落《しゃれ》のめして出てござるとは、いったいどういうご量見か。——余りといえば人もなげな！」

「いや、顔ばかりではありません。含嗽《うがい》もいたし、手足《てあし》も浄《きよ》めて来た次第ですが」

「なんじゃと」

「沐浴《もくよく》ということをごぞんじないか。謹んで沐浴して来たのが悪いとは合点がまいらぬ」

「詭《き》弁《べん》を弄《ろう》すな」

こんどは次席の村井河内、益田孫右衛門、江田善兵衛などが、舌鋒《ぜっぽう》をそろえて斬ってかかるように唾《つば》をとばした。

「沐浴とは何だ。何のために沐浴する必要がある。ば、ばかなっ」

それを機《しお》に——ここの一列も以下の諸士も、主人の政職《まさもと》の方へ一せいに手をつかえて、

「かかる心もとない若輩のご家老に、この際の大事をお問い遊ばしても無益というよりは甚だしい危険であると存じまする。何とぞもうお迷いなく、お心を決して、旧来の如く、毛利家にご加担あることこそ、お家の安泰《あんたい》と申すもの。即刻、城下の使館へ、お使いを以《もっ》て、その儀、ご返答あそばすように。——臣ら一同、かくの如くおねがいし奉ります る」

と、異口《いく》同音に述べた。

西せんか。東せんか。のべつ迷っているような政職の顔いろは、このときまた、衆言にとらわれて、では——と危うく意志をうごかしかけた。それを、

「いや、いかん。断じて、それがしは反対する。毛利方に組することは、自ら滅亡を招

くにひとしい。また武門の大義にもとる！」

と官兵衛が、突然、天井《てんじょう》を抜くような大声でいったので、

「なにを」

と、たちまち評定の席は、主人の前をも忘れて、殺気と喧騒《けんそう》に墜《お》ち入った。一部の主家の親族や老臣たちを擁《よう》してもっぱら毛利方に好意を寄せている侍たちの中から五、六名がやにわに突っ立って、

「ご家老とて、もう生かしてはおけん」

と、刀に訴えてもという威嚇《いかく》を示して来たからである。

三

「お坐りなさい」

そういったのみで、官兵衛は座もうごかなかった。重厚な眉毛《まゆげ》にやや怒ったらしい色をたたえて、自分へ跳びかかって来ようとする人々を窘《たしな》めたに過ぎなかった。

「ひかえろ、坐らぬか」

小寺政職《おでらまさもと》もつよく叱った。で、憤然《ふんぜん》たるまま、末席の五、六名が唇をかんで、座に直ったのを見とどけると、官兵衛は初めて胸を正した。語気声色、常と変らない彼に回《かえ》っていった。

「――実は、それがしの信念は、かくならぬ日頃のうちに、ご主君のお胸へ、篤《とく》と、おつたえいたしてある。故に、ご評議となっても、事改めて、ご主君へは申し上げることもない。ただ家中一統の者どもが、毛利に味方せん、いや織田と結ばんなど、二派に別れては、由々《ゆゆ》しい破滅と、各〻《おのおの》の一致を求めらるる旨において、昨夜からのご評議はひらかれておるものとそれがしは信じる。さるを各〻には」

「だまれっ。それがおぬしの陰謀だ。わしらお家を憂《うれ》うる者どもは、その陰謀に毒されまじと、おぬしの織田説には敢て、雷同いたさんのじゃ」

「しばらく、私にいわせてください」と、こんどは慇懃《いんぎん》に、老臣の言をなだめて――「すでに殿には、神明にお誓いあって、小寺家の向背《こうはい》は、汝の信念にまかせんとそれがしに対しても、ご誓約《せいやく》を下しおかれてあるのですぞ」

「……？」

意外な、といわぬばかりな愕《おどろ》きを人々は眼にこめて、主人政職《まさもと》の方を見た。嘘かほんとか、政職は否定しなかった。官兵衛もまた政職の面にちらと眼を向けた。その眼はまるで彼を睨《にら》まえているようだった。

「時の危局を未然に察し、事にあたってうろたえなきよう、日ごろにおいて、主君に忠言を呈し、誤りあれば、面を冒しても諫言《かんげん》をすすめ参らすは、臣の勤めであり、わけて家老の職分と存ずる。何らやましき心はない。また陰謀をたくらむならば、かかる席で公言はいたさん。小川殿、蔵光殿、ほかの方々も、その辺はご安心あってお聞きねがわしい」

「聞けとは何をか」

「それがしの信条《しんじょう》を」

「おぬしの説は、織田一点張りと知れきっておるではないか。ゆうべも聞いた、今朝がたも聞いた。あまりくどく仰せあると、織田のまわし者のように思われますぞ」

「一身の誹謗《ひぼう》のごときは官兵衛すこしも意にかけません。また、たとえこの場で殺されようとも、日ごろの信念は決して変えもしませぬ。いかにも昨夜また今朝、一度ならず*抱懐《ほうかい》の一端は申しのべたが、それがしの申すたびに、あなた方が反対召さる。座中ごうごう、*紛論《ふんろん》をかもすのみで、何らの効もない。――そこで中座して息抜きをしたわけでござった。またこれへ臨むのに沐浴をいたして来たのは、みだりに口にすべきでない儀を、改めて、これを最後のそれがしの言として、申しあげようと存じたからである。就いては、聴かれる側の貴所方におかれても、そのように不要意なおすがたでは畏《おそ》れ多かろう。――おつかれの上でもあろうが、まず座を直し、襟を正して、しずかにお聞きとりねがいたい」

そういう官兵衛自身はもちろん非難される点もないように正座していた。主人の小寺政職には、何かすぐ胸にひびいたものがあるらしく、そう聞くとすぐ褥《しとね》をわきへ退けてこれも坐《すわ》り改めた。

主君たる人のその体《てい》を見ては、たとえ一族老臣であろうと、我意を張っていられなかった。各〻急いで膝を正し、また襟元をあらためた。播州の一隅から出ない地方城主の家中でも、久しいあいだの室町幕府の礼儀式典にやかましい風習だけはよく身に沁《し》みている。こうすがたを揃えて厳粛《げんしゅく》に回《かえ》れば、さすがにみな頼みがいある侍に見えた。

四

官兵衛はこのときここで何を説いたかといえば、もちろん年来の主張の織田支持を力説したのである。天下はやがて必ず織田軍の旗によって風靡《ふうび》される。たとえ毛利家がいかに強大でも、公方《くぼう》の残存勢力を擁する三好党《みよしとう》がどんなに抗戦してみても、織田信長のまえには、到底、焼かれる燎原《りょうげん》の草でしかないことを、その信念で繰返したにとどまる。

だが、それは前提であって、彼が改まってこの日いおうとしたのは、

——なぜ、そうあらねばならないかの問題だった。

「思うに、この騒暗《そうあん》の地上に、自然が信長を生れしめたのは、いわゆる天意ともいうものであって人意人工ではない。いまこの人がなければ、誰がこの抑《おさ》えてのない*衆愚《しゅうぐ》と衆暴の乱脈時代を——我意と我意の際限もない同胞同士の闘争を一応ひとつものにまとめてゆけようか。そのためにはまた誰がご衰微《すいび》を極めている皇室を以てこの国に適したすがたとして、衆民が和楽してゆけるような大策へ現状の乱れを向けてゆけるだろうか。これは信長以外になす者は見当らないではないか」

そしてまた、

「信長の兵馬は、信長を主君としているものにはちがいないが、その信長は、皇室と衆民のあいだの一武臣たる位置にあることを常にわすれてはいないようだ。そうした彼の思想は父信秀の代からのもので政略や付《つ》け焼刃《やきば》ではないようだ。彼の過去にてらしてみても、今川義元をうち、美濃の斎藤を略し、浅井朝倉また彼の敵でなく、はや今日ほどな勢威《せいい》を占《し》めうれば、ふつうの人間ならもうそろそろ思いあがるべき頃だ。が彼は、勝つたびにかならずその部下をひきいて京都に入り、まず宮門に乱《らん》の平定《へいてい》を報告した後、庶民には善を施し、社寺には供養《くよう》をすすめ、道路 橋梁《きょうりょう》の工事を見たり、荒れすたれた禁裡《きんり》の諸門をつくろうなど、さながら家の中心になってよく働く子が、上には親に仕え、下には弟妹のいじらしきものを慰めるような真情をつくして、それに依る四民共々のよろこびを以て自身のよろこびとしているような姿ではおざらぬか。およそ足利十数代のあいだ、また諸国の大名を見わたしても、かくの如き人がひとりでもいたろうか。毛利は強国といっても元就以来の家訓を守って、自己の領有を固守するものに過ぎず、その志は天下万民にない。三好《みよし》氏は紀伊《きい》、伊賀、阿波《あわ》、讃岐《さぬき》などに、公方《くぼう》の与力《よりき》と旧勢力をもっている点で無視できないが、これとて要するに悉《ことごと》く頭の古い過去の人々であるばかりで、世を紊《みだ》し民を塗炭《とたん》に苦しめた罪は、決して軽からぬものでおざろう。何よりはまた彼等はすべて民心の信望から見かぎられている」

と、ことばつよく断じ、

「こう観《み》てくれれば、信長以外に、ご当家のご運を賭《と》し、またわれら侍の一死を託す者は他にないことは余りにも明白でありましょう。われらの感じるところ、また衆民の共感するところで、信長出《い》でて初めて万民は曙光《しょこう》を知ったというも過言でありますまい。さきにいったような志をもって衆民の信頼をつよくつなぎ得ている者の理想が、この時代に行われないはずはありませぬ。まして天下いま他に恃《たの》む何ものとてない時代においてをやであります」

さしもの広い部屋も、この中の惰気《だき》も、また自我も争気も、しばらくは一掃されて、彼ひとりの声しかそこには聞えなかった。

道

一

その日の午過《ひるす》ぎである。まだ暑い盛り。

播州の一隅にすぎぬ田舎城といえ、年まだ三十という若い家老は、その健康と、赭《あか》ら顔に笑靨《えくぼ》を持って、ひとりこつこつと馬を姫路の方へ歩ませていた。

——振向いて、御着城《ごちゃく》を二度ほど見ていた。

「生きてここへ帰る日はないかもしれない」

と、官兵衛も多少の感傷を抱いていたものとみえる。

真心はついに人をして伏するほかなからしめた。彼の信念は徹《とお》った。日頃のねがいは届いたのである。

（小寺政職を主とする御着一城のともがらは、織田方に味方する。しかし策として当分は極力四隣へ秘密を保って行う）

ということに、夜来の評議は、とうとう一決を見て、落着いたのであった。

その結果、

（たれが織田家に使いするか）

となって、当然のように、黒田官兵衛こそと、主君からも家中からも挙げられて、彼がその任に当ることになった。

そう一致したからには、一日も寸時も早くと、彼はすぐ君前に暇を乞《こ》い、同座の人々とも袂別《べいべつ》して、あの席からすぐに立って、馬を姫路へ向けて来たものであった。

信長はいま岐阜城にいると聞く。その岐阜へ行くべく上方へ出るには、姫路を経るのは順路であるが、道のついでに、彼は生家の姫路城へ立ち寄って、母はもう世に亡《な》いひとだが、老父の宗円《そうえん》にもいとまを告げ、またまだうら若い妻と、ことし八歳になるわが子にも久しぶりにこの顔を見せて行きたいと思った。

「……そうそう、明石《あかし》へも立ち寄ろう。船でならば、あそこの浦から乗ってもよい」

道中の危険よりは、多くをそういう楽しみに頭をつかった。海路といえ陸路といえ、毛利家の兵力や三好党の密偵のいない所は寸土もないくらいだから、危険と思えば限りもなく危険だったが、分別者《ふんべつもの》のようでも、やはり官兵衛は三十になったばかりの男だった。この使命を持った身には、そんな事など顧《かえり》みていられぬほど大きな希望と、楽しみばかりが胸に醸《かも》されていた。

ふと、明石の浦の一庵《いちあん》をいま思い出したのは、そこに幼少のときから好きで好きでたまらないおじいさんが住んでいるからだった。名は明石《あかし》正風といって、彼とは血も濃い、母方の祖父にあたる人である。

もともと彼の母は、近衛家の縁すじの人の娘であった。その父たりし明石正風も、そうした縁故から、近衛家に出入りし、近衛家の父子に、歌道の相手をしていたが、世が騒がしくなってから、明石の海辺に一庵をむすび、別号を宗和《そうわ》、または隠月翁《いんげつおう》などと称して、漁師の子たちに、手習いを教え、自らは独り余生を名利《みょうり》の外に楽しんでいた。

二

官兵衛の為人《ひととなり》は小さい時から愛されたそのおじい様の薫育《くんいく》によるところが多かったのである。もう悪戯《いたずら》ざかりの少年時代にそのおじい様の思想が少年の心になりかけていた。

で、彼はまず、こんどの使命を、その祖父へ告げねばと思い、また自分の志と変りなき姫路城の父へも一言——と心がいそがれるのであった。

「おう。万吉どの。万吉どのよな」

誰か、彼を呼んだ。——久しぶりに幼名を呼ばれた彼は、駒をめぐらして、道の横を見まわした。

炎天の埃《ほこり》に白くよごれた老僧が、達者そうな足で近づいて来た。官兵衛はあわてて鞍《くら》を跳び降りて、

「これは、師のご坊。お久しぶりでございました」

と、両手を膝《ひざ》まで下げて挨拶《あいさつ》した。

姫路城下の浄土寺の住持*である。非常に和《なご》やかな人なので、円満坊円満坊と町の衆はみな称《よ》んでいる。

官兵衛は、このお坊さんにも、薫陶《くんとう》をうけた。父の宗円が、まだ城持ちともならず、浪人の生業《なりわい》に目薬など売りひさいだ貧窮《ひんきゅう》時代からそう後のことでもない。その頃からこの坊さんは単に読み書きばかりでなく、少年だましいの苗床《なえどこ》に、いろいろな訓育をさずけてくれた恩師である。

が、まるで友達みたいに円満坊は、

「万吉どの。どこへ行かっしゃる」

と、額の汗塩をこすって問う。

「実は、旅へですが」

と、官兵衛はあたりをちょっと見て、

「およろこび下さい。岐阜《ぎふ》へ出向くことになりました」

「岐阜へ。ふうむ……。主家《しゅか》のお使いか」

「さようです」

「めでたい。それはよかった。わかった、わかった」

「多言を申しませぬが、どうぞご推量を。いずれ無事帰国したらゆるりとお目にかかりましょう」

「道々。気をつけて行かれよ」

官兵衛は、師のことばへ、耳を向けただけで、御着《ごちゃく》の方をふり顧《かえ》っていた。彼に似気《にげ》なく、何かただならない顔色を現わしている。

円満坊もはっと気づいたらしい。彼とともに、同じ方へ眸《め》をやった。見れば、乾ききった白い道を、ふたりの武士が宙を飛んでこなたへ駆けて来るのである。股立《ももだち》取って、ひとりは手槍《てやり》を抱え、ひとりは手をあげて、何か此方《こなた》へ大声で呼びかけて来る。――官兵衛はじっとしたまま眸を離たず待っていた。

信念一路

一

それは*母里《もり》太兵衛と、栗山《くりやま》善助とよぶ、若い郎党《ろうとう》だった。

この二人は、小寺家の直臣ではない。いわば陪臣《ばいしん》にはなるが、官兵衛の父宗円が子飼《こがい》から養って来た者である。数年前、官兵衛がその英才を愛されて、小寺政職《まさもと》から強《た》って御着の家老職に望まれて行った際、子を思う宗円が、

(何ぞの場合にも、この二名さえ付いておれば)

と、多くの家人の中から選んで、特に付けてよこした者たちであった。

今、その太兵衛と善助が、ただならぬ血相《けっそう》をもって近づいて来るやいな、のめるように自分の足もとへひざまずいたのを見て、あまり物事に驚かない質《たち》の官兵衛も、

「どうしたっ？　何事が起ったのか」

と、思わず声を昂《たか》めずにはいられなかった。

ふたりは肩で喘《あえ》ぎながら、交《かわ》る交るに、次のような事件が官兵衛の出たすぐ後で起っ

たことを告げた。

「——ご評議がすんで、ご出立あそばしたすぐその後です。根づよく毛利方へ加担を主張していた輩は、卑怯《ひきょう》といおうか、不忠と申そうか、すでに君前で一決した評定を覆《くつがえ》して、ひそかにお城の奥へ手を廻《まわ》し、まだお小さい末姫さまを盗み出して、毛利家の使者へ手渡してしもうたのでござる。……しかも野盗のごとく、搦手《からめて》から城外へ、白昼、風の如く姫《ひい》さまを抱いて」

「ご一族の小川殿も知らぬはずはなく、奥曲輪《おくぐるわ》の女房たちにも、同腹の者がいたことは疑えませぬ。そのほか村井、蔵光、益田などの老臣衆も、悉《ことごと》く承知のうえで、主君のご息女を、質子《ひとじち》として毛利家の手へ託《たく》したものと思われまする」

「…………」

官兵衛は、茫然《ぼうぜん》としてしまった。反対派の面々にまんまと背負《せお》い投げを食わされたかたちとなった自己の忿懣《ふんまん》よりは、それ程までにしなければ、御着の城も個々の運命も支《ささ》えてゆけないと思いつめている老臣たちの頑固な旧観念と妄動《もうどう》を愍《あわ》れまずにいられなかったのである。

「……ううむ。そうか」と、さすが彼もそのあとでは唸《うめ》くような嘆声をもらして、

「末姫さまとあれば、まだお六歳のあの愛らしい姫さまだの。主君政職様には、それと知って、どんなにお愕《おどろ》きをしておられたか。……老臣衆をお叱りであったか、それともただ黙然としておわしたか」

「大殿のご容子までは、まだ窺《うかが》い上げておりませぬ。……何せい、それと報《し》らせてくれた者がありましたので、聞くやいな、われら両人にてすぐに毛利家の使者が滞留《たいりゅう》している城外の寺院へ駆けて行きましたので」

「よく気がついた。——して、姫さまのお身は」

「無念ながら取戻すことはできませんでした」

「さては、一合戦あったか」

「何の、それならば、一命を賭《と》してもおめおめ姫様の身を、彼等に渡す気づかいはございませんが、使者の一行はすでに早朝、ご城下を去って、あとには馬一匹もおらないのです」

「ははあ……さてはすでに、内々申し合わせおった筋書《すじがき》とみゆる。ああ、ぜひもないことだ」

この不測な出来事も彼の明晰《めいせき》なあたまは、すぐ一応の処理を見ていたものらしい。語尾はもう平常の明るさをもって、ふと後を振向き、さっきからそこに佇《たたず》んでいた円満坊へにこと笑いかけた。

「師のご坊。いまお聞きの通りな次第で、それがしの旅はいよいよ急を要して参りました。いずれまた、ゆるりとお目にかかりましょう。これでお別れを」

手綱《たづな》を寄せて、馬の平首を二つ三つかるく叩《たた》き、ひらりと鞍の上に移った。

二

彼は馬上からふたたび地上を見て、なおそこに手をつかえている二名の郎党へいった。

「太兵衛、善助」

「はいっ」

「留守をたのむぞ」

「はっ……」

「わが邸《やしき》などはどうなるもよい。留守とは、お城の内《うち》を守ることだ。——それがしの不在を幸いに、毛利家加担を企《たくら》む輩が、殿をめぐって、あらゆる策謀、甘言、強迫をもなすであろうが、そちたちは、ご城内にも三分の一はあろうと思わるる、この官兵衛と同意見の若者と結束して、彼等のうごきを、じっと、睨《にら》まえておれよ。それが其方たちに頼んでおく留守の役目だ」

「よく分りました。お帰国の日までは、われら石垣にしがみついても、御着《ごちゃく》のお城を毛利方へ傾けさすようなことはございませぬ」

「それだけだ、あとの憂いは。……が、其方たちの言を聞いて安心した。では行って来るぞ」

駒をめぐらして、進みかけると、円満坊はつとその鞍わきへ駆け寄って、

「——万吉どの。よいか、大事ないか」

　じっと、官兵衛の面を見上げた。

　官兵衛は、なぐさめるように、

「大丈夫です。お案じ下さいますな。もしこの官兵衛に、私心私欲があってすることなら、或《ある》いは、大きな冒険かもしれません。太守《たいしゅ》を始め、御着一城の衆が悉く、毛利方に傾けば、姫路にある私の妻子老父はすべて即座に殺されるに極《きま》っておりますから。……しかしです。官兵衛の心事はこの碧空《あおぞら》のごとく公明正大です。いささかの私利栄達も考えておりません。それがしの行動こそ主家を救う唯一の道なりと信じ、またこの信念こそ、中国の地を兵燹《へいせん》から助け、大きくは、主人のご心念をやすんじ奉るものと思うのほか、何ものもないことを、神明に誓って申しあげておきます」

「わしは信じておる。——けれど今のはなしの様子では、かんじんなご城主の決意のほどがどの程度か。何とのう、その辺が、心もとなく思わるるが」

「由来《ゆらい》、お人のよい殿様です。それがしがお側にあればよくそれがしの説を容《い》れられるが、また、それがしが少しでもお城を離れていると、たちまち邪説異論に耳をかし給い、毛利に組せんか、織田に頼らんかと、あれこれお迷いあそばすのがご欠点です。……思うに、末のお小さい姫君を、毛利家へ質子《ひとじち》として渡されたのも、殿ご自身、まったくご存じないことではないかもしれません。半分はそれにご同意を示し、半分はこの官兵衛の吉左右《きっそう》を心待ちにお待ちになるものと愚考《ぐこう》されまする。——故に、たとえ老臣衆や一族の誰彼が、いかに策謀《さくぼう》してみても、それがしが岐阜から立ち帰るまでは、決して、殿は旗幟《きし》を鮮明になさるような事はありますまい。で、まずこの官兵衛が電馳《でんち》して、岐阜から戻って来るまでは、かならずこれ以上、御着の城に変化はないものと思われまする」

「いや。よう仰せられた。……そこまで深く考えておざるものなら、*野衲《やのう》の取越し苦労などは、もう無用無用。お元気で行っておいでなされ」

「おさらばです。太兵衛、善助。わするな、いま申しおいた頼みを」

官兵衛のすがたは、見ているまに、彼方《かなた》の*畷《なわて》を、馬けむりにつつまれて行った。

丘の一族

一

姫路までは一里弱。奔馬《ほんば》の脚では一鞭《べん》の間であった。

ここは山陽と近畿《きんき》の咽喉《のど》にあたる要害の地であったが、当時はまだ後に姫路城と称されたあの壮大な景観は備えていなかったのである。御着《ごちゃく》の本城を防ぐための一支城であったに過ぎず、その壕塁《ごうるい》も曲輪《くるわ》造りも極めて簡単な構築で、樹木の多い丘の上に、十数年ほど前から黒田という一豪族が住居を建てて住んでいたというに過ぎない程度のものであった。

しかし、この丘の家に、いつのまにか隆々《りゅうりゅう》たる勢力と人望が集められたのは、何といっても、近年のことで、その要因は、官兵衛という総領《そうりょう》息子が、親まさりだったからといってさしつかえないようである。

とかく悪口をいいたがる世間の者は、

「――金の力もえらいものじゃ。目薬売りの浪人が、いつのまにやら地主になり、あのように大勢の召使やら馬を持つようになったことよ」

などと今になっても陰口をきく者もないではなかったが、決してそんな金力によるものでないことは、優秀な総領息子が、年を数えるごとに示して、まだ三十になったばかりの官兵衛だが、この姫路の小城も近郷に重からしめ、親の宗円《そうえん》の威徳をもいよいよ高からしめたこと寔《まこと》に一通りでないものがある。

いったい小寺の領内には、播州《ばんしゅう》の山々や僻地《へきち》の海浜《かいひん》がふくまれているため、いたるところに土豪が住み、強賊《ごうぞく》が勢力をつくり、これらの土匪《どひ》を討伐《とうばつ》していたひには、ほとんど、戦費と煩労《はんろう》に追われてしまい、ほかの治政は何もできないような乱脈さであった。

ひとり小寺氏の領内ばかりでなく、諸国どこの領土を見ても、まずこんな実態《じったい》にあったのが当時の一般的な世相だったといってもよい。そうした世の中なればこそ、一介《いっかい》の目薬売りも、田を持ち、馬を飼い、人を養い、いつか姫路の丘に石垣を築いて、兵器と実力を蓄《たくわ》えれば、四隣の国々とまではゆかなくても、近郷の治安と秩序を握って、ここにひとつの武門を創《た》つこともできるわけであった。

加うるに、この黒田家へは、このとき天が麒麟《きりん》児《じ》をめぐんで、家運いよいよ隆昌《りゅうしょう》を見せた。——その官兵衛を総領に、弟小一郎、ほか二人の妹があったが、何といっても、官兵衛の才幹《さいかん》は十五、六歳からもう光っていた。

母の死後、彼はひと頃、文学になじみ、和歌などしきりに詠《よ》み習っていた。これは母方の祖父の明石正風の影響らしかったが、経書禅学《けいしょぜんがく》の師として奉じていた浄土寺の円満坊から、ある折、

（いまは花鳥風月を詠んでいるときではないでしょう。お祖父《じい》さまのような境界のお方はべつですが、あなたはこれからいよいよ烈《はげ》しい風雲のなかに立ってゆかねばならない弱冠《じゃっかん》ではありませんか。よくよくいまの時勢を天に訊《き》いてごらんなさい）

と意見されたときから、すぱと歌道を断念して、それからは猛烈に、禅と兵学に心魂をうちこんだということである。

そうした官兵衛なので、もう二十二歳前後には近郷の沢蔵坊という賊魁《ぞっかい》を討ったり、佐用《さよう》郡の真島一族を討伐したり、ともあれ姫山の総領が、家の子をひきいて出かければ、必ず勝って帰るという信用を町の人々にも持たれるようになっていた。*

黒田という丘の一家を、こうして年々強大にして行ったものは、金の力でも何でもな

く、実はこの家を敵としてしきりに反抗し続けた近郷の土豪や強賊だったのである。

（黒田とは、いったい、どんな人物か）

と、御着の城主小寺政職《おでらまさもと》は、あるとき狩猟《しゅりょう》にことよせてこの丘へ立ち寄った。それが縁となって黒田宗円は以後、小寺家の被官《ひかん》として仕え、やがてまた、その子官兵衛が、父に代って、家老の要職を継ぐようになったのであった。

ほかの譜代《ふだい》にくらべ、年月こそまだ短いが、黒田父子が被官となってからは、小寺家の領内には土匪《どひ》の横行もまったく歇《や》み、失地は敵の手から回復し、領民はその徳政によく服していた。

だが、そうしてようやく内治が調《ととの》ったと思うと、こんどは国外からの圧迫がひしひしと、この一小国にも、旗幟《きし》の鮮明を促《うなが》して来た。それもここ二、三年は何とか日和見的《ひよりみてき》態度で糊塗《こと》して来たが、いまや急なる風雲はもう一日もそれをゆるさなくなって来たのであった。

二

「於松《おまつ》。……おとなしゅう待っておれよ。父はこれから都を経て、岐阜《ぎふ》という国までお使いに行ってくる。よいか。わかったか」

官兵衛は、わが子の頭を、いくたびも撫《な》でた。

一子松千代は八歳であった。

いまの妻と結婚したその年にもう生《な》した子であった。可愛くてたまらないらしい。

「はい、はい」

松千代は、父の面を見ながら、はっきりと頷《うなず》いた。遠国の旅ということも、子ども心には、単にそれだけのこととしか感じられないらしい。

「松千代も、お父上とご一しょに、岐阜とやらへ、行ってみたい」

母のそばへ戻ると、松千代は、そういって、美しい母の手を引っぱった。

さっきから黙然と、官兵衛夫婦とその孫をながめていた宗円は、生木《なまき》を裂くような酷《むご》さを胸のそこに嫐《の》みながら、わざと可笑《おか》しくもない顔していった。

「官兵衛官兵衛。さむらいたるものが何事だ。大事なお使いの途中にありながら、いつまでも恋々《れんれん》と女子供などと別離をかなしんでおるか。よいかげんにしてはや立て。いまから急げば明るいうちに飾磨《しかま》の浜から船に乗れよう。一刻の差が、過《あやま》てば、十年の悔いをのこすことにもなるぞよ」

「いや。こう長くいるつもりもありませんでしたが、つい時をうつしました。では、おいとま申しまする。お父上にも、どうぞご堅固に」

「わしの事など、少しも顧慮《こりょ》いたすな。さあさあ、はやく行け」

すると、若い妻は、ふいに松千代を膝《ひざ》に抱いて、うしろ向きに身を捻《ね》じると、しゅくと、声をしのばせて泣きだした。

官兵衛がまだ二十二歳、彼女がやっと十五のとき、この家に嫁いで来たのであるから、八歳の子は持っていても、まだ年ばえはようやく二十三にしかならない妻であった。

しかもこの婦人は、小寺政職《まさもと》の姪《めい》で、容姿は麗《うるわ》しく、才藻《さいそう》はゆたかで、*国中《こくちゅう》の美人といわれていた女性だった。

（──ひょっとしたら、今生《こんじょう》の別れとなるかもしれない。むりもない。いじらしい）

宗円にもその心根《こころね》は、胸の痛むほど察しられはしたが、わが子の使命と、結果の重大さを思うと、子や嫁などは眼の隅にも入れてはならないように意志された。

「──待て待て、官兵衛。ひとりで行くか。供は一名も連れぬのか」

「はい、ひとりが気儘《きまま》です」

「万一ということもある。衣笠久左衛門《きぬがさきゅうざえもん》。あれひとりぐらいは、連れて行ったらどうじゃ」

「いや、ひとりが、かえって目立ちません」

官兵衛もまた意地ずくのように、妻子へ何のことばもかけずに、ぷいと室《へや》を出るや否、姫山の丘を、もう馬に鞭《むち》打って、駆け下りていた。いったい何のために立ち寄ったのかわからないほど、あっけない別離であった。

玲珠膏《れいじゅこう》

一

塩田《えんでん》の煙が幾すじも真っ直ぐにたち昇っていた。陽ざかりはやや過ぎたが、港の町飾磨《しかま》は、これから日没までの夕凪《ゆうなぎ》が一日中でいちばん暑いといわれている。

昼顔の葉も花も、白い埃《ほこり》をかぶって、砂地の原には、日蔭《ひかげ》もなかった。その向うに見える家々は夜に入ると港の男の濁《だ》み声《ごえ》や絃歌《げんか》の聞える一劃《いっかく》だった。ここの辻《つじ》はその空地を前にして片側町となっている。

官兵衛は、馬の背から、とび降りると、馬を草に放ち、袴《はかま》から背まで、体じゅうの埃を払っていた。

「おや、姫路の若殿ではないか。むすめ、むすめよ。お洗足《すすぎ》を出しておけ」

ちょうど店さきにいた与次右衛門《よじえもん》は、表の人を見ると驚いてから腰を上げた。そして衝立《ついたて》の蔭で自家製の目薬をせっせと貝殻《かいがら》の容器につめていたお菊へいいのこすと、自分はもうあたふたと草履《ぞうり》をつッかけて往来の向うへ駆けていた。

「おうおう、これはいかな事、若殿ではござりませぬか。どうして、遽《にわか》にただおひとりで、これへは」

官兵衛のうしろへ廻《まわ》って、共に、埃をたたいたり、笠《かさ》を取ったり、下へも措《お》かないばかり迎えて先へ立ちかけると、

「爺《じい》や、爺や。おれの身よりは、その馬のほうを先に、裏口の方へ曳《ひ》いて行ってくれ。そしてすぐ鞍《くら》を外《はず》して、奥へかくしておけ。鞍は人目につき易いからな」

「では何か、お微行《しのび》で、火急、おわたり遊ばしましたか」

「微行も微行、一切、人目を怖れる密《ひそ》かな途中だ。わけてここは諸国の者の出入りの繁《はげ》しい港町。はやくせい。仔細《しさい》はあとで話すから」

「はい。はい。——おうい、むすめよ、裏の木戸を開けておけ。馬を曳くぞ」

与次右衛門は、何事ともまだ分らないが、馬の口を取って、大あわてに、路地へ曳きこんで行った。それを見ながら官兵衛は、店の框《かまち》に腰を下ろして、わが家へ入るような気易《きやす》さで、草鞋《わらじ》を解き、足を洗っていた。そしてふと軒に懸けてある古い板看板の——

家伝神効　玲珠膏

と大書してある目薬のそれを仰ぐと、自分の幼時と、父の貧困時代を思いだして、しばしなつかしそうにながめていた。

二

目薬屋の与次右衛門も、以前は官兵衛の父宗円職隆《もとたか》の家僕《かぼく》のひとりだった。

赤松氏の老臣浦上宗則《うらがみむねのり》が主家を覆《くつがえ》して、国中大乱に陥《お》ちたとき、宗円は備前《びぜん》からこの播磨《はりま》に乱をのがれて来て、以来久しい浪人生活をしていた。——井口与次右衛門は実にそのころからの家来で、よく主に仕えて困窮時代を切りぬけ、やがて宗円が小寺家の被官となって、今日の基礎を固めてから後は、年も老い、病気でもあるところから、余生は気楽な町家住居で送りたいと望んだので、宗円は自分の窮迫生活を救ってくれた家伝の目薬の調製と販売をそのまま彼に譲って、その功労にむくいたものであった。

そういう関係でもあったし、わけても、官兵衛としては幼少からこの与次右衛門にはよく馴《な》ついて、洟《はな》をかんで貰《もら》ったり背に負われたり、ほとんど、主従《しゅじゅう》という念すらなく我儘をして来た者なので、いまだに彼のすがたを見ると、幾分そのころの駄々《だだ》っ子《こ》の調子がついことばにも出るほどであった。

「爺や、爺や。もう何もかまうな。長居はせぬ。一やすみ致して、夜に入ったらすぐ、わしは舟で立つつもりだ」

北向きの中庭に面した一間に坐《すわ》って、顔の汗を拭《ぬぐ》うと、官兵衛はそういっていた。しかしすこしも遠慮や窮屈は知らないように、部屋いっぱい寛《くつろ》いで坐りながら、大きく扇子をうごかして、ふところへ涼《りょう》をとっていた。

むかしの礼儀を忘れず、与次右衛門は、閾《しきい》を隔《へだ》てた次の小部屋にかしこまって、

「今夜、舟でお立ちとおっしゃいますか」

「そうだ、陸路は到底安心して歩けないからな。舟がいいのだ。……ところで、摂津《せっつ》まで渡る小舟を一艘《そう》、そちの才覚で雇《やと》ってくれないか」

「おやすいことでございますが、いったいこのたびは、どちらまでお越しなされますか」

「岐阜だ、行く先は――」

「岐阜へ」

「さればよ。おおかた察しがつくであろう」

「……と、するとあの織田信長様のいらせられる？」

「まず、用向きは、その辺と思え。……信長と名を聞くだに、すぐ異様《いよう》な眼をかがやかすこの中国だ。御着《ごちゃく》の家老たるわしがそこへ行ったなどと知れたら、たちまち＊鼎《かなえ》の沸《わ》くような騒ぎになる。故に、あくまで密《ひそ》かに参らねばならぬ。船頭とても、極く確かな者か、さもなくば、阿呆《あほう》のような男をさがしてもらいたいが」

「よく心得ました。……さは申せ、京あたりまでは、敵地にひとしい中を、ただおひとりでは、何ぞの場合に」

「いや、どう要心いたしたところで、殺《や》られるときは遁《の》がれ難いし、また天命のつきぬ

ときは、いかなる難に陥《おちい》ろうとも、そう易々《やすやす》終るものではない」

「ご幼時からのご気性《きしょう》。ましてそれまでのお覚悟とあれば、御意《ぎょい》をお曲げあそばすこともございますまい。——が、万が一にも、途中、危うしとお察しなされましたら、摂津の伊丹《いたみ》に、これの兄が……」

と、傍らに茶を注いでいるお菊を眼でさして、

「義理の仲ではございますが、これの兄にあたる者が、白銀屋《しろがねや》（金銀細工師）新七と申しまして、小《さ》さやかな家を構えておりまするので、そこへお身を隠すなり、また何なりと仰せつけ下さいますれば、身を粉にくだいても、きっと、このおやじに代るだけのご奉公はいたしましょう」

「ウム、伊丹の白銀屋という家か。ひょっとして世話をかけるかも知れぬ。覚えておこう」

と、官兵衛は、お菊のさし出した茶を一喫《きっ》して、

「湯漬《ゆづけ》を一碗《わん》食べておきたいな。舟にのる前に」

「むすめ。何ぞお支度してさしあげい。わしはその間に、浜へ行って、確かな男と舟を雇うて来るから」と、与次右衛門は外へ出て行った。

先駆《せんく》の一帆《いっぱん》

一

間もなく、町は灯《ひ》ともし頃となった。暮れるとともに、路地の中まで、海辺らしい風が冷《ひや》やかに流れてくる。

官兵衛が湯漬を食べ終った頃、与次右衛門は帰って来て、

「ちとご不便でございましょうが、啞《おし》で極く正直者という船頭に金を与え、雁《かり》の松の下へ、舟を廻しておくように申しつけて参りました。……が、きょうの夕方頃、毛利方のお船手が十人余り兵糧船から上陸《あが》って、三木城のお侍衆と一緒についそこの遊女《ゆうじょ》町で飲んでおるということでございますし、そのほかだいぶ見かけない侍衆が町をあるいておる様子ゆえ、お出ましには十分、お気をつけ遊ばさないといけません」

と、彼の戒心《かいしん》をうながした。

官兵衛は、うなずいて、

「いまも飯をたべながら考えてみたが、この姿のままでは、海上はともかく、岐阜まで

は所詮《しょせん》、難なく歩くのは難しい気がする。ちょうどこの家からは、諸国へ目薬売りの行商人《あきんど》が出ておるから、その旅商《たびあきな》いの身支度を一揃い、わしに貸してくれんか。――すぐここから身装《みなり》を変えて出かけよう」と、いった。

それはよいお考えつきと、与次右衛門も同意はしたが、さて、売子の着るうす汚い肌着や脚絆《きゃはん》などを取って官兵衛が着替えているのを見ると、前途の危険やらその覚悟の心根が思いやられて、この人を幼い時から手塩《てしお》にかけた与次右衛門としては、面《おもて》をそむけて、ひそかに涙を拭《ぬぐ》わずにいられなかった。

――が、当人は至極暢気《のんき》そうで、いっこうそんな感傷にとらわれていないのだ。どうだ、似合うだろう――などとお菊を顧みて戯《たわむ》れてみせたり、また、

「荷物の中も、空箱ではいかんぞ。何ぞの時、調べられたら大事だ。それに、掛売りの帳面、目薬屋の証《あか》し手形など、細々《こまごま》した物もみな出してくれい。……なに、頭か。なるほど髷《まげ》の形もこれではいけまい。お菊さん、ちょっとこわして、よいほどに束《たば》ね直してくれぬか」

などと先を急ぎながらも、細心の注意をくばった。

二

月ののぼらぬうちにと、官兵衛は裏口から外へ出た。強《た》って断ったが、与次右衛門も

浜まで行くというし、お菊も、どうしても舟まで見送りに行きたいという。

「あとから来い」

官兵衛は大股《おおまた》に町を通り越えて、浜の雁の松へ急いで行った。見れば、約束の小舟らしいのが一艘《そう》そこに繋《もや》っている。官兵衛は波打際《なみうちぎわ》へ寄って、

「与次右衛門に雇われた船頭はおまえか。摂州《せっしゅう》まで約束したのはこの船か」

と、二度まで声をかけた。

船頭は艫《とも》にかがみこんで、土炉《つちろ》に火を焚《た》きながら何か煮物をしていた。そして振向きもしないのである。

「あはははは」

官兵衛は独りして笑いだした。この船頭の唖《おし》だったことを思い出したからである。

で、与次右衛門が来た上にしようと、ぽつねんと彼が来るのを待っていた。ところが案外暇《ひま》どって、どうしたわけか、だいぶ遅れてようやくここに姿を見せた。

「お待たせいたしました。実は、後から出て参りますと、ちょうど町の辻《つじ》で、衣笠殿《きぬがさどの》にばたりと、お出会いいたしましたので、そのために……」

と、後を見て、身を避けた。

姫路にある父の近臣、衣笠久左衛門が、やはり目薬売りに身装《みなり》を変えて、笠《かさ》を両手に、黙然と膝《ひざ》まで頭を下げていた。

「やあ久左衛門。何でそちは、おれのあとを慕《した》って来たか」

「大殿のおいいつけでございまする」

「なに、父のいいつけだと。……姫山の館《たち》へ立ち寄って、お別れのご挨拶《あいさつ》を申しあげた折は、あのように膠《にべ》なく、はやく立て、何を恋々としておるかなどと、此方の未練を叱るように追い立てながら」

「――と、お励ましなされながらも、親御《おやご》のお身なれば、胸のそこに、如何《いか》ばかりこのたびのお旅先を、ご心配あそばしておらるるや知れませぬ。……で、若殿がお立ち出《い》での後、やがて私をお召になって、途中不慮の事あっては、一子の生命《いのち》はともあれ、中国全土の将来にも関わろう。汝が付き添って、道中事なきように、守ってくれと、ありがたいおことば、み、身に余るお役目を申しつかりましたので、お後を追って来たわけでございます」

「……そうか」

官兵衛は姫路の空を振向いていた。そしてその事に就いてはもう何の否《いな》やもいわず、与次右衛門に命じて、啞の舟を岸へ呼ばせた。

「世話になった。では、行って来るぞ」

久左衛門をつれて、官兵衛はすぐ舟へ移った。無表情な船頭は、もう櫓柄《ろづか》をにぎって、ぎしぎしと漕《こ》いでいた。海づらは静かで、頃あいな夜風もあるので、岸を離れるとすぐ船頭は帆を立てた。

雁の松の下に、父娘《おやこ》は、その白い帆影が見えなくなるまで、じっと見送っていた。

この夜、中国の天地には、まだ誰知る者はなかった。そよ吹く南風を孕《はら》んで、諧音《かいおん》の海を、ひそやかに東《ひがし》して行ったこの一帆《ぱん》こそ、やがて山陽の形勢を一変し、ひいては後の全日本に大きな潮のあとをのこし、その革新《かくしん》勢力の先駆《せんく》をなして行ったものであることを。

鍛冶屋町《かじやまち》

一

姫路から岐阜までのわずかな行程《こうてい》を、海路を経、陸路をこえ、実に一ヵ月の余もかかって、七月の下旬、ふたりの目薬売りは、ようやく行き着いていた。

そのあいだの短い期間に、いかに寿命《じゅみょう》のちぢまるような艱難辛苦《かんなんしんく》をなめたかは、その姿にもあらわれていた。垢《あか》は襟につつみ、顔は真っ黒に焦《や》け、眼のくぼの肉すら薄くなっている。今は誰が見ても、小寺家の重臣ともその郎党とも思わなかった。家伝の「玲珠《れいじゅ》膏《こう》」を売り歩く旅の汚き男どもとしか見えない。

「どうだ、久左衛門。この城下の繁昌《はんじょう》さは。いや活気というものは」

ります」

「えらい勢いでございますな。道行く人の眼いろ、足どりまでが、中国とはちがってお

「そうかといって、市《いち》に集まる物資を見ても、町の文化を一眄《べん》しても、物の豊かな点とか民度の高いことでは、西国《さいごく》の諸城市や港々のほうが、ずんと優《すぐ》れておるのだが」

「何かしら、このように、燃ゆるようなものが、中国にはございませんな」

「保守的な毛利家の方針が自《おのずか》ら現われている西方と、革新脱殻《だっかく》の意気に燃えている東方との相違だ。これをもって、時代をうごかしてゆく中心の力が、いずれに在《あ》るかは明《めい》瞭《りょう》ではないか」

歩きながら官兵衛はよく語った。またよく事物を観察していた。そして道ゆく者が近づくとすぐ口を緘《つぐ》むのであった。人目に対して装《よそお》うことに主従はいつか熟練していた。

「ところで、信長様へお会い遊ばすには、どなたか、織田家の宿老中でも、もっとも信長様のご信任篤《あつ》いお方を介《かい》して、お目通りを願い出られるのが、上策ではございますまいか」

衣笠久左衛門は、この目的地に入ると、主人の官兵衛には、すぐにも岐阜城へ上るものと考えていたらしかった。けれど官兵衛は、鍛冶屋町のうす汚い木賃《きちん》に宿をとって、着いた日も、その翌日も、目薬を商《あきな》いながら町ばかり歩いていた。

「むむ。……大きに其方の申すとおりだ。織田家のうちには、わしの父や母方の縁故をたどれば、顔を知らぬまでも、訪ねて参ればわかる程度の知人は満更《まんざら》ないこともない。

けれど、初めが大事だからなあ。わけて問題は大きい。生半可《なまはんか》な人物を仲に介するほどならないほうがよい」

「いま織田家のうちで重きをなしている方々といえば——まず林佐渡守どの、佐久間信盛どの、森可成《よしなり》どの」

「柴田《しばた》勝家、滝川一益、丹羽五郎左《にわごろうざ》、池田信輝《いけだのぶてる》」

「まだありますな。前田どの、明智《あけち》どの、羽柴《はしば》どの」

五指のひとつひとつを折って来ながら彼が、羽柴どの——といったとき、官兵衛はその頭をひとり大きく振りうごかして、

「何たる暑さだ。岐阜も暑いなあ。きょうの商《あきな》いは、これだけにしておこう」

と辻を曲って、鍛冶屋町の木賃《きちん》へその日も帰ってしまった。

二

鍛冶、染物、皮革《ひかく》などの職人のみが多く住んでいる裏町の一劃《いっかく》は、鞴《ふいご》の赤い火や、鎚《つち》の音や、働くものの喚《わめ》きなどで、夜も日もあったものではない。岐阜全城下が眠りに入る真夜半《まよなか》でも、ここの界隈《かいわい》には、火花がちっていた。

ときは長篠《ながしの》合戦の直後である。久しいあいだ不敗の鉄軍と誇っていた甲山の武田をして、一転、第二流国へ蹴落《けおと》してしまった程な大捷《たいしょう》を博して凱旋《がいせん》したばかりの領主をいた

だいている職人町であった。景気のよいのはもちろんであるが、鼻っぱしの強いことも一通りでない。汗を洗う間もない顔をしている半裸の群像が、往来にも家の中にも仕事小屋の中にも、殺気立っているのである。

そして口癖にいうことには、

「姉川《あねがわ》だって、長篠《ながしの》だって、こっちの大勝ちはあたりめえなことさ。おれたちの御大将《おんたいしょう》はべつもんだが、憚《はばか》りながらおれたちの鍛《う》ったものには、槍《やり》一本、鏃《やじり》ひとつにも気が入っているんだ。——見ていろ、越後《えちご》の上杉も、本願寺も、中国の毛利だって、何だって、おれの鍛冶小屋の鞴でみんな焼き溶かしてくれるから」

官兵衛主従の泊っている木賃の隣は、こういう人々が息つぎに集まる居酒屋らしく、夜に入ってこれから眠ろうかと思う頃が、壁隣《かべどなり》では、これからという賑《にぎ》やかな盛りになって来るのだった。

騒ぎ声だけならよいが、時には壁が揺れて、梁《はり》の鼠糞が寝顔へ落ちて来たりする。——いまも久左衛門は、何かに愕《おどろ》いたとみえて、木枕から頭を擡《もた》げ、

「どうもひどい。蚊帳《かや》はなし、あの騒ぎだし、えらい宿をとったものだ」

と、こぼしながらふと、同じ筵《むしろ》に枕をならべている官兵衛も、まだ寝もやらずにやにや笑っているのを見て、

「これでは、いかに何でも、お寝《よ》れないでしょう。あしたは、ほかの旅籠《はたご》へ更《かわ》りましょう。毎夜ですから、寝不足になりますよ」

と、いった。

「どこへ行っても、同じことだよ。この暑さと蚊では……」

官兵衛もむくむく起きて、うすい藁《わら》ぶとんの上に坐《すわ》りこみながら、

「隣の声はつつ抜けだから、寝ながらにして、城下の物価や人心やいろいろな情勢が手にとる如くわかる。居酒屋の隣と見えたので、わしはわざとここへ泊ったのだ。久左衛門、寝られぬぐらいは我慢いたせ」

深夜《しんや》叩門《こうもん》

一

藤吉郎秀吉《ひでよし》は、北近江《きたおうみ》の小谷《おだに》の城から一小隊の部下と、小荷駄《こにだ》すこしを率《ひき》いて、きょう岐阜に着いた。

長篠《ながしの》に捷《か》つやいな、次は、越前へ出兵だとは、ほとんど、公然のような岐阜の空気であった。機微《きび》の謀は、秘し得ても、万人が万人とも感ずるところのものは、滔々《とうとう》たる潮の勢いにひとしく、これを世人の耳目《じもく》から蔽《おお》うことはできなかった。

「いや、宿舎へ向うのではない。このまますぐご本城へ上るのだ。……荷駄の者だけは、わかれて宿舎へ行っておれ」

辻《つじ》の一角で、馬上から部下へ、こう怒鳴っているのが藤吉郎秀吉だった。浅井家滅亡ののちは、小谷の城主に置かれ、地位声望いよいよ重きを加えていた彼であったが、年はまだ三十九歳、体は至極小ぢんまりで、きらきらする眼とてもそう威厳《いげん》のあるものではなく、顔はこの炎天に赭黒《あかぐろ》く焦《や》けて、それと知る者でなければまず兵百人持ぐらいな一将校としか思われない風采《ふうさい》であった。

「なに、戻るのか」

「戻れ戻れ。荷駄はそのまま」

当然、ここへ着いたら、何より先に、宿所へ行って、汗もふき、体も休め、今夜ぐらいは、ゆっくりするものとばかり合点していたらしい部下たちは、秀吉のことばを、また更に、下の将が伝えて、曲りかけた道を急に戻れと命ぜられたので、一瞬、そこの辻は、馬の汗と、人の汗のにおいで、ただならぬ混雑をしていた。

すると、秀吉のわきにいた、騎馬の小姓が、ふいに槍をうごかして、ぴたと往来の一方へつけ、

「こらっ、何しに寄るっ」

と、甲高《かんだか》くさけんだ。

すこし先の商家の軒下から頃をはかって秀吉の駒のわきへ駆け寄って来た男があった

からである。が、男は何らの武器も手にしてはいない。目薬売りの荷と笠《かさ》とを負っているだけであった。で、ほかの諸将も一斉に地上へ目を向けただけで気の早いことはしなかった。

「決して不審《ふしん》な者ではございませぬ。主人の使いに、折ふしのご通行を、今朝からお待ちうけしていたもの。どうか、主人のこの一書を、お取次ねがいまする」

彼の手に、書簡が見えたので、徒歩《かち》の武士が、取って馬上の一将に渡した。

(いかに計《はか》らいますか)

と、眼で問うようにその将は秀吉を振向いたが、秀吉はもう馬の鬣《たてがみ》へすこし半身を出して手をのばしていた。

簡略《かんりやく》な内容とみえ、一目に読んで、秀吉は、直後、衣笠久左衛門を見て答えた。

「晩に来いと申せ」

「では、こよいにも」

久左衛門は狂喜して、

「ちと遅くなってもよい」

「ご宿所は」

「たれに問うてもすぐ知れよう。この町の西にある何とかいう寺だったよ。たしか門が赤く塗ってあった」

「はっ……」

久左衛門が一礼してその頭を上げたときは、もう秀吉の姿をつつむ部下たちの馬埃《うまぼこ》りが、日ざかりの町を戛々《かつかつ》と出て、稲葉山城の大手のほうへ向っていた。

二

信長に会う前に、まず羽柴藤吉郎《はしばとうきちろう》という者に会おう。場合によっては、譜代《ふだい》の大身を介さないで、その人を通じて、信長に会おう。

黒田官兵衛が、織田家の羽柴というものを、意識においたのは、国許《くにもと》にいるうちからであった。けれども、その人物に、かくまでの傾倒をもったのは、岐阜へ来てからで、かねての期待をいろいろな意味の事実に裏書きされたからである。

譜代の宿老たちとか、織田家の上将のあいだでは、今以《もっ》て、「猿」という陰口が行われ、評判はあまりよくないというよりも、むしろ事《こと》ごとに悪いらしい。けれど中堅の新進部将のうちには、彼に対する正当な評もあり、尊敬も持たれていることは確かで、就中《なかんずく》、官兵衛をして「この人こそ」と信頼させたものは、城下の庶民《しょみん》の声である。ここには秀吉との対立観念もなければ利害もないので、正直にみな羽柴様羽柴様とその徳を称《たた》え、小谷の藤吉郎どのといえば、衆口一致して、

（あれは偉いそうだ……）という。

試みに、官兵衛自身が、何でそう彼が庶民に支持されているかを考えてみると、ほか

の勇将猛将とちがって、藤吉郎秀吉には、さしたる武勇の聞えはなかった。けれど、奉行を勤めても、築城に当っても、領政を任じられても、秀吉の職につく所、大きな成績の上がっていない場合はなかった。そして彼に使役《しえき》された人間が町へもどると、口をそろえてみな彼の偉さを吹聴《ふいちょう》し、彼のすがたを見るところでは、どこの占領治下の地でも、みな彼を自分たちの家長のように親しんでいる。

（いずれはどこか見どころのある男にちがいない。たとえ織田家のごとき清新な進歩をとげている家中でも、譜代宿老を鼻にかけておるような人物に我《わ》が大志を託すよりは、むしろいちかばちか、彼に会って、その器量《きりよう》をこころみ、恃《たの》むべき男であれば、羽柴藤吉郎をまずこちらの薬籠中《やくろうちゅう》のものとしてから信長に会うも遅くはない）

あらゆる面から観て、官兵衛はこう判断を下したのであった。ただこのあいだに、彼に大きな誤算があったとすれば、秀吉と会うまでは、実に彼の胸では、その藤吉郎秀吉を、自己の大志のために、うまくとらえて、これを善く使うつもりだったことである。

――が、何ぞはからん、後になってみればみるほど、さしもの官兵衛も、これは逆であったことを、認めずにいられなかった。

三

深更《しんこう》であった。

城下端《はず》れに近い一寺院のまえに黒田主従は立ちどまった。

——深更でもよろしい。

ということばであった由なので、官兵衛はわざと、すこし夜を更《ふ》かして来たのである。

「お待ちください。それがしが訪れてみますから」

衣笠久左衛門が、小門をたたいて、中の番兵に、何か告げていた。秀吉の意志が通じられていなかったのか、ひどく質問がきびしい。もっとも、当夜も官兵衛はべつに着更えをもたないので、目薬売りの姿のままだったので、怪しむほうが当然でもあった。

「しばらく待っておれ」

そういわれて、門外に佇《たたず》んでいること、実に小半時におよんだ。——が、やがてべつな家臣が数名して迎えに来たときは、その無礼を謝し、下へも措《お》かないほど慇懃《いんぎん》であった。

「実は主人秀吉には、北近江より当地まで参るあいだ夜もほとんど、宿所ではお寝《やす》みなく、野営しては一睡をとり醒《さ》めればまた馬をすすめ、不眠不休の状態で参りましたあげく、着くやいな、この宿舎にも立ち寄らずご本城へのぼられて、信長卿《きょう》とご対談、つい夕刻頃、ようやくこれへお下りになったようなわけで……お行水《ぎょうずい》を召されるやいな、大《おお》鼾《いびき》をかいてお寝みになられていたものですから。——まことに失礼いたしました。さっそくお目にかかろうとのおことばです。いざこちらへ」

と、手燭《てしょく》をかざして、寺の庭を、奥ふかくまで導きながら、羽柴家の人々は、交〻《こもごも》にいい訳をのべて、客に謝するのであった。

秀吉の側に仕えている小姓たちであろう。中には、きょうの昼、久左衛門に槍《やり》を向けた若者の顔もあったように思われた。いずれにせよ、召使たちまでがみな客にたいして感じがよい。主人の疲れを庇《かば》うにしてもわざとらしからず、やがて一室に客を請《しょう》じてからも、家中の者の醸《かも》している明るさが、そこの灯《ともしび》よりもはるかに明るく、そして一つの羽柴家の家風というものをつつみなく顕《あら》わしていた。

初対面

一

供《とも》の久左衛門は別室にひかえ、官兵衛一名だけ廊を渡って、奥の客院へ導かれた。

白襖《しろぶすま》をめぐらした約二十畳ほどの内に、三つの燭《しょく》が照り映《は》えていた。彼のすがたと入れちがいに綺羅《きら》やかな小姓達が連《つら》なって膳《ぜん》や銚子《ちょうし》を退《さ》げて行った。この深夜というのに、秀吉はつい今し方眼をさまして、食事もたった今すんだところらしい。いかに多忙で朝夕の私生活などは時間かまわぬ行き当りばったりで押し通しているかが窺《うかが》われるのであった。

「やあ、これは――」と、客を見るなり褥《しとね》から起《た》って迎えたのがその人だった。官兵衛が坐《すわ》らないうちに、ずかずか歩み寄って来て、

「ようお訪ね下された。儂《み》にとっては思いがけぬ珍客。まずまず……」

秀吉は手を取らんばかりであった。恰《あたか》も十年の知己《ちき》を迎えたようですらある。一国一城の主といえばとかく威容を作りたがるものなのに、そんな気振《けぶり》はみじんもない。しかも予想以上その風采《ふうさい》は至って堂々たるものではなかった。官兵衛も大男のほうではないが、秀吉も小柄である。ただ人いちばい大きいのはその音吐《おんと》であった。体に似合わない大声がこの人の自然であるらしく、客が席に着くと挨拶《あいさつ》も甚だ簡単にかたづけて、

「御辺《ごへん》のおうわさはかねてからよく聞いておる。そちらでは初対面と思われておるか知らんが、この筑前は何やら旧知の如き気がいたす。――と申す仔細《しさい》は、信長卿のお供をして幾度《いくたび》か京都に在るうち、ご主君とご昵懇《じっこん》な近衛前久《このえさきひさ》様から屢〻《しばしば》おうわさが出たものでござる。……御辺の祖父にあたらるる明石《あかし》正風どのには、近衛家のご先代にも、いまの前久卿がお若いうちにも、歌道の指南《しなん》として常にお館《やかた》へ伺候《しこう》せられていたそうな」

と、思いがけぬことから話しはじめて、中国の一田舎に過ぎない御着《ごちゃく》の近状から黒田家と小寺家との関係にいたるまで、官兵衛が意外となすほど、よく知っている口吻《くちぶり》であった。

「中国にも人物は尠《すく》なくないが、わけて姫路の目薬屋の息子どのは、有為な者、将来あ

る嘱目《しょくもく》に値《あたい》する男と、これは近衛家の人々からばかりでなく、摂津《せっつ》の*荒木村重《あらきむらしげ》などから聞きおよび、折もあらば一度お会いしたいと思うていたところでござった。それをわざわざこの岐阜までお越し下されたことは、何たる倖《しあわ》せかわからん。きょう町の辻《つじ》にて、御辺の家人《けにん》からご書面をいただいた折、ひょっと同姓異人ではないかと怪しんだほどでござった。さてさて、こよいは欣《うれ》しき夜哉《かな》」

と、その正直に歓《よろこ》んで見せる容子というものは、世間なみにある軽薄な世辞《せじ》とか社交というものを超越して、自他の地位階級も、主客のけじめも打ち忘れて、まったく一個の素肌の人間がありのままに感情を吐露《とろ》しているすがたとしか見られなかった。

二

この室に臨《のぞ》むまでの官兵衛はすこし固くなった。これは当然なことともいえる。何といっても彼は地方の小大名に過ぎない者の一被官《ひかん》であり、相手は織田信長幕下でも一城を持つ人である。身分に於《お》いては格段《かくだん》な差だ。彼としては同室するさえ破格《はかく》な優遇《ゆうぐう》といっていい。

——が官兵衛はなお、秀吉の下風《かふう》について事を成そうなどという卑屈は毛ほども考えていないのである。彼も一城の主なら自分も一個の武門であり、彼が中央武人中の錚々《そうそう》たるものならば、自分も一指をもって中国の風雲を西へも東へもうごかして見せる自信

は ある者だと、口にはいわないが襟度《きんど》にそれを示していた。

「やあ、そうですか。それ程まで、前から、この田舎者をご存じとは、意外でもあり、何か大へん欣《うれ》しい気もします。そのおことばに相槌《あいづち》を打つわけではありませんが、実はそれがしも国許《くにもと》におるうちから羽柴藤吉郎なるお名前には、常々心をひかれていました。従って、巷《ちまた》の噂までを、細心にこの耳袋へ入れて、織田ご家中には、あなた様以外、そう心にとめていたお方もござりませぬ」

「それはふしぎなことだ。見ぬうちからお互いに恋いこがれておったとは。――世上の毀誉褒貶《きよほうへん》はどうせ善い噂はなく、悪いことのほうが多いだろうに、この筑前如きへ、それほどお心寄せとはかたじけない」

「――が、正直のところ、お目にかかるまでは、もそっと威容堂々たるご体軀《たいく》かと想像しておりましたが、それのみが少し案外な気がいたしました」

「何せい、幼時は、水呑《みずのみ》百姓の家に、辛くも生い育ったので、生来このとおり体がかぼそい。しかし、打ち見るところ、御辺もあまり偉丈夫《いじょうふ》とは見えんな。お幾歳《いくつ》になる」

「ちょうどでござる」

「三十歳よな。それではわしの方がずんと兄だ。九ツも上だから」

初対面の彼にたいして、秀吉は敢《あえ》て「兄」ということばを用いた。官兵衛は心中にその過分な辞をすこし疑ったが、秀吉はさらにそれを不当とは思っていないらしく、ふと、

横の座を顧《かえり》みて、

「……すると、お許《もと》と官兵衛とは、ちょうど二つちがいになるな。官兵衛が一ばん年下で、次にお許、その上がかくいう筑前か。思えばわしもいつかもう若者の組には入らなくなって来つるわ。さりとて、まだまだ、大人の組にも入りきれぬしのう」

と自嘲《じちょう》をもらして、また大いに笑った。

そこにいた一個の人物も、ことばなく黙然と微笑した。初めにちょっと会釈《えしやく》しただけで、ついまだ一語も発せずに秀吉のわきにひたと坐っている一武人である。面《おもて》は白く筋肉は痩《や》せて、たとえば松籟《しょうらい》に翼をやすめている鷹《たか》の如く澄んだ眸《ひとみ》をそなえている。官兵衛はさっきからひそかに気になっていたので、

「こちらは、誰方《どなた》でござるか。ご家中の方でいらせられるか」

と、今をその機《しお》と、秀吉へ向って訊《たず》ねてみた。

鷹《たか》

一

「お。こなたの人か」

秀吉はまじめに紹介《ひきあ》わせを述べた。

「――竹中半兵衛重治《しげはる》。ご承知でもあろうが、美濃岩村の菩提山《ぼだいさん》の城主の子じゃ。いまはこの筑前の軍学の師でもあり、家中のひとりでもあるが、信長卿《きょう》より羽柴家へ付け置かるるという特殊な関係になっておるので、いつ召し戻されるやも知れぬと、秀吉も内心常に悔々《きょうきょう》としておる厄介な家人だ。それだけに謂《い》わば筑前の無二の股肱《ここう》。いや官兵衛、御辺《ごへん》とならば、きっと肝胆《かんたん》相照らすものがあろうぞ。刎頸《ふんけい》を誓ったがよい」

秀吉のことばが終ると、その半兵衛重治は初めて静かに向き直って、初対面のあいさつをした。その音声《おんじょう》は秀吉とちがって雪の夜を囁《ささや》く叢竹《むらたけ》の如く沈重であり、言語はいやしくもむだを交《ま》じえない。そして一礼のうちにもその為人《ひととなり》の自《おのず》から仄《ほの》かに酌《く》めるような床《ゆか》しさと知性の光があった。

「えっ、あなたが竹中殿で。——おくれました。それがしは」

と、官兵衛もあわてて礼をむくいたが、秀吉と話している分には、さほどでもない自己の卑下《ひげ》が、この半兵衛に対しては、なぜかはっきり抱かずにいられなかった。やはり自分は田舎侍であったという正直な負け目《ひめ》である。しかし相手がそれを見下《みくだ》しているような倨傲《*きょごう》でないことは十分にわかっていた。

それにしても彼は、羽柴家の家中に、これほどな人物が甘んじて仕えていることが、何かあり得ない事を見たような気がした。美濃菩提山城《みのぼだいさん》の子竹中重治といっては、世上の軍学者でその名を知らない者はないほど夙《つと》に聞えている大才である。ある意味で織田家中の羽柴秀吉という一将の名よりも、有名なことでは半兵衛重治のほうが聞えているかもわからない。

若年、多くは帝都にいたと聞いている。それもたいがい大徳寺に参禅《さんぜん》していたもので、ひとたび国許から合戦の通知をうけるや否、馬に乗って一鞭《べん》戦場へ駆け、また一戦終ると、禅の床《ゆか》に姿が見られたとは、都あたりの語り草にもなっている。

その戦場に在る日は、つぶ漆《うるし》のあらあらとした鎧《よろい》に、虎御前《とらごぜ》の太刀《たち》を横たえ、

コノ若殿、魁《サキガケ》ニ御在《オワ》セバ、軍中、何トナク重キヲナシ、卒伍《ソツゴ》ノ端々ニマデ心ヲ強メケル——

とは家中のみでなく一般の定評だった。軍学の蘊蓄《うんちく》は当代屈指のひとりと数えられ、戦うや果断、守るや森厳《しんげん》、度量は江海《こうかい》のごとく、その用兵の神謀は、孔明、楠《くすのき》の再来と

まで高く評価している武辺《ぶへん》でもある。

秀吉のごときはその渇仰者《かつごうしゃ》の随一人であった。彼がまだ洲股《すのまた》の城にいて、ようやく一個の城砦《じょうさい》と狭い領土とをはじめて持ったとき、早くもこの若き偉材《いざい》を味方に迎えんとして、半兵衛重治の隠棲《いんせい》していた栗原山の草庵《そうあん》へ、何十度となく、出廬《しゅつろ》を促すために通《かよ》ったことは、世間にも余りに知れわたっている話である。

その事を、むかし漢土において、劉玄徳《りゅうげんとく》が孔明の廬を叩《たた》いた三顧*の礼になぞらえて、

(羽柴筑前の熱心は、ついに臥龍半兵衛《がりようはんべえ》を、自己の陣営へひき込んだ)

という者もあった。

いずれにせよ、この戦国において、この事ほど武辺の話題になったことはない。ただ惜しむらくは、竹中半兵衛ほどな人物に、なぜか天は逞《たくま》しい肉体を与えなかった。弱冠《じゃっかん》から多病の質である。それだけが惜しまれてもいたし、秀吉もまた、破れ易い名器を座《ざ》右《ゆう》に置いているように、いつも一方ならぬ気遣《きづか》いをしているようであった。

中国の僻地《へきち》にいるかなしさには、黒田官兵衛も疾《と》く噂は聞いていたが、およそのことを想像して、忘れるともなく忘れていた。——今、あらゆる予備的な世評をいちどに思い出して、厳然《げんぜん》と、その存在と人物の重さに、襟を正さしめられたのは、まさに今夜その人と間近《まぢか》に対《むか》い合《あ》ったときからであった。

二

「お風呂《ふろ》のしたくが調《ととの》いましたが」

と、小姓が告げて来たのを機に、

「や、そうか。……どうだ官兵衛。小姓が案内するによって、一浴び湯をつこうては参らぬか」

と、秀吉は来意も聞いていないのに、逗留客《とうりゅう》でもねぎらうように独り合点してからすすめた。

「何せい、夏の馳走《ちそう》は、風呂よりましはない。汗をながして、浴衣《ゆかた》になられたがいい。……夜は短いが、そのうえで、部屋をあらためて、食事を共にいたそう。……何、夜食はすまして来られたといわるるか。それは重《かさ》なるが、この筑前は、実はまだ半分しか食事いたしておらぬ。宵寝《よいね》の一睡から醒《さ》め、飯を食うておる折へ、ちょうど御辺がお訪ねというので、食べかけたもそのまま、半分で膳《ぜん》を退《さ》げさせてしもうたのでござる。まず、話も一献あっての上のほうが弾《はず》む。——ともあれ一風呂浴びておいであれ」

更《ふ》ける時刻も知らないもののように、秀吉は切《せつ》にすすめて、半兵衛とともにいちど私室へかくれてしまった。小姓はうしろで湯殿への案内を促している。官兵衛はぜひなく従《つ》いて行った。彼の心にはまだ悠々と湯を楽しむほどな余裕《よゆう》ができていないのである。

――胸中の問題をどう切り出そうか、いつ持ち出そうか。その折を見つけている間に、またこうなっては、機会を失ったような気がしないでもない。

別室にひかえていた衣笠久左衛門も、はなしの首尾《しゅび》はいかにと、気が気でないのであろう、官兵衛が小姓に従《つ》いてそこから長い廊下を渡って来ると、一室のうちから顔を向けて、さも心配そうに主人官兵衛の容子《ようす》を見送っていた。

与君一夕話《きみにあたういっせきのはなし》

一

人も、廏《うまや》の馬も、寝しずまったころを、ここの一室では、燭《しょく》の光《ひかり》をあらためて、さあこれからと、杯を分け持つ夜半《やはん》だった。

湯あがりの爽涼《そうりょう》な肌に、衣服も更《か》えて、客の官兵衛は甦《よみがえ》ったように、遠慮なく日ごろよりよく飲み、またよく語った。

秀吉も酒を愛し、竹中半兵衛もすこし嗜《たしな》む。加うるに、官兵衛との三人鼎座《ていざ》であったが、量においては、官兵衛が断然主人側のふたりを凌《しの》いでいる。

夏の夜はみじかい。殊に、巡《めぐ》り合ったような男児と男児とが、心を割って、理想を談じ、現実を直視し、このときに生れ合わせた歓《よろこ》びを語りあいなどすれば、夜を徹《てっ》しても興は尽きまい。

「――かさねて申しあぐるが、仰せらるる将来の大計、いわゆる天下の事は何とせられても、中国を治《おさ》めて後、初めて成るものではございますまいか。強大な毛利家の勢力が、頑《がん》として、摂津以西の海陸を擁《よう》しているあいだは、たとえ信長卿《きょう》が中原《ちゅうげん》の地《ち》、京都に旗《き》幟《し》を立てて、足利公方《あしかがくぼう》以下、旧幕府の人間と悪弊《あくへい》とを地から掃《は》くように追払っても、なお肯《がえ》んぜぬ近畿《きんき》の大小名を一個一個討って行っても、また東海方面の安定を得ても、甲山陸の強豪を亡ぼし尽しても、結局、それを以《もっ》て、満足とはいえません。思《おぼ》し召すところの理想なども行えません。どうしても中国平定の如何《いかん》に帰結されます。……ましてその毛利家が石山本願寺と結び、その本願寺派の抗戦が、種々な形をとって、近畿に伊勢に北陸に、宗門《しゅうもん》の身のあるところ、隙《すき》さえあれば、火の手をあげて、反信長の兵乱を起している現状では、なおさらのことではありませんか。長島を攻めたり、北陸を攻めたり、みな枝葉末節です。なぜ抜本直截《ちょくせつ》的に、その傀儡《かいらい》者たる本願寺を討ち、また大挙、中国攻略の軍を決断なさらぬのか……官兵衛は実に歯がゆいと思います」

酒間のはなしには、興に入っているほど、とかく余事にわたってしまったり、ほかへ話題が反《そ》れたがるものである。――官兵衛が胸中の一端を吐いた以上のことばも、決して一気に述べたものではないが、あいての気色を見たり、杯の頃あいを量《はか》ったりして、幾たびかに以上の要旨《ようし》だけを洩《も》らし得たものであった。

というて相手の秀吉がその問題に耳を傾けないのでは決してない。秀吉はどちらかといえば自分が語るよりも聴き上手の方だった。よくひとの説を聞く。官兵衛の言には熱意を面《おもて》に現わして聞くのである。けれど彼の返辞は官兵衛の熱情にくらべれば消極的なこと多分だった。

「もとより中国の問題はなおざりにしてはおけない。自分も疾《と》くより考えているし、主君信長様の炯眼《けいがん》が将来の計を怠《おこた》っておらるるはずもない。しかし、如何《いかん》せん、織田家の四隣は余りにも多事で、先年は伊勢へ出征し、この五月には長篠《ながしの》の大戦を果し、兵馬を休める遑《いとま》もなく、また直ちに北陸へ出軍の準備中にあるというような実状である。それとて、こういう足もとの多事多端は、決してわが織田家の脆弱《ぜいじゃく》によるものでもなく、方針の悪いために起る破綻《はたん》でもない。要するに、われらお互いの者と同じように、織田家そのものの業《ぎょう》もまだ若いのだ。考えても見られい。つい桶狭間《おけはざま》の一戦あって以来の織田家だ。あの時、わが主君には二十五歳でおわしたから、今日四十二歳にわたらせられる信長様の業としては、実にまだ十七年しか経っておられぬ。――十七年のあいだに、とにかく尾張清洲《おわりきよす》の一被官たるご身分から、これだけに躍進され、積年の悪風を京都から一掃して、旧室町幕府の世頃とは比較にならぬほどなご忠誠ぶりでもある。……といったような次第で、いやもう実に迅速《じんそく》も迅速、われら凡人どもには、一代でも到底成し能《あた》うまいと思われることを、ここわずかな年月《としつき》によくもやり通して来られたものと、われら家臣どもも驚嘆《きょうたん》しているほどなのだ。従って、過程の荒削《あらけず》りはまぬがれない。その急速の過程にはまた当然始末が残るというわけにもなる。——いずれにせよ、まだ正直、中国までへは手が届かん。何といっても、足もとが先だ。中国まで、いままでのような早仕上《はやしあ》げにいたそうと思っても、さきは強国、今までの相手とは相手がちがうからな」

彼に報いた秀吉の意を、纏《まと》めていえばこういう程度であった。それ以上、積極的には出ないのである。酒もうまし、相手も語るに足る人と見込んでいるが、その点、官兵衛はなお不満だった。

二

「間に合わん。そんな常道を踏んでいては、遂に、間に合わんことになってしまう」

すこし語気は激越なものをふくんで来た。もちろん官兵衛のそれには、すでに一壺《こ》を空《あ》けた酒のちからも手伝ってはいたろう。杯は彼の憤然たる唇から常に離れなかった。

「——間に合わんとは？」

秀吉は笑うのである。ふと、官兵衛を拍子抜けさせるようなとぼけかただった。

「ご存じないか。毛利方の軍備というのは、一朝一夕《せき》のものではありませぬぞ。想像以上と思わねばなりますまい」

「わかっておる」

「摂津《せっつ》、山城《やましろ》、和泉《いずみ》には、からくもお味方が点在しておるが、一歩播州《ばんしゅう》へ入ってごらんあれ。織田家に靡《なび》くか、毛利につくか、などと考えている者は恐らくこの黒田官兵衛ぐらいなものでしょう。まず悉《ことごと》く毛利与党です」

「む。さもあろうか」

「陸上はしばし措《お》いても、瀬戸内から摂津領一円、大坂の河口まで、海上を支配しているのは、どこの国ですか。——毛利家ではありませんか。彼には常備の兵船数百と千余の輸送船があって、絶えず浪華《なにわ》や泉州と交通し、また石山本願寺とも連絡をとっているが、まだ織田家には一艘《そう》の兵船、一隊のお船手《ふなて》ある由も聞いていません」

このとき秀吉は実にいやな顔をした。二本の皺《しわ》が眉《まゆ》のあいだに立った。こういう苦々《にがにが》しさも時には示す人かと思われたくらいである。

感の敏《さと》い官兵衛は、すぐ杯を下に置いて、それを緘黙《かんもく》の機とした。もしこのあいだに、傍らの竹中半兵衛が、くすくす笑ってくれなかったら主客のあいだに、ぴんと亀裂《きれつ》が入ったまま、救い難い空気となってしまったかも知れなかった。

「……官兵衛」

秀吉も苦笑し出した。竹中半兵衛のそれに釣りこまれて、ぜひなく笑ったというかたちである。

「もう、ご酒は充分です」

官兵衛はわざとあらぬ答えをして、とぼけると、

「いや、酒はすごせ。……だがな、官兵衛」

「はい」

「あまりほんとのことを申すなよ」

「何がですか？」

「やはり汝は、この筑前《ちくぜん》よりも、九歳《ここのつ》はたしかに若いな」

「織田家の今日あるゆえんも、これからもっと必要な力も、その若い力と夢ではありませんか」

彼はいっぺんに気楽になった。まだ若いと折紙をつけられたからである。同時にすこし駄々《だだ》をこねるような口調を帯びてきたので、秀吉はすこしうるさくなったものか、

「まあ飲め。そして諸事、主君信長様にお目通りした上で、よくお話し申すとよい。筑前は、信長様のご指揮によってうごく一将たるにすぎん。……お城よりおゆるしがあれば、明日にでも、御辺《ごへん》を伴《ともの》うて、岐阜城にのぼり、共に君前へ伺って、なお談合もいたそう程に」

と、よい程になだめた。

それからはもう一切、話は軍事にも政治にも触れなかった。官兵衛としては、主家小寺家の運命を賭《と》し、多くの反対を押切り、また父や妻子ともこれきり会わないかもしれないとまで別れを告げて来たほどな情熱と犠牲を胸に持っている。当然、なおそれらのことも、打ち明けたい気持でいっぱいだったが、かんじんな秀吉は、一小寺家の向背《こうはい》ぐ

らいは、いずれでもよし、といわぬばかりな体《てい》である。そういう無関心に対して鬱懐《うつかい》を強いるのもいさぎよくない心地がされるので、彼もまたそこまではいわずにただ杯をかさねていた。

「明日でも、お目にかかれば、御辺もまた信長様のご風格をよく察するであろうが、ご主君も陽気がお好きで、ご酒をあがられるとよく小姓衆に小唄舞《こうたまい》など求められ、ご自身も即興を微吟《びぎん》あそばしたりなされる。官兵衛、御辺には何ぞ芸があるか」

秀吉の横道ばなしに、官兵衛はやや業を煮やして、

「小唄舞も仕《つかまつ》る。猿舞も仕る」

と、嘯《うそぶ》いて答えた。すると秀吉は、

「それは器用な男だ。どうじゃ一さし舞わんか」

と、自分の持っていた扇子を与えた。

「ここではご免です——」と官兵衛は手を振って断った。そして隅の方に眠たげにひかえている小姓へ向い、硯筥《すずりばこ》を求めて、その扇子へ何やらしたため終ると、

「殿こそ、お謡《うた》いください」

と、秀吉の手へ返した。

酬《むく》われた一矢《いっし》を苦笑してうけながら、秀吉は脇息《きょうそく》から燭の方へ白扇を斜めにしながら読んでいた。

更《ふ》けてのむほど

酒の色
かたりあふほど
人の味
夜をみじかしと
誰かいふ
いづみ、尽きなき
さかづきを

「半兵衛。この裏へ、何ぞしたためてつかわせ」

巧みに交《か》わして、秀吉はそれを、竹中半兵衛へあずけた。半兵衛は筆をとって、裏面へ、

与君一夕話
勝読十年書

と書いて、

「殿のおいいつけなので、ぜひなく汚しました」

と、さしだした。

ふと手に取ったが、官兵衛は、じっと見つめている眼から、次第に酒気を払って、まだ墨の乾かぬ白扇をそっと下へ置き直すと、ていねいに両手をつかえて、半兵衛へ、

「ありがとうございました」

と頭をさげた。

眼もとに深淵《しんえん》の波紋《はもん》のような笑《え》みをちらとうごかしながら、半兵衛重治も、

「わたくしこそ」

と、膝《ひざ》から両手を辷《すべ》らせた。

もう夜が明けていた。寺房の奥では、勤行《ごんぎょう》の鐘の音がしているし、寺門に近い表のほうでは廐《うまや》の馬がいなないていた。

三

岐阜城への用向きはすんでいたので、秀吉はすぐにも小谷の城へ帰る予定だったらしいが、官兵衛のために二日延ばして、信長からゆるしが来るとすぐ彼を伴って登城した。信長との謁見《えっけん》は、正式でなかった。密使として、極くひそかに、一室で会ったのである。

ことし四十二歳という信長は実に若々しく仰がれた。秀吉よりも若く見えた。同室は三名だけで、会見の時間は、暑い昼中というのに、二刻《とき》にも余った。

官兵衛は説いた。あらゆる角度から観て、中国攻略の急務なることを説いた。一片のかざり気も詭弁《きべん》も思ういとまなくただ真心を以《もっ》て説いた。その気持が、彼自身で信じている以上の雄弁となって、果ては相手がいかなる貴人であるや否やも眼中になかった。

「――もしいま、一人の大将を下し給うて、中国征討の大事を実行あそばさるるなら、東播磨《ひがしはりま》の明石城、高砂城の梶原ごときは、毛利麾下《きか》といわれていても、眼前のご威風に慴伏《しょうふく》してしまうでしょう。志方《しかた》の城主櫛橋左京は、幸いにもそれがしの家の姻戚《いんせき》、これは必ずお味方へ引き入れます。ひとり三木城の別所長治《ながはる》は、頑として降《くだ》りますまい。また西播磨《にしはりま》では、佐用《さよ》城の福原、上月《こうづき》城の上月一族なども、別所長治とむすんで、毛利家への忠誠を尽すことと考えられますが……それらの大小城のうちに最も要地を占める姫路城は、すでにかくの如く、ご面前において、お味方の先駆《せんく》を誓《ちこ》うておるのですから、それらの群敵も、何かあらんと、申し上げても広言ではございません。もとより姫路一城は、そのために捧《ささ》げる覚悟でございます。中国攻略の基地として、お用い賜わるならば即座にご献上いたしまする」

信長は率直に歓《よろこ》んだ。彼の細心も官兵衛の誠意と熱情に疑いをさしはさむ余地はなかったとみえる。よかろう必ず善処する、近いうちにきっと、姫路の城も大いに役立てる日があろうから、それまでは汝が預かっておれ――といった。そして、

「そちが随身《ずいしん》のしるしに」

と座右《ざゆう》にあった「圧切《へしきり》」の名刀を手ずから取って官兵衛に与えた。この刀の由来を後に「黒田重宝故実」に依《よ》ってみると、こう記してある。

――御刀は長谷部国重《はせべくにしげ》の作、二尺一寸四分。信長公故あつて管内といふ者をお手

討ありし折、管内恐れて、庖厨《はうちゆう》の膳棚《ぜんだな》の下へ逃げかくれしかば、公、御刀を棚下へさし入れて、へし付け給ふに手にも覚えず刃徹《とほ》りて管内死してけり、是れに依ってかくは名づけ給ふとぞ――


「ひとまず中国へ帰って予の命を待て。時来たればかならず沙汰《さた》申すであろうゆえ」

信長の言質《げんち》と、圧切《へしきり》の一刀を持って、官兵衛はひとまず城を退《さ》がった。城内城下はこの日も来往の諸大将とその兵馬で輻輳《ふくそう》していた。丹羽、滝川、柴田、或《ある》いは佐々、明智、前田などの錚々《そうそう》たる人々もその中にあるかに思われたが、官兵衛は秀吉以外の誰とも口をきかなかった。

「それがしも満足。御辺もこれで、まずは深淵を出て、風雲の端に会したというもの。臥龍《がりよう》、いよいよご自重《じちよう》あれや」

秀吉もそういって、彼のよろこびをともによろこび、自分は即日北近江の帰途につく、御辺も小谷の城へ来て、数日、遊んで行かないかとすすめた。

「途中までご一緒に行きましょう」

駒を借りて官兵衛と衣笠久左衛門は羽柴家の列に従《つ》いて、長浜まで行《こう》をともにした。

長浜へ着くと、秀吉は、そこの丹羽五郎左衛門を訪うて、二艘《そう》の船をかりうけ、

「暑い陸路を行くより、夜のうちに湖心を通って、大津まで参られたがよかろう。月もよし、涼みがてら筑前も途中までお見送りする」

といって、一艘には料理人や家臣をのせ、一艘には、官兵衛と自分だけが乗って、黄昏《たそがれ》頃、岸を離れた。

ちょうど月の中天《ちゅうてん》にかかる頃、官兵衛と秀吉の船も、琵琶《びわ》湖《こ》の中ほどまで来ていた。酒を酌み、月を賞し、未来を語りなどして、夜を更《ふ》かし、やがて船と船とに分かれ乗ったが、相去るに臨んで、おさらばと、波間に顧み合って手を振ったとき、官兵衛は生れて初めて涙を頰に味わった。なぜか涙がながれたのである。

死を枕とし

一

摂津《せっつ》の荒木村重《むらしげ》の位置はいま重要な性格を持っている。伊丹《いたみ》を本城として、尼ヶ崎城と兵庫の花隈城《はなくまじょう》とをむすび、三城連環の線をなして、中国大坂間の交通を遮断《しゃだん》し、本願寺そのほかの反信長分子と毛利家との連絡をきびしく監視《かんし》している。なお且《か》つ、一朝信長から中国攻略の令が発せられる日となれば、ここは真っ先に、織田軍の最前線基地ともなる突角の地でもあった。

のである。

以て信長が、いかに村重の武勇を高く買い、その一徹者の正直を信頼しているか分るのである。

「やあ、官兵衛ではないか。どうして、これへはござった。さても唐突《とうとつ》な」

その荒木村重は、官兵衛の訪問をうけると、早速に会ってくれたが、ひどく怪訝《けげん》そうな顔をした。

場所はいうまでもなく、伊丹城（村重が有岡城と改名）の本丸だったが、城中はどことなく騒然《そうぜん》として、出征の身支度をした将士が、武者溜《むしゃだま》りにもいっぱい見えたし、諸門の口や廊下にも駆け歩いていた。

官兵衛は形のごとき挨拶《あいさつ》をして後、

「近々に北陸へご出陣と承りましたが」

「さればよ。信長卿《きょう》もご出馬あるので、今度はおそらく、北陸の一向門徒と、上杉謙信のあやつる与党《よとう》の蠢動《しゅんどう》を殲滅《せんめつ》し尽すまでは、われらも帰国相成るまい」

と、側にいる美しい侍女に酒を酌《つ》がせ、飲みほしたそれを、官兵衛にさし向けて、

「とんとご無沙汰しておるが、お汝《こと》の主家、小寺政職《まさもと》どのには、相変らずかな？」

と、やや嘲侮《ちょうぶ》を唇にたたえていう。

その容子の裡《うち》には、何となく、現在の自己の勢威を誇って、いまなお播州の一地方に崛踞《くっきょ》している者の妄《もう》と無能をあわれむような、二つのものが窺《うかが》われる。

「はい。主人政職も、まずはつつがなくおられまする」

官兵衛は懐紙を以て杯のふちを拭《ぬぐ》い、村重の前に謹んで返しながら素直《すなお》に答えた。けれど心のうちでは、その杯よりも心の狭い小器な人物よと、かえって村重の態度を愍然《びんぜん》なものと見ていた。

主家小寺家と荒木家とは、いろいろな縁故《えんこ》から旧交浅からぬ間であった。従って、官兵衛も彼の性行と今日ある由縁《ゆえん》はよく知っていた。

村重はもと池田の池田勝政の一部下に過ぎない者だった。そして三好党に属していたが、信長が兵をひいて、京都に入り、足利義昭《よしあき》を中央から放逐《ほうちく》するとき、彼は手勢わずか四百をひッさげて、その市街戦に臨んで、俄然《がぜん》織田軍に加勢した。本圀寺から七条道場《しちじょうどうじょう》（金光寺《きんこうじ》）のあいだの戦闘で驚くべき果敢な働きを示したのである。それが彼の織田家に仕えた始めであった。

後、岐阜城へ招かれたとき、諸将と共に、饗膳《きょうぜん》を賜わったが、そのあとで信長が、例の酒興か、承知のうえで、村重の胆試《きもだめ》しをしたものか、佩刀《はいとう》のさきに、饅頭《まんじゅう》を突き刺して、

（摂津。これを食うか、食わぬか）

といった。すると村重は大きな口を開いて、前へすすみ、

（いただきまする）

と、刀のさきの饅頭を咥《くわ》えて食べた――などという話がある。ともかくこんな行為も、信長から観て、

（これは使える）

と、重用された一因ではあるらしかった。

それにしても、池田家の部下時代から較べると、実に破格な出世だった。いまも出陣を前にして、侍女美童を左右に侍《はべ》らせ、酒間に重臣から軍務を聞いて、いちいち決裁を与えている有様は、時めく人、そのままだった。官兵衛に来意を質《ただ》してそれを聞くと彼は腹を抱えないばかりに笑い出した。

「それがしを隠密《おんみつ》と仰《お》っしゃいますか。策士なりと仰せられますか。いやはや、近頃にない愉快な事でござる。その小策士の隠密が、信長様が常にご愛用あそばしておられる『圧切《へしきり》』の名刀を拝領しておるなどは、いよいよ以《もっ》て、ご不審でございましょうな。念のため、ご一見くださいませんか」

「圧切《へしきり》のお刀を拝領して参ったと。……ど、どこに」

「次の間にさし置きました」

「まったく拝領したのか」

「ご愛刀をいただくなどは、よほどの戦功でもなければないことです。さるを片田舎の陪々臣《ばいばいしん》に、下し置かれた御意にたいし、何とおこたえ申し上ぐべきや、官兵衛は忘れがたく存じております」

「はての」――村重は大きく腕を拱《こまぬ》いた。そして、官兵衛の使命をほぼ察したが、同時に、そこに介在する羽柴秀吉を思い泛《うか》べずにいられなかった。

「――主人小寺政職《まさもと》といえ、御着《ごちゃく》の小城といえ、全お味方から観れば、微々たるものでございましょうが、従来はこの伊丹、尼ヶ崎、花隈の三塁を以て中国に接する第一線となされていたものが、今日以後、更に播州の姫路、御着の敵地深くに、織田麾下《きか》の尖角と作戦の基地を持つ形となりました。この事は、大きく申せば、やがて中国に大事を成す最初の足場ともなるお役目を果しましょう。摂津守様にも、この意味において、何とぞおよろこび下さいますように。……いささか烏滸《おこ》なりとも存じましたが、将来、わが小寺家と荒木家とは、同じ麾下と、同じ目的のために、一心提携《ていけい》いたして参らねばならないことでもあり、旁《かたがた》〻、帰国の途中、ちょっと拝顔の栄を得て、右の儀まで、お耳に達しおく次第でございまする」

――すぐ、ずっと席を辷《すべ》って、身を屈《かが》め、

「お忙しい中をお邪魔いたしました。では、これでお暇《いとま》を」

と、次の間においた名刀の囊《ふくろ》を片手に取上げ、すたすた伊丹城を退《さ》がってしまった。

そして、そのあとの村重の顔を思い泛べては時々苦笑していた。

二

どうか生きて帰って来るな、と希《ねが》っている者と、無事を祈っている者と、彼の去ったあと、御着の城は、ふたつの人心をつつんで、表面は事もなげに、この夏をすごしていた。

城中七割の者の期待を裏切って、黒田官兵衛は、立つ前よりも、ずっと元気な体《てい》で帰って来た。

「岐阜表との交渉は、まずまず、上首尾《じょうしゅび》と申しあげてもよいかと存じます」

彼は、逐一《ちくいち》のことを、すぐ主人政職に告げた。また、一族宿老以下の主なる者にも、つぶさに報告した。

が、たちまちその席でも、益田孫右衛門、村井河内などの、反対組が口をそろえて、

「こちらからのみ、言質《げんち》を提供して、織田家からは、いかなる誓紙を持ち帰られたか」

「単なることばとことばの約束が、この乱国に何になろう」

「しかも今ただちに、織田軍が中国へ進駐《しんちゅう》するでもないのに、逸《はや》まった加担を申し入れ、万一、織田が今かかっておる北陸攻めにでも敗れた場合は何とする気か」

などと非難は依然ごうごうたるものがあった。その点、政職の面《おもて》にもまだ不安そうな色が窺《うかが》われぬでもない。しかし官兵衛の心は、信長、秀吉に会ってからさらに一倍の信念を加えているので、ほとんどそれらの紛々たる末梢的《まっしょうてき》非難を眼中にも入れない容子を示した。

「それがしにお任せおき下さい。この度《たび》の儀については、不肖《ふしょう》官兵衛にご一任下さるとは、出立の前に、確《しか》とお誓い下されたことではないか。官兵衛としては、このお使い、まず十分に功を見たものと、信じて疑いませぬ。——なぜ、織田家の誓紙を持ち帰らぬ

かとご不満であるが、まだわれらよりも、何の実も、働きも、また忠誠の一片すら、織田家に対して顕《あらわ》しておらぬのに、何ぞ織田殿から安価に誓紙を賜われるわけはない。――失礼ながらあなた方は、井の中の蛙《かわず》とでも申そうか、自己の位置実力と、中央の情勢や、織田家の勢力とをご比較あるのに、すこし自分に即し過ぎた錯覚《さっかく》を抱かれているように思われるが」

こう諭《さと》して、終りに、

「あきらかに、以後は、ご当家は織田麾下の一塁たれば、表面、毛利方に対してはともかく、内において、なお二派の争論は慎しまれたい。わが殿は、織田殿に随身せられて中国に時を待つ重要なお立場にあるものなることを、きっとお忘れなきように」

と、厳《おごそ》かにいい渡した。

しかし数日のうちに、何十名かの家士が、御着《ごちゃく》の城からたちまち姿をかくした。みな脱城者であり、みな毛利家の領へ奔《はし》ったものであることは、調べるまでもなく明瞭《めいりょう》だった。

従って、いかに秘密を保とうとしても、彼が使いして、主家小寺家を、遂に織田家にむすびつけたという事は、かくれもなく、敵毛利輝元へつつぬけの状態となり、四隣の諸城も、俄然《がぜん》大きな衝動をうけて、この一城を見まもり合った。

何より危険になって来たのは、官兵衛そのものの生命である。毛利方へ心をよせている者全部が脱城したわけではない。御着の内の宿老や一族の中にすらまだ反信長党がいるし、毛利に通じている徒が少なくないのである。眠る間とて油断はならない。毎夜毎夜、彼は死を枕として寝ているも同じだった。

その後、織田軍は、秋から初冬にかけて、北陸攻略にひたすら全力を傾倒していて、中国を顧みるいとまなどはまったくないらしい。加うるに、毛利方では、御着、姫路の異端をもって、

「捨ておかれぬ大事である」となして、伐《う》つならば今、信長がなお、他に繁忙なうちにこそと、はやくも兵船十数艘《そう》に、芸州《げいしゅう》吉田の兵を満載して、姫路附近の海辺から押しあげて来た。この上陸は年をこえた天正四年の春、月のない夜に行われた。早馬の知らせで、姫路城から少数の兵が急遽《きゅうきょ》、防ぎに駆け向ったが、到底、精鋭な毛利勢の敵ではなく、たちまち撃退された。やがて朝となれば姫路の町の一端からは濛々《もうもう》と戦火があがって、辻々《つじつじ》を戦い取っては進んで来る先鋒《せんぽう》の毛利兵のすがたがいたる所で見られるほど危急が全城下を蔽《おお》ってしまった。

鉄壁

一

その朝の姫路の変を御着の城にあった官兵衛は起きぬけにすでに知った。望楼《やぐら》の上に終夜立っている見張の者が、あわただしく駆け降りて来て、

「姫路の空に、ただ事ならぬ煙が見えますが」

と報じて来たのは、まだそこからの早馬が暁の城門を叩《たた》かない前であった。

「よしっ。なお見張を忘るな。異状が見えたら刻々に告げて来い」

具足櫃《ぐそくびつ》を開けて、親譲りの紺糸縅《こんいとおど》しの一番を着込むのと、侍部屋の方へ向って股肱《ここう》の面々を呼び立てるのを彼は同時に行っていた。

「母里太兵衛《もりたへえ》、おるかっ。栗山善助、井上九郎もあるか——後藤右衛門も来い。宮田、長田、三原、喜多村などその座に居合わせねばすぐ呼び集めて、広縁へみな来い」

次々に答えて起《た》つ。また駆け分れてゆく。瞬時にして広縁には、彼が手飼《てがい》の屈強ばかり十三、四名集まった。

「来たぞ遂に」

いつもの朝と変らない顔をにこにこそこへ見せて、官兵衛は鎧《よろい》の脇緒《わきお》を結びながら、

「いま参った姫路の父宗円からの早打ちによれば、毛利勢は約二千から三千ほどの人数とある。小ざかしくも海面から未明に上陸して、敵は奇襲を敢行《かんこう》して来たものだ。ただし姫路の町は敵の放火をうけておるが、姫山の曲輪《くるわ》は、小なりといえびくともせぬ、必ず案じるなかれと、書面での父のことば。——平素はさすがにお年を老《と》られたかに思う

ていたが、さすがにかかる折には、依然として官兵衛以上の太胆《ふときも》であらっしゃる」

愉快そうに一笑を放ってから、偖《さて》とばかり郎党のひとりひとりへ、迅速に且《か》つ明快な指揮をさずけてから、自分はすぐ身を翻《ひるがえ》して、主人小寺政職《まさもと》の居室《きよしつ》へ駆けて行った。

二

政職の周囲には、一族の小川三河守、宿老の蔵光正利、益田孫右衛門そのほか平素から官兵衛と相容《い》れない一派の面々が、すでに詰め合っていたばかりでなく、政職以下の者までことごとく武装していたには官兵衛も意外な面持《おももち》をして、

(この急変を、どうしてこの人々が自分より早く知ったか？)

が、当然疑われたが、彼の眼を見た政職の眼には、その解答ともいえる困惑《こんわく》と自己苛《か》責《しやく》の容子が明らかに現われていたことは官兵衛にとって見遁《みのが》し得ない示唆《しさ》だった。

(直感は外《はず》れていない――)

官兵衛は自己の意志を信じたので、直ちにここでも、思うがまま命令を下した。

「益田孫右衛門、村井河内、江田善兵衛。各〻《おのおの》はすぐ手勢をひいて、姫路の急援《きゆうえん》にお急ぎあれ。蔵光正利は老人なれば、奥曲輪《おくぐるわ》をお守りあるがよい。陶義近《すえよしちか》どのは、城外へ出て、姫路口と連絡にお当りあれ――。その他はすべて官兵衛の手の者に申しつけ、すでにそれぞれ部署《ぶしよ》へつけ申した。怠りあるな。すぐ急がれい」

すると陶義近が、憤然と命《めい》を拒《こば》んだ。

「何をいうかご家老。われわれ宿将たちが、散々《ちりぢり》に主君のお側を離れてよいものか、われらは城門と君側を固く守る。姫路の急援には他の人があろう」

「ありません」

「何じゃと」

「官兵衛こそは、寸時たりともお側を離れることはできない。御着全城の兵といっても、千に足らぬご人数、この官兵衛の指揮する者を除いては、尊公たちを将とし、物頭どもを副将として、お差向けある以外、城中どこに軍がありましょうか」

「なぜ、お汝《こと》自身、陣頭にお立ちあらぬか。姫路もお汝の父宗円どのが城代として守りおる所。このご城中にも、お汝父子の息がかかっておる部下も多い」

これは一族の小川三河守ででもなければいえないことばだった。しかし、官兵衛は、何の威圧《いあつ》も感じないような面《おもて》で、それへもこう答えた。

「事は急です。城門の守備は、すでに手の者が配置につき、このご本丸もことごとく官兵衛の一存で、要所要所守らせました。それがしの命はすなわち主命。主命はまた織田殿の軍令も同じである。誰にもあれ、反《そむ》く者は、この一戦の終るまで、獄へ下して取籠《とりこ》めておくしかない。敢《あえ》て、今日の合戦に、軍律を紊《みだ》す者は誰と誰か。お名乗りなさいっ。断乎《だんこ》、処決する」

みな黙った。

しかし戦いは、城の外よりも、或《あ》いは、ここにあるかともいえる程、けわしいものが、官兵衛をとり巻いたままだった。

隙もあらば――と見える周囲のそれを感じているのかどうか。官兵衛は厳《げん》としていい渡すと、更に一歩迫って、政職の前へすすみ、

「お櫓下《やぐらした》の広庭に、お床几《しょうぎ》をすえ、陣幕《とばり》も張り繞《めぐ》らしておきました。お旗本の、万端の固めもできています。はやそこなるご床几場へ御座をお移りあそばすように」

と、すすめた。――いや手を取って寄り添い、左右の鋭い眸《ひとみ》の中を通って、庭へ出てしまったのである。

三

望楼《やぐら》の上からは絶えず大声が放たれている。姫路方面の状況を刻々に下へ向って告げているものだった。

この頃、陽はようやく、朝雲をやぶって、視界を仄《ほの》かに染めていた。

広庭の床几場は、侍小頭の室木斎八と物頭の今津源太夫のふたりが、城兵五十人ばかりで、固めに着き、この部署には、ほとんど、いわゆる毛利加担をひそかに抱く疑いある者は一切近づけなかった。

また、官兵衛の指揮によって、否応《いやおう》なく城外へ出て行った蔵光正利《まさとし》、益田孫右衛門、

村井河内などという歴乎《れき》たる諸将で、しかも毛利方と通謀している物騒なる味方には、官兵衛の股肱の母里太兵衛とか、栗山善助などの豪胆者をひとりひとり隊に付けて、万一、不審な行動に出たときは、即座にその部将と刺し交《ちが》えて死ぬべしと、官兵衛は先にいい渡してある。

「まず、味方内の整えはこれでついたが」

官兵衛は兵糧方が配っていた玄米《くろごめ》の握り飯を一つ持って、床几場の陣幕外《とばりそと》に立ってむしゃむしゃ喰《く》っていた。思えば今暁《こんぎょう》の一刻こそ、実に危うい境ではあったと、今更ほっと吐息が出てくる。

「否々《いやいや》、まだほっとするには早い。合戦は正《まさ》にこれからだ」

と、心のうちですぐ戒《いまし》めた。そして五指の飯粒を唇で拾って喰《た》べ終った。

そこへ彼が今朝、真っ先に命じて、山地の方へ偵察にやった腹心の後藤右衛門が、馬《む》鞭《ち》を手に大汗かいて帰って来た。

復命して、彼は、官兵衛の前にいう。

「ご推察にたがわず、三木城の別所長治《ながはる》の手勢にちがいないものが約三百名、北方二里ほど先のご領外まで潜行しており、あの辺の林や山に潜んで、ひたすらこの御着《ごちゃく》の城内から内応の合図があるのを待ちかまえておる様子でございまする。そのほか西方の浮田城の境にあたる方面には、異状はないようにござりまする。——が是《これ》とて、万一当城に煙が揚がるような変を見たら、どう動いてまいるかは測り知れませんが」

「後の手当は？」

「ご指揮にしたがい、喜多村六兵衛が士卒百五十を率いて、三木勢の動静にそなえ、長田三助は、七十名をつれて、他の境を怠りなく監視し、途中の連絡には、三原隼人が足軽を配して当っております」

「よしっ。そちはここに立て。ご床几を守って」

官兵衛は身を転じて、自身、望楼の上へのぼって行った。今朝の彼は自分の体が幾つあっても足らないような姿である。そこに立って、姫路方面を望めば、朝の陽も暗いほど黒煙が漲《みなぎ》っている。

北方の山地は、何事もないように空も澄んでいるが、彼の眼には、その雲の下、山の皺《しわ》、沢の蔭《かげ》などに、より怖るべき敵のあることが、目に見るほど明らかだった。

この播州において、最も強力で、そして明白に毛利の一類たることを、揚言しているものは、奥地の北播磨《きたはりま》に三木城の嶮《けん》を構えている別所長治の一族である——夜来、姫路の海面に迫って、ついに上陸したという毛利本国の水軍とその三木城の山岳兵とは、巧妙な計画のもとに、呼応して海陸協同作戦に出て来たものであることはいうまでもない。

敵は一揉《も》みと、信じて来たろう。おそらくこの御着城の占領には、半日をも費やすまいと考えたにちがいない。

なぜならば、この城が、その程度の兵力と要害しか持たないものであるばかりでなく、外より攻めずとも、内に有力なる毛利の内応者がいるからである。

「姫山の父上には、如何《いかが》あそばしておられるか。松千代とてまだ幼いし」

兵燹《へいせん》の黒煙みなぎる空を見ては、彼とて老父の身辺や、妻子の身を想わずにいられなかった。そしてそこにある家の子郎党たちの苦戦を思いやった。

望楼を降りて来ると、出会いがしらに、衣笠《きぬがさ》久左衛門とばったり会った。勿論《もちろん》、久左衛門は姫路から馬をとばして来たのである。それを意外として、官兵衛は責めるように訊《たず》ねた。

「なぜ姫路を捨てて来た。今や激戦の最中であろう。彼処《かしこ》を破られてはここも危急にせまる。そち達の死場所はここでない筈《はず》だが」

「いや、宗円様には、御着こそ不安なれ、姫路は大事ない、見て来いとの、烈しい仰せで、そのため一鞭《べん》打って、戦局をお告げし、また当城のご様子を伺いに来たわけです」

「ここここそは、お案じあるなと、お父上へ確《しか》と申しあげてくれ、官兵衛は宗円の子でございますとな」

「はい、かしこまりました」

「行け行け。ここは見た通りだ。鉄壁《てっぺき》である」

「はいっ。では」

去りかけるのを、また呼び止めて、

「町屋《まちや》組《ぐみ》の面々も働いておるか。玲珠膏《れいじゅこう》の井口与次右衛門もつつがないか」

「総出で奮戦しておりまする」

「そうか。さらば先《ま》ずよろしかろう」
彼が頷《うなず》いたのを見て、衣笠久左衛門はふたたび姫路へ引っ回《かえ》して行った。

四

毛利家の水軍の一将、浦兵部丞が敢行した姫路襲撃は、その上陸には成功したが、戦には惨敗を喫《きっ》した。

市街戦は夜に及んだ。しかも市街の一角にとどまって、まったく進撃を喰い止められてしまった。

姫山の黒田宗円がその老骨をひっさげて、自身陣頭の指揮に当ったのみでなく、部下はみな強く、みなよく訓練されており、日頃の恩顧《おんこ》に報うは今ぞと、捨身になって敵へかかった。

その敵愾心《てきがいしん》の猛烈さにも、毛利勢はまず一泡吹いたが、より以上、彼等が苦闘に陥った理由は、この姫路の城下町が、他国の城下町とは、まったく異なる性格を持っていたことを知らずにいたことにある。

それは、敵兵の侵攻をうけるや否、城下民のすべてが、兵と化して、火を防ぎ、老幼を避難させ、また思い思いな得物《えもの》を把《と》って、毛利勢へ当って来た予想外な戦力にぶつかって、寄手浦兵部丞も初めて、これは？　と狼狽《ろうばい》したほどであった。

町中に玲珠膏という目薬の看板をかけている井口与次右衛門のごときは、たちまち、日頃の店頭のすがたとは打って変って、いわゆる「町屋組《まちやぐみ》」部隊の老将として、むかしを偲《しの》ばせる武者振りをあらわしていた。

そのほか、彼と同じような者は、幾十名も、町中に住んでいたのである。いや町屋ばかりでなく浜の漁村にもいた。

元より船手《ふなて》だの水軍などと称せるような組織はないが、「浜の衆」の一手は、夜に入ると、無数の漁船を放って、沖に纜《ともづな》を繋《つな》ぎあっていた毛利船に近づき、火を放ってこれを焼打ちした。

船にはほんの水夫と兵糧の者ぐらいしか留守していなかったので、ここの戦場は、黒田の「浜の衆」に完全に蹂躙《じゅうりん》されてしまい、幾艘《そう》かは焼け沈み、残る船は、あわてふためいて、沖遠く逃げてしまったのである。

海上の火が、陸の浦兵部丞の戦意を、極度に沮喪《そそう》させたことはいうまでもない。潰走《かいそう》はこの刹那《せつな》から始まった。四分五裂となった浦勢は、やむなく三木城へ通ずる街道の方面へ逃げ争ったが、そのときには、御着《ごちゃく》の城を発した黒田官兵衛自身と、その腹心の輩《やから》が、精兵を選んで、随所に兵を伏せていたので、道といわず、畑といわず、森といわず、いたるところで敗敵を捕捉《ほそく》しほとんどこれを殲滅《せんめつ》してしまった。

「……片づいた」

と、宗円と官兵衛の父子が、ほっと大息をつきながら、万感の裡《うち》に、無事な顔を見あわせたのは、その夜も明けた朝方だった。

「まず、一時の危機は脱しました。……が、次には敵ももっと腰を入れて来るでしょう。ごゆるりお休みなされませ」

一言、老父に祝したきりで、彼はすぐ御着へ引っ返して行った。松千代の顔も見ずに、妻の無事も見ずに、帰って行くのだった。

御着の城と姫路の住居とは、わずか一里余の距《へだ》たりに過ぎないのに、かくてこの一家族では、妻は良人《おっと》を見、子が父親に接する日など、半年のうちに一度あるかないかであったのである。

設計二図《ず》

一

この正月からは、信長は安土《あづち》の普請《ふしん》に着手していた。

彼の土木は、やはり彼の戦争のとおりだった。規模《きぼ》の大、構想の斬新《ざんしん》、それは誰の設計でもなく、彼の創作によるものだった。衆智《しゅうち》をあつめて衆智を越え、東山様式の因習《いんしゅう》を破り、大がかりなこと、豪壮華麗《ごうそうかれい》なこと、天下の耳目《じもく》をあつめるに足りた。しかも工事の督励《とくれい》は急速を極めて、夜も日もあったものでなく、起工以来まだ一年にも満たないまに、湖畔《こはん》の一丘には大体その骨組を完成し、広茫《こうぼう》な桑田や畑は、新しい城下町と化していた。

普請奉行は、丹羽長秀、明智光秀などが分担《ぶんたん》していた。きょうも彼は、すぐ麓《ふもと》の桑実寺《そうじつじ》から登って来て、

「わしの住居はまだか。天守の七重だけでも、総懸《そうがか》りで仕上げを急がせい」

と、性急に催促《さいそく》しながら、戦のような現場を視《み》て廻《まわ》っていた。

いつも案内に従う丹羽五郎左衛門長秀も気が気でなく、

「この通りに、夜も日も、総力で急がせておりますれば」

と、いうしかなかった。

天守台の七重櫓《やぐら》が総体の中心であるだけに、ここの工事は最も慎重《しんちょう》でなければならず、また信長の注文もなかなか難しいのである。

地下の一重は倉庫に。二階は、総柱二百八十本立て、間口二十間、奥行十七間、それを十二畳の書院、次四畳、北三十二畳、南三十二畳、次八畳、東二十畳、次八畳、控え三畳、等々たくさんな部屋数に仕切り、欄間《らんま》や壁障《へきしょう》はすべて総漆《そううるし》、襖《ふすま》には、狩野永徳《かのうえいとく》そのほか当代の巨匠《きょしょう》が筆《ふで》をそろえて鵞《が》の間、芙蓉《ふよう》の間、墨梅《ぼくばい》の間、遠寺晩鐘の間などと呼ぶにふさわしい彩管《さいかん》を揮《ふる》っている。

三重の楼、四重、五重、六重と上にゆくほど、間数は少なくなるが、工芸的な構成はむしろ精を極めて、また趣を更《か》えてある。

「五郎左衛門。正月には、ここで屠蘇《とそ》が酌《く》めような」

まだ襖も入らない三重の廊下に床几《しょうぎ》をすえて、瀬田《せた》、比良《ひら》、また湖水一面の眺望を、すでに恣《ほしいまま》にしながら、信長はまたしても、長秀から期日の言質《げんち》を取ろうとするような口吻《くちぶり》である。

長秀も、閉口の体《てい》だったが、

「それはもう正月までには……」と、いってしまって、

「天正五年の新春といっても、はや間近《まぢこ》うございます。それがしどもも、木の香新しい御座に侍《じ》して拝賀のお杯を頂戴《ちょうだい》できるものと、唯今《ただいま》から楽しんでおりまする」

と、その日までに、間《せ》に合わせることを、約するともなく約してしまった。

もっとも信長がそう急き立てるにも理由はある。彼はもうこの十一月の初めに、岐阜の城を一子信忠に譲って、自分は、ほんの手廻品《てまわりひん》と、茶道具一揃い携えただけで、安土の桑実寺に移り来ていた。いわば寺の間借という侘《わび》しき住居である。正月をその寺ではすごしたくないし、事実、越えられもしまい。

こういう背水《はいすい》の陣《じん》を以て催促されているので、奉行《ぶぎょう》たる長秀は、信長が屢〻《しばしば》見まわりに来るごとに、その扈従《こじゅう》と案内に立っている暇も、実は、迷惑なほど、時間が惜しまれていた。ところが、今日は折よく、

「長浜から羽柴殿が見えられましたが」

と、君前に取次が出たので、よい機《しお》なりと、彼は引き退《さ》がって、入れかわりに来た羽柴秀吉に、目礼を交《か》わしながら立去った。

二

去年、北陸攻略の終った後、秀吉は小谷《おだに》の城から、長浜の城に移っていた。大湖《びわこ》を抱いて、安土と長浜と、君臣同じ渚《なぎさ》に住むようになったわけである。

「秀吉か。いつ見えた」

「着いたばかりでございます。だいぶ進みましたな、ご工事も」

「長浜はどうだ。住みよいか」

「勿体《もったい》ないほどでございます」

「母も城へよび迎えたそうだな。そちは見かけによらぬ孝行者だそうだ」

「田舎者ですから、長浜へ移りましてからは、ただもう吃驚《びっくり》しております。さぞ歓《よろこ》ぶかと思いましたが、さほどでもなく、少し迷惑そうな顔して、暮しております。その老母が栽《つく》りました畑の物を少々ばかりお土産《みやげ》に持って参りました」

「畑の物を」

「はい、百姓の母が、百姓を怠《おこた》ると、体がすぐれぬと申しまして、長浜へ移りまして後も、城内の畑を耕し、いろいろな物を栽《つく》っております」

「奇特《きとく》なことだ。ありがたく貰《もら》おう。どれ見せい」

「いや、ご普請場《ふしんば》へお渡りとのことに、それは桑実寺のお台所へあずけて参りました。……時に」

と、あらためて、信長の顔を仰いで、

「ちと、おはなしがございますが……」

「そうか」と、意を酌《く》んで、信長もすぐ、左右の小姓たちへ、

「階下へ行け」

と、人払いを命じた。

「――筑前。何か」

「中国の黒田官兵衛のことに就いてですが」

「ム。あれか」

「困っておるようです」

「何といたして？」

「毛利家の圧迫、四隣の策謀《さくぼう》、まったく孤立無援《こりつむえん》のかたちに在《あ》るようでして」

「当初からの覚悟であろうが」

「もとよりです。――が、織田軍の西下を以《もっ》て、一挙に大勢を決すべく、画策《かくさく》していたものが、毛利家より機先を制され、かえって、播州を固めさせ、敵に防御《ぼうぎょ》のいとまを与

えたことは、何としても残念であると、書状を以て、またまた、申して参りました」

「軍勢の催促《さいそく》か」

「その中で、よく頑張っているのには、感服いたします。この二月頃に一度、五月下旬にも再度毛利家の水軍が、姫路を衝《つ》いて、一挙に、腹中の異端を、取除こうと試みましたが、両度まで黒田父子の善戦で、首尾よく撃退しております。これは先にもご報告申しあげて、わが君からも、ご感状を下された通りですが」

「今はいよいよ支えきれぬというて来たのか」

「負け惜しみのつよいあの男のことですから、左様には申しませんが、一刻もはやく中国へ軍勢のご派遣《はけん》なくば、遂に、毛利の威圧と策謀の下に、播州一円は、不落の態勢を成してしまうでありましょうと……」

「ははは……」と信長は笑い出して、

「悲鳴《ひめい》をあげて来たな、彼も遂に」

「いや、無理もありません」

　秀吉は飽《あ》くまで彼等父子の立場を庇《かば》った。

「――ご当家から観ても、あの一石《せき》は、中国全土、敵ならぬはない中の、ただ一つのお味方でしょう。死なしてはなりますまい」

「――が、官兵衛父子を救うために、わが大軍を出すことはできない。中国のことは、安土を築《きず》くようなわけには参らん」

「お旨はわかります。故に、私からはその都度《つど》、懇《ねんご》ろに返書を与え、近畿《きんき》の情勢、まだその時でない。遠からぬうちに、時節が参ろう、もう少し待て、頑張っておれと、慰撫《いぶ》に努めておりますが、願わくば我君よりも、一度おことばを下し置かれれば、彼等父子も一層誠忠をふるって、ご西下の日をお待ちするであろうと存ぜられますが」

「それも思わぬではないが、何せい、黒田父子は、小寺政職《まさもと》の臣。小寺家そのものの内部にすら、なお彼に服さず、ひそかに毛利家へ心を寄せている者もあると聞き及ぶ。旁《かた》旁《がた》、心はゆるし難い。——余の誓書が参るよりも先に、小寺家より当家へ質子《ちし》を送るべきではないか」

「そうです。御諚《ごじょう》至極ごもっともに存じます。早速、質子を入れよとのご一書を、お遣《つか》わし下されば、必ず送って参りましょう」

「寺へ来い。そちの母が栽《つく》ったという野菜など煮させて、一献《こん》酌みながら、なお熟議《じゅくぎ》しよう」

信長は床几を離れて、まだ漆《うるし》の香のする欄階を先に降りて行った。

質《ち》子《し》

一

年をこえた天正五年、信長の＊朱印《しゅいん》は、小寺家へ対して正式に、質子《ちし》を求めて来た。官兵衛に対しては、秀吉から私信で、あらかじめその事ある旨を伝えて来ていたので、当然としていたが、主家の小寺政職《まさもと》は、

「どうしたらよいか」

と、この程度の問題に当っても、困惑《こんわく》を面にあらわして衆に諮《はか》るのであった。

もちろん一族と重臣のうちに、今なお織田家との盟契《めいけい》をよろこばない空気があるにもよるが、もう一つの理由には、小寺家の嫡子氏職《ちゃくしうじもと》が、病弱な上に、不肖《ふしょう》の子で、世間に出せない者だ——という点にも、親心の苦痛があった。

「ご心配に及びませぬ」

評議《ひょうぎ》の席で官兵衛は、いつもながらの口調で広言した。

「氏職様のお弱いことは、かねて羽柴殿のお耳へも入れた事がある。病人たりと差上げよとは信長公もよも仰せられますまい。——ご嫡子に代えてそれがしの一子松千代《まっちよ》、まだ当年十歳ですが、あれを人質に送りましょう。松千代を以て、ご用に代えますれば、決してこの儀に就いては、ご心痛にはあたりません」

彼の広言は、常に、空言ではなかった。わが子を以て主家の子に代えるという事は、少なからず居合わせた人々を感動させた。いつも反対の立場に立つ宿老たちまで、

「官兵衛どののご心中は察し入るが、そうしていただければ」

と、一致していった。およそ評議を開いて、こんなに快く即決を見たのは、この御着《ごちゃく》城のうちでは今日が初めてであったと、官兵衛は苦笑を覚えた。

だが、官兵衛もさる者である。唯々《いい》としてすぐには質子も出さなかった。以来、秀吉との間に幾度か書簡《しょかん》の往復を見た。もちろん即刻ご西下の言質をとる為である。秀吉からの手紙はいつも情誼《じょうぎ》と誠意をこめて、

(――自分もそれは急いでおる。君前への進言にも絶えず努め、為に、信長公の御意もようやく決して来られたかに窺《うかが》われる。この際に、質子を送られればなお効を大きくしよう。ただ案じられるのは、この際にも、しきりと敵側の流言離間《りかん》が行われているらしい。足下の磐石《ばんじゃく》の如きご心底こそわれらの最も恃《たの》むところである)

と、述べ、またある時の一通には、

其方儀は、われらの弟小一郎(羽柴秀長)同然に、心易く存じ候あひだ、何事をば皆々申すとも、其方と直談もて、是非御さばきある可く候

とまで書いてあった。

(弟だ。其方は、おれの弟小一郎も同然に思っている)

秀吉の官兵衛に対する態度は、いつかそうなっていた。官兵衛としては、もういかな

る苦境に立とうが、秀吉にだけは反《そむ》けない気もちになっていた。

二

「都が見られる。安土が見られる」

そういって、十歳の松千代が、旅の支度にはしゃぐのを見ると、彼の若い母も、祖父の宗円も涙を制しきれなかった。

いよいよ、この一粒だねを、質子《ちし》に上《のぼ》すと、極《き》まったのは、同年の九月だった。

「お母様、行って来ます。お祖父《じい》様、行って参ります」

少年の眸《ひとみ》には、ゆくてを楽しむ心しかない。実に嘻々《きき》たるものである。わらじを穿《は》く、刀を帯びる、笠《かさ》を持つ。そうした旅装も少年の夢を凜々《りり》しく駆りたてる。涙ながら見送る幼少からの乳母や家臣や――また母なる人の姿にさえもう一顧も与えず先ばかり急ぐのだった。

城門から馬に乗った。その可憐《かれん》なすがたが、なおさら、見送りの涙をしぼらせた。およそ遠くへ質子として送られた質子で無事に帰された質子が幾人あるであろうかと。

安土まで供をして行く家来は、わずか四、五名に過ぎなかった。目については、途中、敵の手に横奪《よこど》りされる惧《おそ》れがある。が、飾磨《しかま》の浜で船支度して待っている面々のうちには、なお屈強が揃っているし、兵庫の浦まで行けば、そこには、父の官兵衛が待っているはずだった。

官兵衛としては、ひとりの子を送ることよりも、織田軍数万と、ひとりの大将を播州へ迎えることに、智嚢《ちのう》をしぼった。そしてその実現を見る日は、今を措《お》いてはないと信じていた。

陸路を、単騎いそいで、荒木村重に会い、近畿の形勢をたずね、また中国進攻の場合の備えに何かと打合わせなどして、彼は、兵庫の浦の漁村にかくれて、わが子の着くのを待っていた。

それは九月の末だった。

待望の日

一

安土《あづち》の秋は、去年の秋とは、まったく景観を一変していた。すでに天守も竣工《しゅんこう》し、八楼十門を繞《めぐ》る城下町も、新しき文化の大都府たる装《よそお》いをほぼ完成しかけていた。

父と共に、ここへ着いた松千代は、眼をまるくしていた。姫路の小城と比較しては、少年の目にすら、余りにもちがう安土城の豪壮《ごうそう》と絢爛《けんらん》に唯《ただ》もう唾《つば》をのんでいる姿だった。

けれどこの少年も後《のち》には黒田長政となった資《し》である。父官兵衛に伴われて、安土の群臣の前に出ても、また信長に目見得《めみえ》しても、決して卑屈に羞恥《はにか》んでばかりいなかった。悪びれない姿で、何事にもはきはき答えた。

「父親の官兵衛よりは眉目《みめ》も美い。母御《ははご》に似たと見ゆる。気性も確《しっ》かり者らしい。良い和子《わこ》だ。なかなか良いところがある」

信長はしきりにいった。旁々《かたがた》、どうかと思っていた質子を、かく早速伴って来た誠意に対しても、官兵衛の二心なきことを再認識して、大いに嘉《よみ》している風も窺《うかが》われる。

もちろんこの日、秀吉も立ち会っていた。質子《ちし》授受《じゅじゅ》の公式的な対面がすむと、後、西十二畳の梅の間で饗宴《きょうえん》を営まれた。これは質子たる子と、子を預けて帰国する親とに、いつとも知れぬ再会の日までの別れの食事を意味するもので、骨肉の父子《おやこ》にとっては無量な思いに違いない。

従って、信長以下、席についた者は極く少数に限られている。その席で信長はいった。

「中国西下の儀も、近いうちに必ず果そう。その折には、筑前を以《もっ》て、指揮させる。筑前と其方と諸事緊密《きんみつ》に協力して仕果すように」

これを聞くと官兵衛は、もう一子との離別《りべつ》などは、問題でない心地がした。積年の宿志《しゅくし》が届いて信長から直接、この誓約を得たからには、もはや実現を見たように、瞼《まぶた》の熱くなるものを抑《おさ》え得なかった。更に信長はまた、

「そちと筑前とは、いわゆる合性《あいしょう》だ。最初からの縁でもあるし刎頸《ふんけい》の仲。質子の松千代は、筑前の手許《てもと》へ預けおくことにする。筑前の手に養い置かれれば、其方とても心安かろうが」

と、思い遣《や》りを示した。

「ありがとう存じまする」

官兵衛はそういうしか言葉を知らない。信長に対する畏敬《いけい》はかくて会う度《たび》に昂《たか》められる気がした。秀吉との親しみと尊敬には「己れを知る者のためには死す」という士*心の髄《ずい》に沁《し》みて来るものがあったが、信長に向っては、「やはり自分の先見《せんけん》は過らなかった。この人こそと仰いだ期待は裏切られていない」という、山へ登って山に失望なく、いよいよ山の美と高さを知るような思いがあった。

とはいえ勿論《もちろん》、山といえば嶮《けん》がある。谷がある。信長の気難《きむずか》しさや、測り知れない豹《ひょう》変《へん》や、癇癖《かんぺき》や我儘《わがまま》や、ずいぶん人間的な短所は官兵衛も承知である。がその事は秀吉が常に仲に立って、よく双方を融和《ゆうわ》してくれるし、「ああしたご気性」というものを話してくれるので、官兵衛にとっては、寔《まこと》に気が楽だった。そしてそういう短所が少しも信長の欠点には見えなかった。

二

安土の城内には二日留《とど》まっていた。三日目の朝、官兵衛は信長に別辞《べつじ》を告げ、秀吉も質子《ちし》を連れて、長浜へ帰ることになった。

秀吉と共に来ていた竹中半兵衛《たけなかはんべえ》が、昨日から松千代の世話を見てくれていた。その半兵衛が別れるに際して、

「秀吉様のおことばで、ご子息はそれがしの郷里、美濃《みの》の菩提山《ぼだいさん》の城へお預かり申すこととなりました。片田舎ではありますが、ご安心な点では、随分ご懸念《けねん》ない所と思います」

と、告げた。官兵衛は心からそれに謝《しゃ》したものの、

「いや、それは思わぬご厄介をかけました。ご郷里において、竹中家のご薫陶《くんとう》を得ればあれにも何よりよい修業です。しかし、かかる世の慣《な》らい、松千代の身命については、どうか少しもお庇《かば》いなく、唯々《ただただ》、ご主命のままの者と思召《おぼしめ》し下さい。如何《いか》なる場合に、如何なる事になろうとも、決してあなたをお恨《うら》み仕《つかまつ》るような親心は持ちませぬ」

と、自分の覚悟のほども語った。ただ呉々《くれぐれ》、中国で再会の日近きようにと誓って別れた。

秀吉主従は、船で長浜へ帰った。湖畔《こはん》の水門から湖上へ浮かび出た屋形造《やかたづく》りの一艘《そう》がそれだった。

その頃ちょうど官兵衛も安土の町を離れ、湖畔の松並木を西へ向って歩いていた。供の侍が、

「あれ、筑前殿《ちくぜんどの》が扇を振っておられまする」

と注意したので、官兵衛は駒を留めて凝視《ぎょうし》した。扇の日の丸が赤くうごいている。松千代も側《そば》に見える。竹中半兵衛も見える。

官兵衛も手を振って答えた。顧《かえり》みれば安土の城頭の巍然《ぎぜん》たる金碧《こんぺき》もまさに天下布武《ふぶ》そのままの偉観《いかん》ではあったが、やはり官兵衛の心を深くとらえたものは、この際でも、彼方《かなた》に打振る一本の日の丸の扇に如《し》くはなかった。何としても、秀吉のそれには、常に情味が伴っている。威武《いぶ》よく人を服せしめるか、情よく人心をつなぎ得るか。もし秀吉が二つのものを持ったらばと官兵衛はひそかに空想した。

その帰途に官兵衛は、供も馬も捨てて丹波《たんば》から山陰へ廻《まわ》った。これは今度、秀吉と二日間を安土に送った間に結ばれた秘策《ひさく》を果たすためだった。

山陰には尼子氏《あまこし》の一党が諸所に潜伏《せんぷく》して時到るを待っている。その勢力は微少《びしょう》だともいえるが、尼子一族と毛利家との闘争は、実に大永年間、毛利元就《もうりもとなり》が尼子経久領を奪取《だっしゅ》して以来のもので、以後五十余年の長きあいだを、子々孫々にかけて、尼子一族は毛利打倒の戦いを歇《や》めていないのであった。

領土なく一城なく、拠《よ》るに大兵や軍需力《ぐんじゅりょく》がないまでも、あらゆる奇襲《きしゅう》を以て、尼子の浪人は、その精神をつらぬき、その報復《ほうふく》を期し、今も毛利家を悩ましている存在だった。

そして、経久の裔《すえ》尼子勝久を擁《よう》して、しきりと山陰に風雲の日を呼ばんとしている者は、勝久の股肱《ここう》、山中鹿之介幸盛《やまなかしかのすけゆきもり》であった。

鹿之介幸盛と安土との間にも、すでに一脈の連絡《れんらく》が通じていた。これも直接ではなく、もっぱら丹波方面に活躍している明智光秀と細川藤孝を介して、他日の内約が結ばれていたものである。――で、秀吉はこの一勢力の重要性も疾《と》くから見ていたので、こんど安土で官兵衛と会い、また信長の内意もほぼ定まるものあるを察して、

（いちど其許《そこもと》も、山中鹿之介幸盛と会って、充分、意志を通じておかれるがよくはないか）

と、暗示したものであった。勿論、官兵衛はその方面の情勢には通じていたし、秀吉がそういうからには、愈〻《いよいよ》中国出陣の日も近いにちがいないと感じたので、姫路へ帰る予定を急に更《か》えて、単身その脚で山陰へ廻ったものであった。

そのほか、彼の胸には幾多の策が抱かれていた。それを行うには、体が幾つあっても足らない気がした。ほとんど漂泊の一浪人に等しい姿で、約一ヵ月を駆け歩いた。

尼子勝久にも会い、鹿之介幸盛とも熟談した。また但馬《たじま》、伯耆《ほうき》、播磨《はりま》に散在している旧赤松一族の庶流《しょりゅう》を訪ね歩いて、

（天下はかならずかく動く。またかくあるべき天下の将来でなければならない）

という自己の信念を説きまわった。大胆にも彼は、その信念をもって三木城の別所長治《はる》にまで会見しに行った。

三木城は由来《ゆらい》、毛利加担の旗頭《はたがしら》といってもよい程、明白なる反信長の旗幟《きし》を立てていたが、黒田官兵衛の熱烈な信念と誠意の弁は、ついに城主の長治をして、

「いわるるが如き織田家の抱負《ほうふ》に偽りがないならば、秀吉西下の時には、織田の一翼となって働いてもよい」

とまでの口約を得て帰った。

別所家も赤松一族の庶流《しょりゅう》であり、小寺家も赤松の流れである。血に於《おい》ては近いものを持っている。いわゆる赤松氏の族流《ぞくりゅう》は、中国だけでも三十六家の多数に及んでいる。今日まで、口には出さなかったが、一朝大事にかかる日には、その三十六家の半数を味方に説き入れても優に新しい一勢力を喚《よ》び起すことは出来る——とは彼が夙《つと》に抱いていた画策の一つであった。

三

一面、秀吉は十月の中旬信長の命に接するや、電光石火、安土に勢揃いして、中国陣総指揮の資格を以て播州《ばんしゅう》へ入った。

これは、敵毛利家を衝撃《しょうげき》する以上、安土の宿将たちの心にも大きな波動を打たせた。

「筑前如きまだ未熟な将を中国攻略という大任に、しかも総帥《そうすい》としてお遣《つか》わしになった。ちと思い切ったご登用、破格過ぎはしないであろうか」

という専《もっぱ》らな評の裡に重臣たちの含む不平はよく現われている。即ち、柴田勝家にせよ、丹羽長秀にせよ、秀吉といえば、まだ自分たちより遥《はる》か後輩の者としか見ていないのである。それが？……という気持なのである。

明智光秀なども、意外となした一人らしい。中国発向の場合には、或《あるい》は自分に、という期待はいわず語らず自負《じふ》していたふうがある。殊に山陰方面の方策については、度々《たびたび》、献言も試み、尼子一族との間にも介在していた関係上、それは決して、彼の自惚《うぬぼ》れだけのものではない。

だが、誰よりも失望し、また不愉快に思ったらしいのは、伊丹《いたみ》城にある――いく久しく中国と上方との重要な境界に位置もしまた働きもしていた――荒木摂津守村重であったろう。これは当然、前々から、

「俺が」と、自負満々たる者だったのである。秀吉の率いてゆく大軍が、摂津を通過するのを見て内心穏やかならぬものがあったことは争えない。

四

小寺家にとってはいいきれないが、黒田官兵衛にとっては、秀吉の軍隊こそ、正に待《たい》望《ぼう》の兵である。

かねて、信長と約したように、一家の住居としていた姫路の城は、挙げてこれを、

「織田軍の本営に」と提供を申し出て、秀吉とその軍を迎え入れて、家族たちは、隅の一曲輪《くるわ》に移してしまった。

秀吉は、姫路城に入って、ここから、一応形勢を、現地的観察の下に見とどけると、

——播磨《はりま》一円の平定は、おそらく来月中旬を出《い》でず片づきましょう。

と、書をもって、早くも信長に報告していた。

ここに織田家の旗幟《きし》が立つと、はじめて官兵衛の事前工作も、大きな事実となって答えて来た。その誠を示すものは、質子《ちし》を送って来ることである。秀吉は姫路にあって、十数人の質子を見た。しかしそれらはいずれも微弱な地方の土豪に過ぎないものの子であることはいうまでもない。

真に力のある者は、やはり容易に軍門へ降《くだ》って来ることはしなかった。後は実力の如何《いかん》である。疾風の迅《はや》さで、彼の兵はすでに、但馬《たじま》に入り、山口、岩淵《いわぶち》、また竹田城を落していた。

これに呼応《こおう》して、山陰方面から起った一彪《ぴょう》の軍こそ、尼子一党の兵だった。山中鹿之介幸盛と黒田官兵衛とは、熊見川の陣所で、手をにぎり合った。

「待たれていた日が遂に来ました」

「来ましたなあ。中国の黎明《れいめい》が」

両雄が語り合っているところへ、敵の一城、上月《こうづき》の背後《はいご》には、毛利家の尻押《しり》しによる浮田和泉守の手勢がだいぶいるらしい、という情報が入って来た。

「たとい浮田勢が加わろうと、何の一揉《も》みでしょう」

鹿之介は先鋒《せんぽう》を望んだ。

もちろん許された。官兵衛は常に陣中に在る竹中半兵衛重治に諮《はか》った。戦陣のことについては半兵衛こそ遥《はる》かに自分以上の知識とかたく信じていたからである。

上月城は旬日を出ぬまに陥した。城主の首は姫路から安土へ送られた。秀吉は、尼子の主従を引見して、

「長年のご辛苦察し入る。が、必ずその辛苦は報われよう。きょうはまだ本懐《ほんかい》の日ともいえぬ、唯《ただ》その事の緒についたのでござるが」

と、心からいたわり、またその功をねぎらって、一夕の杯を酌み交わした。そして敵から奪った上月の城へ、尼子勝久と山中鹿之介を入れて、敵との境を守らせた。主《しゅ》の勝久は若年でまだ二十六歳。その下の孤忠の臣たり一代の俠骨鹿之介幸盛は、三十九歳の稜《りょう》々《りょう》たる骨《こつ》がらの持主であった。

名馬書写山《しょしゃざん》

一

秀吉はいちど安土へ凱旋《がいせん》した。戦捷《せんしょう》報告をかねて、なお次の作戦段階に就いて、親し

く信長の指示を仰ぐためであった。

「序戦の功としては申し分のないことだ。大儀大儀。安土で悠々《ゆうゆう》と正月を迎えてゆけ」

年の暮であったので信長はそういった。そして鍾愛《しょうあい》の乙御前《おとごぜ》の釜《かま》を与えた。茶入れ、茶わん、茶の湯釜などを賜わることは、当時にあっては最高な勲章《くんしょう》を授与されるのと同じであった。その名誉たる、重宝的価値ばかりでなく、信長からそれをもらうことは、

——汝もまたこれくらいな物は持って、忙中の小閑、茶などして心を養え。

という資格を付与されたことにもなるからであった。茶は流行を極めていたが、主君からそういう公認を得ているものはたくさんない。

明けて天正六年の二月。秀吉はふたたび播磨へ下った。整備陣容はさらに堂々強化されていた。

現地の与党、織田方の一群は、加古川まで出迎えに出ていた。こういう事も元より黒田官兵衛の才覚で、秀吉の中国入りを光輝《こうき》あらしめようとする彼の誠実にほかならない。わけてもこの出迎人の中には、三木城の城主別所長治の叔父《おじ》にあたる別所賀相《よしすけ》が家中の三宅治忠と共に加わっていた。

別所一族といえば、ともあれ東播磨八郡の四十三万石の地域を領して、ここでの大勢力である。ひとたびは毛利家へ*款《かん》を通じていたものだが、官兵衛が三寸不爛《ふらん》の舌を以《もっ》て、それを説き、遂に一兵も用いず織田の陣営へ引き入れたことは、どれほどこの播州にお

いて、形勢を有利にし、また、秀吉の軍隊を光輝あらしめているか分らない。

「やあやあ。これは」

秀吉は誰へもまずこうである。大藩の親族へも、小城の臣下へも、特にどういう風はない。

しかし、第一回出征の時とは、格段な精彩《せいさい》を以て、任地へ着いたので、欣《よろこ》びは正直に顔から溢《あふ》れている。

加古川の陣屋で、その夜、播州お味方の大宴が開かれた。宴が終ると、席を更《か》えて、軍議に移った。既定方針《きていほうしん》の大本と、織田家の不敗必勝の態勢《たいせい》だけを宣《の》べておけば、今夜のところはまずよかろうくらいに、秀吉は、宴後の議席でもあるので軽く考えて臨んでいたのである。

ところが、その席上で非常によくしゃべる男がいた。別所長治の叔父の賀相《よしすけ》と三宅治忠のふたりである。

秀吉は、時々じろりと眼を与えていた。彼も稀《まれ》には虫を起すこともあるのだ。

二

「いま羽柴殿から、ご訓示やら抱負《ほうふ》を述べられたが、どうだな、諸公。中央中央とよく仰せあるが、毛利衆からいわすれば、中国こそ中央というかもしれん。織田衆の眼は、ちと己れに即し過ぎて、毛利の勢力を、過小に観てはおられんかな？……。どうもそんな気がするが」

と、これが別所賀相《よしすけ》である。

酩酊《めいてい》の様子でもあるが、舌なめずりしながら、座の左右ばかりでなく、向う側の人々へも、しきりに呼びかけていうのであった。

「毛利家の富力と軍備は、ちょっと、想像も及ばんでな。殊に水軍は圧倒的なものだ。元就《もとなり》以来の蓄積がものをいっとるし、それに現主の輝元はともかく、吉川元春《きつかわもとはる》といい小《こ》早川隆景《ばやかわたかかげ》といい、そう甘くは見られん。各〻雄才だ」

「これ、これ。長治の叔父どの」

怺《こら》えかねたかの如く、秀吉が、上座からその耳を引っ張るように呼んだ。

「何だ、ぶつぶつ。いったい其方のいおうとしている要旨《ようし》は、意味は」

「やあ、お耳に触《さわ》りましたかの」と、賀相も太々《ふてぶて》しいところがある。年からいえば秀吉の親ぐらいな甲羅《こうら》も被《かぶ》っているので、びくともする様子ではなかった。

「つまりは——でござる。御身《おみ》のために申せば粗忽《そこつ》にこの中国へ懸り給わば由々《ゆゆ》しき大事を引き起し候わんと、案じるのでござる。こちらも緩々《ゆるゆる》と軍備を固め、毛利方の小城枝城をぼつぼつ攻め落されて後、よい虚実を計って大軍を動かさるべきでないかと考えまするのでな」

「要《い》らざる事申すまい」

秀吉はほんとに怒った。そして賀相や三宅治忠の面を正視してから烈言した。

「其方たちは、唯、筑前が先手を勤め、わが命を奉じて、奮戦すればよいのだ。左様な根本の方策戦略は、信長公より命をうけて、一切この秀吉の方寸《ほうすん》にあること。おぬしらの容喙《ようかい》はゆるさぬ」

「ははあ、左様なもので」

賀相は自若《じじゃく》として、隣の治忠へ、

「……じゃそうでござる。何と、もうこれにおる意義はなかろうではないか。どれお暇《いとま》しようか」

頤《あご》で促《うなが》して、共に退席してしまった。

加古川を離れると、賀相は馬の上から、三宅治忠へ向っていっていた。

「今夜の芸はちと首賭《くびか》け仕事であったな。だが、これでまず、殿をうごかす理由は出来たというもの。……何の、羽柴ずれや、黒田らに、別所一族が足軽《あしがる》代りに駆使《くし》されて堪《たま》るものではない。第一、毛利家に対して、われらの面目がたたぬ」

これは、腹からの毛利方なのだ。官兵衛に説かれて、城主長治は、織田へ随身を誓ったものの、その城中にはなお、こういう強固な反信長分子が多いことを、今のことばは立証して余りがある。

三

三木城の城主別所長治はまだ二十五歳の青年だった。はるかに新興織田勢力の赫々《かっかく》たるものを眺め、中国の毛利にも飽き足らないものを覚えていたところへ、昨年、黒田官兵衛の説破《せっぱ》に会って、断然、織田へ款《かん》を通じたものであった。

「詐術《さじゅつ》じゃよ、それは悉《ことごと》く」

と、いま彼の前に在る叔父の賀相《よしすけ》は、口を極めて、その非を鳴らした。

「加古川で秀吉と会《お》うて来たが、その暴慢《ぼうまん》無礼には、身が震えたわ」

と、さも大仰《おおぎょう》に、その時のもようを告げて、

「別所長治以下、御身らはみな、筑前の先手に過ぎぬ、帷幕《いばく》の事、戦略などに、容喙《ようかい》はゆるさんといいおる。それも満座の中で。──まるで播磨の国人を視《み》ること下人《げにん》の如しじゃ」

と、充分に長治の気色をうごかしてから、その最も戒心《かいしん》するところを衝《つ》いた。

「畢竟《ひっきょう》、信長の真意は、まずわれら一族の勢力を当初に利用し、中国征伐の成る日は、個々自滅を与えて、三木城なども、秀吉の賞として与える肚《はら》ではなかろうかと存ぜられる。──古今奸雄《かんゆう》の計ることは、おおよそ揆《き》を一にしておりまするて」

叔父人からこうまで説かれては、長治も信念を持ちきれなかった。俄然《がぜん》、三木城は官

兵衛を裏切った。いや全面的に、織田との離反を「交渉手切れ」と称《とな》えて、叛旗《はんき》をひるがえし、城内の毛利加担勢力の急激な擡頭《たいとう》に委《まか》せて、ふたたび協力を芸州吉田の毛利輝元へ申し送った。

ひとたび三木城の反転がつたわると、神吉《かんき》、梶原、淡河《おうご》、衣笠、長井などの小城小城に拠《よ》る諸豪も、踵《きびす》を継いで、これに呼応して、

「羽柴軍を中国から一掃せよ」

の大旆《たいはい》に拠《よ》ってしまった。ここにおいてか、官兵衛が舌頭の無血攻略も、苦心の地盤《じばん》工作も、一朝のまに、すべてが画餅《*がべい》のすがたに帰ってしまった。

官兵衛は、正直、哭《な》きたいような気がした。秀吉をとらえて心からこぼした。

「あなたは、兵略のみならず、外交にかけても、人を反《そ》らさぬ達人だと思っていましたが、別所賀相《か》を怒らせて帰したなどは、言語道断なご失敗です。ほかとちがい三木城は、勇兵も多く且つ天嶮《てんけん》です。この始末はだいぶ手間どりますぞ」

「仕方がないではないか」と、秀吉も自分の一場の感情に遺憾《いかん》のあったことは認めたが、決して、これが悪い結果であるとはいわなかった。

「かえって、よかったともいえるな。何となれば、すでにいつか離反の火を噴く危険を孕《はら》んでいる三木城なのだ。お汝《こと》が上手に口舌で彼等を服させた功はおろそかに思わんが、中国経営の大業が、砂上の楼閣《ろうかく》であってはならぬ。そのためにはむしろよいことじゃったよ」

負け惜しみは充分にある。しかし、そう考えるべきが不屈不撓《ふくつふとう》の精神といえるかもしれない。官兵衛も二度とそれに触れないようにした。そしてだんだんに秀吉なる人の長所と共にあらも見えて来るほど、秀吉が自分へ宛てた手紙の内にも書いている、「――お汝《こと》はわが弟の小一郎も同様に思うぞ」ということばの真実が身に沁《し》みて来るここちがした。

四

ことばの上では、いかに秀吉が負け惜しみをいっても、三木城離反のために、軍の既定作戦に急角の変化をもって来たことだけは蔽《おお》い得ない。

第二次出征のこのたびは、初めからの方針として、備前にかかる予定だった。備前の浮田直家こそは、今、毛利の前衛をなしている最大な防塁《ぼうるい》だからである。

が、今は――一転、まず足もとの異端から征服しなければ危地に陥る。秀吉は官兵衛のすすめに従って、急遽《きゅうきょ》、書写山に本営を移し、そこの寺院から指令していた。

情報は敵に伝わるに迅《はや》い。

紀伊、淡路の辺に、機《き》を窺《うかが》っていた毛利の水軍は、百余艘《そう》の兵船に、兵数千を載せて、そのときもう沿海を襲撃していた。

「ひきうけます。殿には、正面の敵へおかかり下さい」

官兵衛は、母里太兵衛《もりたへえ》、竹森新次郎、栗山善助などの股肱《ここう》に兵四、五百をひきつれて、上陸して来る毛利勢に当り、これに手痛い損害を与えた上、敵将の梶原景辰《かじわらかげとき》と明石元和《もとかず》を降《くだ》して、立ち帰って来た。

「官兵衛、堪忍《かんにん》せい」

そのとき秀吉がいった。怪しんで、何を左様に詫《わ》びられますかと訊《たず》ねると、例の開け放しなことばで、

「いや、自分はよく口ぐせに、お汝を称《ほ》めるとき、口舌の雄とか、三寸不爛の剣を持つ謀士だとか、軽々しくいっていたが、先頃、上月城を攻撃の折といい、このたびの武勇といい、決して御辺は口だけのいわゆる策士謀士でないことがよく分った。だから謝ったわけじゃ。ゆるせよ」

そういうと彼は、草履《ぞうり》をはいて、ふいに庭へ出て行った。何しに？　と見ていると、寺院の庭の巨《おお》きな海棠《かいどう》の木に繋《つな》いであった一頭の黒駒のそばへ立ち寄り、自身、口輪をつかんで、広間の正面まで曳《ひ》いて来た。

「良い馬であろうが、官兵衛」

官兵衛は縁まで出て、頭を低め、また両手をついて、

「栗毛でございますな。毛艶《けづや》のよさ、脚、艫《とも》（馬臀《しり》）、肩との均整、蹄爪《ひづめ》の鋭さ。わけて眸《ひとみ》が静かです。近頃見たこともないご名馬。十歳にも相なりますかな」

「いやまだ若馬《わかうま》じゃよ。七歳馬だ。先ゆき長く乗れる。戦陣の中を、乗りこなしたらな

お良くなろうと思う。……どうだ、欲しくないか」

「欲しいと思います」

「それならお汝にくれよう……実はこのたびの西下に、信長公から拝領して、これに打乗り、初めてこの陣営に繋いだので、書写山と名づけて可愛がっていたが、秀吉の勲功《くんこう》は、大半はお汝の働きによると申してもよい。――官兵衛、降りて来て、手《た》綱《づな》を把《と》ってみい、何とも美しい歩様《ほよう》をなす馬だぞ」

「ありがとうございまする」

庭上に降りて来て、官兵衛は地にひざまずいて手綱をうけた。そして一巡、乗らずに引き廻《まわ》して見ていたが、三嘆して、

「むかし後《ご》漢《かん》の呂布《りょふ》が愛していたという赤兎《せきと》にも勝りましょうな。書写山とは、馬の名もよし、安土の厩《うまや》を出たものなら鞍縁起《くらえんぎ》も上々吉。きっとよい出世いたしましょう」

と、心から嬉《うれ》しそうであった。それを見て秀吉も、縁へ上がって、元の座にもどり、なお、眺め合って、

「働けよ、この上とも」

と、励ました。

官兵衛は更に一礼した。そしてやがて、庭垣の彼方《かなた》へ向って、家臣の母里《もり》太兵衛の名を呼びたてた。何事かと、太兵衛が駆けて来ると、

「上月城の働きも、先頃、毛利の水軍を追い退《の》けたときの功も、実に、そちの忠勤には

目ざましいものがあった。これは今、筑前様から拝領した名馬だが、戦功へ下すったもののゆえ、これはそちに譲ってつかわす。筑前様へ、よろしくお礼を申しあげたがよい」

と、あっさり与えてしまった。

母里太兵衛は、余りの過分に、歓《よろこ》びを越えて茫然《ぼうぜん》としていたが、手綱を押しいただくと、ぼろぼろ泣いていた。

秀吉は心のうちで、官兵衛の器量《きりょう》をもう一応も二応も見直していた。

「この男、家臣のつかい方も、なかなか心得ておる。それだけに、使うにはちと難しいな」――と。

友の情け

一

三木城の嶮とその抵抗力は、歯肉に頑強な根を持っている齲歯《むしば》にも似ている。

しかもその一本の悩みを抜き去るためには、それに連なる志方、神吉、高砂、野口、淡河《おうご》、端谷《はたや》などの衛星的な小城をまず一塁一塁陥《おと》し入れてからでなければ、敵の本拠たる歯根《しこん》を揺がすことは出来ないからである。

書写山《しょしゃざん》を本営とする秀吉の戦法は、いわゆる定石どおりにその外郭《がいかく》の敵を一城ずつ攻めて行った。野口城を陥し、端谷城を奪《と》り、順次、神吉の神吉長則《かんきながのり》や、志方の櫛橋治家などの塁も衝《つ》き、別所一族の領土とする広汎《こうはん》な地域にわたって、放火、掃蕩《そうとう》、迫撃の手を強めていた。

が、いかに秀吉の左右に、軍師竹中半兵衛と智嚢《ちのう》黒田官兵衛がともに扶《たす》けていても、一万に足らない小勢では、彼の地の利に対して、短兵急に効を挙げることは覚《おぼ》つかない。

(事態は重大、急遽、ご援軍の西下を仰ぐ)

秀吉は疾《と》く、安土の信長へ向って、こう早飛脚を立てていた。そして一面には、士気を疲らせないために、時折、軍馬を休め、浩然《こうぜん》の気を養わせて、長期戦を期していた。

そうした休戦日のある折だった。黒田官兵衛の陣所へ、半兵衛が遊びに来た。陣羽織に竹の杖《つえ》を持ち、瀟洒《しょうしゃ》たる姿で、

「お在《い》でか」

と、陣屋の内を覗《のぞ》いた。

書写山の上には僧房が多い。官兵衛の陣所もその一院にあった。折ふし彼は武装のまま論語を読んでいたが、思わぬ友の訪れに、歓んで迎え上げ、まず挨拶《あいさつ》を終るとすぐ、

「お体はいかがです。陣中生活では敢《あえ》て無理もしますし、食物もままならないので、ご病気がすすみはせぬかと、筑前様にも常にお案じなされておるが」

と、友の健康をたずねた。

竹中半兵衛に会うと、まず何より先にそれを問うのが、官兵衛始め幕僚《ばくりょう》たちの通例になっていた。事実、半兵衛の容体は、戦場へ来てから決して快《よ》くない容子なのである。鋼鉄《こうてつ》の如く日に焦《や》けた皮膚と髯《ひげ》武者の揃っている中にあって、彼の顔だけが際立《きわだ》って白かった。軍議の時など、藪《やぶ》の中に一輪の白椿が咲いているように、いつも口少なく秀吉の側にいた。

けれど彼のことばを聞けば、聞く者の方が爽《さわ》やかになるのが常であった。彼自身はまぎれもない病体だが、彼は決してその苦痛や憂鬱《ゆううつ》を人には頒《わ》けない。きょうも変らない微笑を静かに見せていた。

「いや、ありがとう。持病というものは、ご推察をいただくほど、当人はさして苦痛でもありません。それが常態《じょうたい》になっておりますから」

「時に、安土のご援軍は、急速に参るでしょうか」

「いま殿のお手許《てもと》へ御状が着きました。それに依《よ》れば、滝川、明智、丹羽の諸将に、荒木村重の一軍をも加え、すでに当所へ向けて、立たれておるようです。——信長公のご嫡男信忠様をも加えられて」

「それで、やや安堵《あんど》です。安土の評議、いかがあろうかと案じていたが」

「いや、安堵とはまいりますまい。困難はむしろこれからのように思われる」

「……と、仰せられるは？」

「丹羽殿といい、明智、滝川、佐久間などの諸将といい、みな一方の大将として自負するところ強く、わが殿の指図をうけ、その指揮下に動くは、内心快《こころよ》しとせぬ方々ばかりではないか。そこに統率《とうそつ》のご困難が生じて来るのではないかと思われる」

四月である。山中の春は遅く、いまが鶯《うぐいす》のさかりであった。

二

心と心の交《まじ》わりは、そこに一壺《こ》の酒を置かなくても、話に倦《う》むことを知らなかった。

折々、どこからか舞って来る山桜の花びらを縁先に見つつ、終始、ふたりの話は軍事に限られていたようであったが、やがてふと、半兵衛重治からこう訊ねた。

「先頃は、度々《たびたび》のご戦功に依って、筑前様から名馬書写山をご拝領になったそうですが」

「されば、過分なご恩賞でした。けれど、それがしの功はまったく部下の働きに依るものので、家臣の中の母里《もり》太兵衛にふたたび授《さず》けてしもうたので、殿には、何と思召《おぼしめ》されているやら、実は、恐れ入っているわけですが」

「いやいや、あの儀に就ては、何とも思ってはおられません。しかし私が気にかかるのは筑前様より御辺《ごへん》へ宛てて、兄弟同様に思うぞというご意中を書かれたお手紙の参っていることですが」

「左様。そういう勿体《もったい》ない御意を書中に拝したことはあります。それが、どうしてお心に懸かるのであるか」

「今も、そのご書面は、お手許にありますかの」

「家宝《かほう》にもせばやと存じて、常に携えておりますが」

「あらば、重治《しげはる》に、一見させて下さいませぬか」

「おやすいことである」

と、官兵衛はすぐ具足櫃《ぐそくびつ》から取出して示した。

するとと半兵衛重治は、つらつら黙読していたが、読み終ると、黙って、炉の中へそれを燻《く》べてしまった。

「……あ？」

官兵衛が愕《おどろ》きを洩《も》らした時は、もう一片の白い灰となっている。さすがの彼も少し面を変えて難詰《なじ》った。

「それがしに取っては、又なき君恩の品、唯一の家宝ともしておる物を、何で火中へ投じられたか。御辺にも似あわぬ不躾《ぶしつけ》な所業。何かおふくみあっての事か」

すると半兵衛重治は、すこし膝を退《さ》げて、詫《わ》び入る体《てい》で静かに諭《さと》した。

「ご賢明なあなたのことゆえ、すぐお悟りがつこうと存じて、つい逸《はや》まったことをいたした。これも友の情けと、お宥《ゆる》しください」

「どうして、これが、友の情けでござるか」

「さらば、かようなご誓文を、大事にして置かれては、末々、仕《つか》えるお方に対して、かならず不足も起り、不勤めにもなるものでござる。――その不足不平は結局、ご自身を破る因《もと》とはなり申すまいか。殿の御為《おんため》を思い、あなたのご家門を思い、双方のために、要なきものと存じ、焼き捨てた次第です」

「ああ。……正に」

官兵衛ははたと膝を打って、友の言に思わず感涙をながした。臣子の分というものを、このときほど痛切に教えられたことはない気がした。

重治はよろいの袂《たもと》を探って、べつに一通の書面を取出した。そして、凝然《ぎょうぜん》と悔悟《かいご》に打たれている官兵衛の手へそれをそっと渡して告げた。

「せっかくお大事にしていたものを失って、お心淋《さび》しくおわそう。これはそれにも勝る書面かと思われる。あとで緩々《ゆるゆる》ご覧下さい」

薄暮《はくぼ》の空を見て、半兵衛重治はやがて辞し去った。来るも去るも「静」という一語に尽きる人だった。官兵衛は陣門までその姿を見送り、その縁まで帰って来ると、手に持っていた物に気づいて、

「――誰の書状か」

と、そこに腰かけたまま、封を切ってみた。

わが子、松千代のてがみだった。

安土へ質子《ちし》として連れて行って以来、明け暮れ、忘れようとしても、つい戦陣の夢に

もみる十一の子の幼い文字ではないか。

中には、稚拙《ちせつ》な文字と、天真爛漫《てんしんらんまん》な辞句で、自分の近況が書いてある。

竹中半兵衛さまの美濃《みの》の菩提山《ぼだいさん》のお城は、姫路のお城より高い山にある。冬は雪が深く、春は遅い。初めは淋しかったが、家中の人はみな私を大事にしてくれるし、家中のものの子ども達は、私の勉強のあいてに、毎日、大勢してお城のうちに集まって来るので、この頃は淋しくも何ともない。

——というような意味をつづり、また、末のほうには、

(わたしもお父上と一緒に、はやく戦場に出ていくさをしたい)

とも書いてあった。

将座《しょうざ》の辛《つら》さ

一

牙城《がじょう》、三木城の攻略は、まだ半途でしかない。折も折、

「毛利の大軍が、上月《こうづき》城を取りつつんだ」との飛報が、書写山へ入った。

上月城は、敵地へもっとも近く接近している味方の一突角である。そこを占領したのちは、尼子勝久、山中鹿之介などのいわゆる尼子一族をして守らせてある要地だ。当然、捨ててはおけない。

安土の援軍が着いたので、秀吉は直《ただ》ちに、荒木村重《むらしげ》の一軍をあわせて約二万を率い、そこの急援に馳《は》せ向って、上月城の東方、高倉山に陣した。

「ここにおいて、秀吉が後詰《ごづめ》をなすぞ。城中との連絡のとれるまで、怺《こら》えていよ」

秀吉は、諜者《ちょうじゃ》を放って、城中の尼子一族を、こう励ました。――けれど高倉山と上月城との間の谷々には、柵《さく》を植え、*鹿柴《ろくさい》を連《つら》ね、塹壕《ざんごう》や堀など、あらゆる防禦線《ぼうぎょ》が造られていて、それは一歩たりと向うの峰へ取りつく術《すべ》もないまでに構築《こうちく》されていた。

加うるに、敵の数は、秀吉軍に倍しているのである。ほとんど、毛利の国力を傾けて来たかの如き大軍で、その旗頭をかぞえて見ただけでも――小早川隆景の軍約二万、吉川元春の軍約一万五千、浮田《うきた》直家《なおいえ》の隊約一万四、五千はある。秀吉もそれを俯瞰《ふかん》しては、とうてい無謀な戦にも出られなかった。

やむなく、夜毎に、全山に大篝火《おおかがりび》を焚《た》きつらねて、彼方《かなた》の味方の孤塁《こるい》に、遠く、士気を添えている程度にとどまった。

一面、毛利軍は、海上でも堂々とその勢威を示し出した。播摂一円の沿海に、旗のぼりを翻《ひるがえ》して遊弋《ゆうよく》している七百余艘《そう》の兵船は、一艘も余さず皆、毛利家の水軍だった。

二

事態《じたい》の急を知って、安土の信長は、さきに子の信忠や、諸将を派遣《はけん》したが、今やまた、毛利家の第二戦線が、上月城の包囲という形を取って、味方を二分した情勢を知り、この上はと、自身、出馬を決意したが、上方《かみがた》はここ数日の暴風雨で河川は氾濫《はんらん》し、途中の危険も報じられていたので、空《むな》しく、幾日かを見過していた。

「いまは、ぜひもなき場合かと思います。上月城一つぐらいは、お見限り遊ばして、秀吉の軍を、後へ呼びもどし、信忠様の軍勢と合して、当面の強敵、三木城の別所長治を一途《いちず》にお攻めあそばすこそ、最も確実なご戦法でござりますが」

滝川一益や佐久間信盛は、しきりと安土の信長へ向って、前線から献言《けんげん》した。すでに織田譜代《ふだい》のなかまには、中国陣開戦以来、秀吉の功をそねむ心理が多分に醸《かも》されていたのである。どこかで一つ秀吉が挫折《ざせつ》するような難局の出現を、心ひそかに待っているような心理にあった宿将も二、三には止《とど》まらなかったのである。

信長の令は、安土から直接に、高倉山の秀吉の陣へ、急使となって、伝えて来た。

「――上月城の後詰に蒐《かか》っていることは、取りも直さず、敵の第二戦線の計に乗ぜられるものである。即刻、後退して、信忠様の軍勢とひとつになり、三木の城へかかられよ」

というのにあった。

秀吉は、令をうけると、しばらく、憮然《ぶぜん》としていた。

「この上月城を打ち捨てよとは、城中の尼子勝久や山中鹿之介などを、見殺しにせよとの御意《ぎょい》であろうか。いかにとはいえ、余りにも忍び難い」

と、思うのであった。

ちょうど官兵衛は、この陣にいなかった。ある密命を持って、彼は、備前の岡山へ潜行していたのである。——で軍師竹中半兵衛を招いて、安土よりかくかくの御命であるが、どうしたものかと諮《はか》った。

半兵衛は、水の如くいった。

「お退きになるべきです。安土の御命には反《そむ》けません」

「どうしても、それしかないか」

「ただ、お引揚げの時刻を一夜だけ延ばして、その間《ま》に、城中へお使いを忍ばせ、決死、脱城して、味方に合せよと、最後の連絡をお図《はか》りあるより他に策もございますまい。それも至難とは存じますが」

「亀井茲矩《かめいしげのり》をやってみよう」

そうして、彼はなお一夜中、城中から脱出して来るのを待ってみたが、結局、それは不可能であった。何としても、毛利の厚い包囲環《ほういかん》を突破してこれへ来ることができないのであった。

いよいよ陣払いして、そこを去るまで、秀吉は、孤城の味方をながめて、繰返し繰返し嘆いていた。

「彼等は実に、大永四年以来、五十七年の長き間を、怨敵《おんてき》毛利家と戦いつづけ、父子二代三代にかけて、尼子の再興を念願し、こうして織田軍の西下を機に、信長公におすがりして、味方となって一功をも挙げて来た者なのに——今、それを打ち捨てて尼子勝久も山中鹿之介をも、見殺しに遊ばされては、この秀吉ごとき一将の立場はともあれ、信長公ともある御名《おんな》の名折れ、やがて中国筑紫《つくし》の果てまで、ご征伐を遂げられた後々まで、世《よ》の誹《そし》りのたねとなろうに……。真《まこと》にくちおしい事ではある」

友軍の荒木村重は何の未練《みれん》もなく、すでに書写山へ先発している。秀吉はしんがりを残して、徐々、後退を開始した。彼の心情として、この戦陣ほど、自己の心に反《そむ》いて、しかも空しく後退するの他なきような辛《つら》い戦はした例がなかった。作戦はいつも覆《くつがえ》され易《やす》いものだ。しかしそれが敵にくつがえされる場合は当然な戦争だが、味方の方からそれをくつがえされたときほど、三軍の将として、哭《な》くにも哭けない辛さというものはない。

捨児《すてご》の城《しろ》

一

ひとつの人生でも、一貫する戦争でも順調のみには行かない。必ず逆境が伴う。いや逆境はいつも順調の中にあるといってもよい。秀吉の逆境は、このころから始まった。顧《かえり》みるとここまでの彼はたしかに順調だった。中国探題《たんだい》に任ぜられ、西征総司令官として、意のままに機略を振うことができたのである。

ところが、織田信忠が西下し、附随する丹羽、明智、佐久間、滝川などの諸大将がそれを扶《たす》け、作戦の根本方針も、安土の直令に依って、一変されて来るに至っては、彼の命令や意図も前のようには行われなくなってしまった。何事もまず、信忠を奉じなければならないし、その信忠の帷幕《いばく》にある諸大将はみな秀吉を見るにまだ一個の「成り上がり者」を以《もつ》てし「あの猿が」を口癖に出す先輩たちであった。

従って信忠も、父信長のようには、彼を重んじなかった。三木城攻囲軍の本陣は、秀吉の営にはなくて、いつのまにか信忠のいるところに移っていた。――で、彼がむなし

く上月城の後詰を捨てて引揚げて来ると、信忠はすぐ彼に対して、

「お汝《こと》の手勢は、但馬へ入って、但馬に散在する別所の与党を掃討《そうとう》して来い」

と、いいつけた。

信忠はまだ二十幾歳という若大将である。こう単純なのもむりはない。秀吉はにこにこ笑いながら命を奉じて、

「はい、はい。畏《かしこ》まりました」

と即日、但馬へ再出発した。もちろん彼をして、こんな一部隊的な任に赴かせた命令は、信忠の意志というよりは、その帷幕にある佐久間、丹羽、滝川あたりの宿将たちから出たものであることはあまりにも分明だった。

「いかに信忠卿《きょう》の命なりといえ、このような心外な沙汰《さた》を何で唯々《いい》とおひきうけ遊ばしたか」

と、秀吉の麾下《きか》にも不穏な声はあったが、竹中半兵衛が固く軍令して、

「非をいい立てるなかれ。軍中において、是非を鳴らすはそもそも、第一の不手柄者ぞ」

と、戒めたので、将士はようやくその不満をべつな方に向けて、掃討に立った。

但馬に散在する小敵の一掃は約一ヵ月で終った。もう七月に入っていた。僻地《へきち》山間の悪戦を続けたこの四十日ばかりの間に、秀吉以下、部将たちの顔も、真っ黒に陽焦《ひや》けしていた。いくら山野に臥《ふ》しても、炎熱下の行車に焦かれても、依然、昼顔の花のように

白く見えるのは、竹中半兵衛の面である。半兵衛の病勢はとみに昂進《こうしん》しているらしく、部下の言に依《よ》れば、

「草に臥す野陣の夜などは、夜中しきりにお咳《せき》をしておられますし、戦いの間に、血のような唾《つば》をそっと懐紙《かいし》へお忍ばせになるようなこともままお見うけ致されます」

とのことであったが、秀吉の侍側にあるあいだは、苦しそうな眉《まゆ》ひとつ見せた例《ため》しもなく、問えば笑って、

「戦陣は楽しいものでござる。戦に向っている間は何も覚えません。数千の兵のいのちが、帷幕《いばく》の指揮ひとつに懸《かか》っていると思えば、半兵衛一個の病のごときは、思い出そうとしても思い出す遑《いとま》もありませんからな」

と、例のしずかな言葉をもっていうのであった。

二

この期間に、播磨備前《はりまびぜん》の国境の捨児、尼子一族の拠《よ》っていた上月城《こうづき》は、必然な運命に委《まか》されて落城した。

尼子勝久は、切腹して、城兵の助命を敵に仰ぎ、山中鹿之介幸盛は降人《こうじん》となり、毛利の軍門にひざまずいた。

「周防《すおう》の地で五千石の知行《ちぎょう》を与えよう。旧怨《きゅうえん》をわすれて、長く毛利家に仕える心はない

か」

吉川元春も小早川隆景も、彼を優遇してこう沙汰したのである。鹿之介は、

「望んでもないこと」

と、恩に服し、その妻子や郎党など三十人ほどを伴って、芸州《げいしゅう》へ護送されて行ったのであった。

不撓不屈《ふとうふくつ》、主家再興のために、大国毛利を敵として、数十年間、ここまで百難に剋《か》ち百難に屈せずに来た彼が、一転、余りにもみじめなそして愍《あわ》れむべき物腰であった。

——が、鹿之介の胸には、この最期《さいご》の最期にいたるまで、まだ、

（ただは死なぬ）

と、ひそかに秘していたものがあったのである。それは、敵国へ曳《ひ》かれて後、吉川元春なりあわよくば毛利輝元なりと、刺し交《ちが》えて死なんとすることだった。

しかし、彼の降伏を、毛利方でも初めから充分に懐疑《かいぎ》していた。

（彼ほどな男が？）と。

主人勝久はすでに切腹している。主家尼子家は血において断絶したのだ。美禄《びろく》を獲《え》てのめのめと自己のみ半生の栄耀《えいよう》を偸《ぬす》むような鹿之介幸盛であろうはずはない。——そうすでに看破していた吉川家の部下は、護送の途中、備中松山のふもとの河部《かわべ》の渡しへかかったとき、渡舟《わたし》を待つ間に鹿之介が汗を拭《ぬぐ》っているすきを窺《うかが》い、うしろから不意に太刀を浴びせた。

鹿之介は川へ飛び入ったが、かねて謀《はか》っていたことなので、岸から船中から投げ槍《やり》を下し、また相継いで川へ飛び込んで格闘《かくとう》し、ついにその首級《しるし》を挙げてしまった。

鹿之介の血は、一時、甲部川を紅《くれない》にした。

年三十九だったという。

この報告を聞いたとき秀吉は、

「可惜《あたら》、男を」

と、官兵衛、半兵衛などを顧《かえり》みて、さも傷《いた》ましそうに舌打ちした。

が、黒田官兵衛は、すぐそれに答えて、彼の傷む胸をなぐさめた。

「上月城一つは、ついに敵へくれてしまいましたが、それに何十倍するものを、間もなく此方が取るでしょう。この局面たりと、決して、お味方の負けにはなりません」

「……ふむ、あれか」

秀吉にも、心待ちに、待たれるものがあった。それは、さきに官兵衛が、陣中を抜けて、密《ひそ》かに使いに通っていた備前の浮田直家《うきたなおいえ》の向背《こうはい》であった。

平井山《ひらいやま》の秋《あき》

一

秀吉が但馬《たじま》から帰陣すると、信忠の本軍は、一翼を加えたので、本格的に、三木城の攻囲《こうい》にかかった。

そしてまず三木城の衛星的《えいせいてき》要害をなしている神吉《かんき》の城や志方《しかた》の城を、たちまち陥《おと》した。

だが、別所一族が七千余人を以て守る三木城の本拠《ほんきょ》そのものは、いわゆる天嶮《てんけん》を占めているし、一族郎党の血にむすばれている強兵だし、加うるに、海路毛利方から新鋭の武器兵糧も充分に籠《こ》め入れてあっただけに、到底、短期間にこれを攻めつぶし得る見込みはなかった。

安土の方針も、長期を覚悟して、根気攻め兵糧攻めにするほかなし、というところにあったので、八月に入ると、信忠はあらかたの大将とその諸部隊を従えて、一応、安土へ引揚げてしまった。

「あとは、長囲《ちょうい》になろう。お汝《こと》に委《まか》しておく」

というのが、還《かえ》るに際しての、秀吉へのことばであった。

秀吉はこれにも唯々《いい》として、

「ご心配なく」

と、答えた。そして前と比較にならない寡勢《かせい》をもって、三木城の正面、平井山にその長囲態勢《たいせい》の本営をおいた。

信忠の引揚げには、一方、もうひとつの理由があった。それは、毛利方の吉川、小早川の大軍が上月城を攻め陥すとまもなく、戦況の持久的になるのを察して、吉川元春は出雲《いずも》へ、小早川隆景は安芸《あき》へ、それぞれ退いてしまったことにある。

実に、戦況の相貌《そうぼう》は、不測複雑である。

離反常なし、という戦乱下の人心は、いまや遺憾《いかん》なく、その浮動性を露呈《ろてい》して、(毛利に拠《よ》るが利か。織田に属すが勝か)

を見くらべて、朝に就き、夕べに去り、ほとんど、＊逆睹《ぎやくと》し難《がた》いものがあった。

備前《びぜん》、播磨《はりま》の国境から、毛利軍が引揚げを行うとともに現われたものが、浮田直家の裏切りだった。

彼が、備前一国をあげて、毛利家を去り、織田家へ就いたということは、これは由々《ゆゆ》しい戦局の変化であり、織田家にとっては画期的《かっきてき》な好転といっていい。信忠と、信忠に従う諸将は、この有利な新情勢を土産として、一応の凱旋《がいせん》をなしたものであるが、何ぞはからん、これを実現させた者は黒田官兵衛の足と舌であった。

もちろん主人秀吉も同意の上ではあり、竹中半兵衛の頭脳《ずのう》も多分に働いた上の主従一体の力ではあるが、それを動かすにもっぱら足を運び舌を用い、生命を敵地にさらして、何度も密使行の危険を潜《くぐ》っていたものは、官兵衛であったのである。

浮田の家中に、よい手蔓《てづる》もあった。直家の家臣の花房助兵衛とよぶ者である。これはいわゆる「話せる男」で、たちまち官兵衛と意気相照らし、紛々《ふんぷん》たる藩中の異論を排《お》しのけて、主人直家に織田随身の決意をなさしめてしまったのである。

二

味方の大部隊は去って、羽柴筑前守一軍をもって、いよいよ難攻不落の三木城に対し、長囲滞陣《ちょういたいじん》と肚《はら》をすえた平井山の陣地にも、もう初秋が訪れていた。

山には桔梗《ききょう》が咲き、芒《すすき》が穂《ほ》を出した。

「きょうは山中鹿之介幸盛の百ヵ日にあたる。河部《かわべ》の渡しで死んだとき、彼は胸に大海の茶入れを懸《か》けていたという。あの豪骨《ごうこつ》でも、やさしい風雅《ふうが》の一面があったとみえる。こよいは秀吉がみずから彼の恨み多き義胆《ぎたん》忠魂に、一碗供《わんそな》えてなぐさめてやろうと思う。お汝《こと》らもそれにいて相伴《しょうばん》いたすがいい」

陣屋の板庇《いたびさし》から白い月がさしている。秀吉はそういいながら湯鳴《ゆな》りする釜《かま》の前にしばし畏《かしこ》まっていた。陣中でも折々は茶に集まったが、かくの如く秀吉が素直《すなお》に寂《せき》として見せたことはない。

席には二人しかいなかった。もちろん半兵衛と官兵衛である。秀吉が鹿之介の忌日《きにち》を忘れなかったということは、二人にとっても有難い心地がした。この人のためには死も惜しくないという気持を深めさせられた。

その晩である。

竹中半兵衛は自身の陣所へ帰る途中、月の白い道ばたに屈《かが》み込んだまま、しばらく起《た》ち上がらなかった。

「どう遊ばしましたか」

供の郎党は、月より白い彼の面をのぞいて、眉《まゆ》を曇らせたが、やがて歩み出しながら半兵衛は、

「何の事もない」

と、いったきりであった。

けれどその後には、血に染んだ懐紙が捨てられてあった。喀血《かっけつ》したのである。彼はその夜から熱を発して、十日あまり陣屋のうちに寝込んでいた。

見舞に来た秀吉は枕元で、

「そういう我慢《がまん》は、わしにとっては欣《うれ》しくない。どうか、頼むから養生《ようじょう》してくれい。それには、この戦場では、療養もできぬ。京都へ参って、よい医者にかかれ。曲直瀬道三《まなせどうさん》に診《み》てもらえ。あれは当代の名医だ。……いま其方に死なれては、秀吉のゆくても暗《くろ》うなるぞ。ぜひ京都で半年か一年ほども養生いたして来るがよい」

叱ったり、励ましたり、また頼むがごとく、それを促《うなが》すのであった。

「勿体《もったい》ないおことばです」

半兵衛は涙を拭《ふ》いた。官兵衛もその心のうちを察して頸《くび》を垂《た》れていた。

鵙《もず》の啼《な》きぬいている秋の日だった。病軍師竹中半兵衛は、死んでも離れないといって

いた平井山の陣地をうしろに、ついに京都へ還って行った。秀吉と官兵衛らに見送られて——。

一挺《ちょう》の山駕《やまかご》は、彼のために新しく作られてあった。これも秀吉の思い遣《や》りの物である。門を出て山道を降《くだ》って行くその影を、秀吉も官兵衛も熱い眼で見送っていた。

「なあ官兵衛、若くしてあの大才あの博識《はくしき》。あれほどな人間を天が世に送るくらいなら、なぜ天はそれに病《やまい》などというものを持たせてこの世に生ませたのだろう。今ここを去る半兵衛の心根を思いやるとわしは堪《たま》らなくなる……」

秀吉はそういいながら大股《おおまた》に陣所の内へ帰って行った。自分の顔にベソを掻《か》きかけるような痙攣《けいれん》を感じると、彼は子どものように身を隠したがるのである。

虫の秋は深くなった。秀吉の座側は何か歯の抜けたような淋《さび》しさだった。官兵衛は努めて、半兵衛のうわさをしないことにしていた。

果然《かぜん》、この寂寥《せきりょう》はやぶれた。更に、大きな寂寥を加える為の緊張であった。——というのは、さきに信忠に従って引揚げた軍中の一将荒木村重が、その位置する摂津《せっつ》の要地を扼《やく》して、突然、織田家に反旗をひるがえしたという早馬がこれへあったからである。

「村重が？」

「あの、荒木殿が？」

げに測《はか》り難《がた》い人心と時代ではある——と、主従して愕然《がくぜん》と面を見合わせたことであったが、それからわずか十日も経ないうちに、更にまた秀吉と官兵衛を愕《おどろ》かしめた飛報がこれへ届いた。

「――御着《ごちやく》の小寺政職《おでらまさもと》も、摂津の荒木村重に誘われて、ともに寝返りを約し、毛利方へ向って、援軍を要請《ようせい》した形跡《けいせき》があります。十中の八、九まで、この儀は確実と思われます」

という間諜《かんちよう》の報《し》らせが入った日、姫路の黒田宗円からも、それと同じ早打ちが来た。

もう疑う余地もない出来事である。

道は一すじ

一

「折入ってのお願いです。私に数日のお暇《いとま》をいただかせて下さい」

官兵衛はそういって、秀吉の前に手をつかえた。一夜を懊悩《おうのう》した結果である。自責《じせき》から来た深刻な決意が眉にも漲《みなぎ》っていた。

「どこへ行く」

この危局をいかに処すか。秀吉もまだ熟考中とみえる。言下に、よろしいとはいわないのを見てもわかる。

きのう以来、秀吉もまた、滅多《めった》に見せない沈痛な面持を、自ら如何《いかん》ともし難い容子《ようす》にあらわした。——その姿を仰ぐも辛《つら》そうに、官兵衛はさらに額をつけていった。

「一鞭《べん》打って、御着《ごちゃく》まで行って参りまする。私がそこへ臨む以上は、断固《だんこ》として、家中の異分子を片づけ、主人政職には意見を呈し、かならず浅慮《せんりょ》な変節を正さずには措《お》きません」

「さあ、どうかな？　お汝《こと》が行っても、今となっては」

「いや、お遣《つか》わし下されば、たとえ官兵衛の一命を賭《と》しても……」

ことばの上だけではない。官兵衛はその生命がけな気持を、眸《ひとみ》にもこめて、秀吉の唇《くち》許《もと》を見つめた。

この播州にあっては、何者よりも鞏固《きょうこ》でなければならない御着の城が——その小寺政職が——脆《もろ》くも信念をくずして、荒木村重の謀反《むほん》とともに突然、離反を唱えて毛利家へ通じ、世をあざむく寝返りを打ったということは、黒田官兵衛としては哭《な》ききれない事にちがいない。心外も心外、無知無節操の甚だしいものと、夜来、その眼の赤くなっているのを見ても、彼の憤《いきどお》りのただならざるものが分る。

事実、当初のいきさつから考えても、彼の立場は根柢《こんてい》から覆《くつがえ》されたものといっていい。安土の信長に対しても、秀吉に対しても、ひいては、自身説き廻《まわ》って、織田方へ引き入れた播州土着の郷党たちに対しても、どこに合わせる顔があろう。武門の信義があろう。

生きて立つ名分があろう。――気を小さく持てば、腹を掻《か》っ切って自己の廉潔《れんけつ》を示す道一つが残されているだけである。

「どうぞ、数日のお暇を、この官兵衛に与えて下さい。かならず直ぐ立ち帰って参りますゆえ」

懸命の余りに、彼は繰返していったが、秀吉の眼がふとうごいて、そういう自分の面を見まもったので、官兵衛は、はっと悔《く》いに似た反省を抱いた。

不可ともいわず、行けとも許さず、容易に答えてくれない秀吉は、その胸の中で、もしやそのまま自分が御着から帰陣しないのではないかと――ひそかに懸念《けねん》しているのではあるまいか。

秀吉の立場になってみれば、そういう疑いを抱けない事もない。今の如き時代だ、また人心だ。ましてここ織田方の旗色は断然悪い。

――いい過ぎた。すぐ帰って来ますからなどということは、かえってその懸念を濃くさせるようなものであった。官兵衛はそう気づいたので、なお自分の誠意をいい足そうとして面を上げかけると、ふいに、

「行って来い」

秀吉は褥《しとね》からずり出して、いきなり官兵衛の手をつかみとり、力をこめていった。

「辛いだろうが行って来てくれ。――其方にとっては、小寺政職はどこまでも主人だ。わし以上切れぬ仲の人でもある」

「では、おゆるし賜《たま》わりますか」

「お汝《こと》を措《お》いて、誰がよくその任に当れよう。ただ筑前が案じていたのは、其方の生命だ。危険は充分にあるぞ」

「覚悟の前にござりまする」

「――それがいかん」

秀吉は汗をかいた手を離した。そして膝《ひざ》へ膝をつき進めて、

「小寺の家中が、危害を加えんとする惧《おそ》れも充分ある上に、その方自身が、死を選ぶ惧《おそ》れもわしは多分に抱くのじゃ。――ひとたび離反《りはん》を口に出した者というものは、後難を案じるため、いかに説いても、容易に思い止《とど》まらぬものだ。――たとえその方の誠意を以《もっ》てしても、御着一城の者が何としても固執《こしつ》して動かぬ場合は……官兵衛、お汝《こと》は何とする？」

「…………」

「死ぬなよ。そのときには、腹を切って、信長公や、この筑前に、申し訳をせんなどと、狭量《きょうりょう》な考え方をするのでなければ――行って来るがいい。大いにやって来てくれい」

「死にませぬ」

またしても、この人の言には、哭《な》かされてしまう。

官兵衛は、涙と筋肉を、顔中に闘わせながら、断固《だんこ》としていった。

「行って来ます」

「うむっ」

力づよい声を以て、秀吉は大きく頷《うなず》いてくれた。官兵衛はすぐ退《さ》がった。

「後刻。あらためて、お暇乞《いとまご》いに、もう一度参上いたします」

二

自分の陣屋へ帰ると、彼はすぐ、

「太兵衛、馬を貸せ。そちの書写山《しょしゃざん》を」

「どうぞ。――どこへお出ましで」

「味方の諸陣地を一巡見て来たい」

「では、お供仕《ともつかまつ》りましょう」

母里太兵衛は、主人の駒につづいた。

平井山の本営を降りて、敵の牙城《がじょう》、三木の城に対峙《たいじ》している味方の前線布塁《ふるい》を、彼は一わたり見て帰って来た。

心なしか、七千余人の精兵を以て固めている敵の城中には、士気旺《さか》んなものが感じられた。荒木村重の突如たる安土への裏切は、あきらかにここの士気へ反映している。それを凱歌《がいか》となしている歓《よろこ》びが敵に見られる。

しかも村重の挙《きょ》に相継いで、摂津一帯の高槻《たかつき》の高山右近《たかやまうこん》も、茨木《いばらき》の中川清秀《なかがわきよひで》なども続々、反旗をひるがえしたというし、この中国においてすら、御着の小寺一族が、それに呼応している状態であるから、以て一連のこの計画が、並ならぬ毛利方の外交的成功として、それに所属する陣営に祝されているのは無理もない。

「思えば、ここは大危機だ。正に織田勝つか、毛利勝つかの平井山は、その分水嶺《ぶんすいれい》」

彼の心はそそけ立った。その一責任を自分にも感じて――。

駒を返して、ふたたび秀吉にまみえ、前線諸陣地を一巡して気づいた兵の配備上のことや、また重要な一策を献言《けんげん》した。

「先頃からお味方は、三木城に通じる東西の二道を初め、播磨灘《はりまなだ》の沿岸から三木に入る街道をも封鎖《ふうさ》して、敵の糧道を断《た》っておりますが、今日、つらつら敵の士気をながめ、地理を按《あん》じてみますに、これはまだ少しも敵中の士気にこたえていないようです。考え直さなければなりますまい」

秀吉の持久長攻策の眼目はそこにあるので、秀吉はそう聞くと甚だ驚いた。眼をみはって、

「なぜだ。なぜ糧道の遮断が無意味だというか」と、急《せ》きこんで更に――

「つい後《あと》の月《つき》にも、毛利家の糧船二百余艘《そう》が魚住の岸に寄って、三木へそれを搬入《はんにゅう》せんとしたのを断乎《だんこ》追いしりぞけ、そのほかの道でも、密輸《みつゆ》の糧米をたえず抑《おさ》えている。ほとんど、水も漏《も》らさぬほど完封してあるのに、これが敵兵に何の痛手《いたで》もないとあっては一大事じゃが」

と、むしろ官兵衛の言を、不満とするような語気で、それの完全を力説した。

「いや、きのうまでは、それでよかったのですが、摂津一円も、毛利方に組した今日においては、大きな破れを生じています」

「はて？……左様かの」

「お気づき遊ばさないのは無理もありません。この官兵衛は播州の生れなればこそ、初めて気がついたほどの間道です。――それは淡河《おうご》の南約一里ほど先に見える丹生山《にぶやま》の切所《せっしょ》。あれは播摂の二国に境し、道らしい道もありませんが、あれを越えれば、摂津の物資を三木に輸送し三木の城兵が摂津へ通うことも、さして至難ではございませぬ」

「摂津の荒木が寝返った今日では、すでにそこには一塁を新たに築いて、三木か摂津かいずれかの兵を籠《こ》め、また輸送路も切り拓《ひら》いているに違いありません。何とか、お味方においても、それへ手段を考えないことには、いかに三木の三道を塞《ふさ》いでも、毛利の兵糧船は摂津の花隈《はなくま》あたりから兵糧を上げて、丹羽《にわ》を越え、淡河を経、その方面から難なく城中へ物を送り入れるでしょう」

この献言は秀吉を心から感謝させた。ましてや官兵衛は今、苦境中の苦境に悩み、更に一歩、死を期す以上の苦しい所へ赴《おもむ》こうとしている寸前である。その間際《まぎわ》にありつつ、よくもそこまで心を用いてくれたぞという、情念からあふれる感激も強い。

「よくいうてくれた。いや、ありがとう、ありがとう。何とかいたそう」

「では。しばしお別れいたしまする」

「行くか、もう」

「少しでも早いほうがよいかと考えられますから」

「ぬかりもあるまいが、油断すな。呉々《くれぐれ》、身に気をつけよ」

「はい――ご陣所の内も」

「心配すな。留守は」

「天嶮《てんけん》に立籠《たてこも》る敵方と、素裸の陣地にあるお味方とは、ほとんど同数の兵かと見られます、加うるにお味方の兵、地の理に晦《くら》く、敵は闇夜でもこの辺の道には迷わぬ地侍です。――それに彼の士気はすこぶる昂《たか》まっておるように思われますゆえ、城を突出して、奇襲に出て来るおそれは充分にあるものとご予察*ください。とかく長陣には、寄手のほうが飽《う》み易く、油断も生じ易いものでございますゆえ――」

――ふたたび名馬書写山の鞍《くら》に回《かえ》ると、彼は中国山脈の西の背にうすずく陽を馬上に見ながら、平井山の本陣から、万感を胸に、ゆるゆる降りていった。

三

ふもとまで来ると、官兵衛はうしろを振《ふ》り顧《かえ》った。

「太兵衛。見送りはここでよい。もう帰れ」

きょう半日、母里太兵衛は、駒について歩いていたので、主人の行く先の、またその胸の、ただならぬことを薄々感づいていた。

「いや、ずっとお供いたしましょう。姫路までも、御着までも」

「よいと申すに！」

官兵衛は睨《ね》めつけ叱った。

「ここは一兵たりとも大事だ。ひとたび平井山のご陣が敗れんか、織田方全体の敗れとなろうも知れん。――まして城方に比しては手薄《てうす》なところ、わしの留守中には、百人分も戦え。――来るなっ」

「はいっ」

「帰れっ」

「はっ……」

悄然《しょうぜん》として、主人思いな郎党は、山上の陣地へ、戻って行った。

その後ろ姿も見、また秀吉の営をも上に仰ぎながら官兵衛ほどな武士の鉄腸《てっちょう》も、掻《か》きむしられる思いがした。叱って追い返した郎党はともあれ、秀吉の寂寥《せきりょう》を考えると胸が傷《いた》む。

片腕と恃《たの》んでいた病軍師竹中半兵衛が、京地へ療養のため山を去ってからまだわずか十幾日。いままた、自分もその側を離れ去って行く。自ら高く持《じ》すのではないが、秀吉の平常の言そのままを以てすれば、半兵衛は左の腕と思うぞ、官兵衛はわが右腕だぞと、酒興《しゅきょう》のうちにもいっていた主人である。しかもこの苦戦に直面している平井山の秋、やがて早い霜も降ろう、雪も降ろうに。——と官兵衛は駒を止めてしばしば去りがてな容子であった。

死ぬなよ。

死にますまい。そう誓って許されはして来た暇《いとま》であるものの、行く先の事情と目的の困難を想像すれば、到底、生きて帰るなどという僥倖《ぎょうこう》は望まれない。百に一つもあり得ないといってもいい。——そう固く信じている彼は知《し》らず識《し》らずこれを今生の別れのように、可愛い郎党の姿も振り返られ、秀吉の姿も仰がれ、また平井山の暮れゆく山容も眺められていたのだった。

「愚痴《ぐち》だ。妄想するなかれ。北条時宗もいった。うしろ見は武門にない。当ってくだけろ。道は一すじ」

鞭《むち》をあてるや、そこからは夜にかけて、馬の喘《あえ》ぐまで駆け通した。

紙つぶて

一

諸方に網《あみ》の目を張っている物見の諜報《ちょうほう》は実に早い。

声なき声は、街道すじの駅《うまやじ》へ駅へ。

(黒田官兵衛、平井山を離る)

(官兵衛、西へ急ぐ)

(官兵衛、姫路へ帰る)

頻々《ひんぴん》、風のように、ここへ伝えて来た。

これが御着城に聞え出した日から、小寺政職以下、すわというような衝動《しょうどう》をあらわしていた。

「何をあわてる。姫路へ向って、一戦の用意だに固めておけば、騒ぐことは何もない。いざとなれば何時でも、毛利家の大軍が後詰《ごづめ》に来ることになっている」

一族の小川三河守、宿老の益田孫右衛門、蔵光正利《まさとし》などは、家中を励ました。ひいてはまた、官兵衛というと、その名を聞いただけでも、すぐ顔色を変えて、ぐらつき出す主人政職をも、そのことばを以《もっ》て、叱咤《しった》し、牽制《けんせい》しているのでもあった。

その政職も、宿老たちも、

(官兵衛が帰って来たからは、必ずや姫路の城に拠《よ》って、父宗円の兵力と、近郷の味方を糾合《きゅうごう》し、一面、浮田家にも助力を求めて、この御着を攻めるだろう)

と、その行動を必然と察していたのである。

ところが、その朝、早馬に鞭打って、飛び込むように、城門へ入った一物見のことばは、彼等の予《よ》察《さっ》をまったく覆《くつがえ》したもので、

「官兵衛は、昨夜姫路に着きましたが、なぜか姫山の城には入らず、町中の目薬屋、与次右衛門の家に泊り、やがて今朝は、この御着へ向って来るらしい様子に窺《うかが》えます」

と、いうのであった。

「何。——直接これへ来ると？　してその人数は、どれほどか」

十分、戦備は固めているものの、老臣たちは、ひとしく色を作《な》して、早口に訊《たず》ねた。

物見はそれに答えた。

「ひとりです。ただ一騎です」

「えっ。官兵衛一人だと？」

「されば、小者も連れておりません」

「はてな？」

何か、鮮《あざ》やかに背負《せお》い投げでも食わされたような顔つきである。しばし、疑心暗鬼のうちに、人々が眼をしばだたいていると、宿将のひとり村井河内守は、戒《いまし》める如き口吻《くちぶり》で、突然語気つよくいった。

「いや、なおさら油断はならぬ。あの男のことだ、どんな鬼謀《きぼう》を抱いているやも知れぬ。決して怠るな、各ゝ《おのおの》」

二

ゆうべ、姫路まで急いで来たが、今朝の官兵衛は、寛々《かんかん》たるものだ。

ゆらりゆらり、名馬書写山を歩ませて、御着《ごちゃく》まで一里余の道を――折ふしの晩秋の山野を眺めながら――、

「ありがたいな、田の稔《みの》りも、今年は良かったとみえる。紅葉も見頃。百姓たちの顔色も明るいぞ」

道連れの男と、こんなことを、大声で話したりしていた。

その連れの男というのは、姫路から後になり先になりしていた旅の六部である。いわば路傍の人間だが、官兵衛はわけ隔《へだ》てなく快活に途中の徒然《つれづれ》*の話し相手にしていた。

「どうも失礼をいたしました。てまえはあの山の石尊様へ詣《まい》りますので、ではこれで……」

と、御着の城がすぐ彼方《かなた》に見え出した頃、六部はふいに挨拶《あいさつ》して、横道へ別れ去った。官兵衛は見送って苦笑した。それも御着の密偵《みってい》に違いないからである。こういう秋の蠅のような男をどれほど道中で見かけて来たか知れない。

やがて彼は城門へ駒をつないだ。

そして、官兵衛ただ今帰る、と表の侍へ申し入れ、誰へも彼へも、ややあと、例の快活な調子で礼を返しながら、すぐ政職のいる本丸の居室へ通ろうとすると、侍たちが慌《あわ》ただしく遮《さえぎ》って、

「殿には、先頃からちと、ご不快でとじ籠《こも》っておられますゆえ、少々、お控えでお待ち下さい」

と、いう。

官兵衛は押し返すように、

「いや、ご病中とあれば、なおさらすぐ見舞い申したい」

と、いったが、侍たちは強《た》って、

「いや、決して、お通しすなという仰せではございません。しばらく待たせておけとの御意ですから」

と、そこの一室へ褥《しとね》を設け、茶を供え菓子など出して、主命をたてに、いやおうなく控えさせてしまった。

一方、政職《まさもと》の居室では、いまなお一族と老臣が鳩首《きゅうしゅ》して密談をこらしていた。

「殺すに限る。今こそ彼は、殺されに来たようなものじゃ。彼は彼で、秀吉と諮《はか》って、何か深謀を抱いてこれへ来たにちがいないが、人数も連れず、唯一人でこれへ帰って来たこそ、正に、絶好な機会というもの。今にして、お家の禍《わざわ》いの根たる彼を刺し殺してしまわなければ、悔いを百年にのこしましょうぞ」

と——これは一族の小川三河守もいい、益田孫右衛門、蔵光正利なども力説するところだったが、小寺政職の一、二の老臣は、

「ここで彼の息の根を止めてしまえば、大きな邪魔者はまず取り除かれ、毛利家へ対しても、甚だこちらの態度を明示するに役立つが……ただ彼を御着城のうちで刺殺したことが知れると……たちまち姫路の宗円と、近郷の黒田党が、いちどにこれへ攻め寄せて来よう。もちろんこちらにも、毛利家のご援助もあり、三木城の別所長治《べっしょながはる》から救援を待つこともできるが、それまでのうちに、この城の支えがつかなかったら、如何《いかん》ともなし難い。……あまりに官兵衛の参りようが迅《はや》かったので、今からでは、到底、どこととの連絡も、合図も間に合うはずもないからの」

と、一にも二にも石橋を叩《たた》いて渡る主義の異論をとって、ここの相談も、容易に一致を見出《みいだ》し得ないのであった。

「では、どうしたらよいか」

「どうしたらと申しても……さてこう急では？」

と、策もなく、悠々、思案顔を見くらべているところへ、待ち遠しく思ったか、それ

とも故意にふいを衝《つ》いたのか、案内も待たず、官兵衛はのっそりここへ入って来て、人々のうしろから突然、

「やあ」

と、大きく声をかけた。

宿老、一族、また誰よりも、小寺政職が非常にあわてた。狼狽《ろうばい》の色が、どの額《ひたい》にもあまりに濃く見えた。

——が、官兵衛は、家老として、この城に勤めていた日と、何らの変りもなく、

「ただ今、戻りました。——殿にも、いつもいつもお恙《つつが》なく。また方々《かたがた》にも、官兵衛の留守中、何くれとなきご忠勤。お礼を申しあげる。……いや誰方《どなた》とも、まことに久しぶりで、何やら十年もお会いしなかったようなここちがする」

と、あたかも人々の困惑ぶりを慰めるように、こだわりなき態度を示して、以前の親しみを呼びかえすことに努めた。

三

その日、主人政職とも、直談をとげ、一族老臣たちとも、膝《ひざ》くみで事情を語りあい、官兵衛は、心ひそかに、

（今のうちなら荒木とも毛利の誘惑とも引離せる。帰って来てよかった）

と、いささか眉《まゆ》をひらいて、当夜は城外にある自分の屋敷へ戻って寝《やす》んだ。

彼はあくまで虚心坦懐《きょしんたんかい》をむねとしてこれへ帰って来たのである。何の策も持つまい。怒りも現わすまい。ただ主家小寺家のためと、武門の信義をもって一貫しよう。有《あ》るは唯《ただ》、誠の一字、それをもって、主人を説き一族老臣も説き伏せよう。もし成らざれば成らざる上のこと――という謙虚《けんきょ》な気持でぶつかったのである。

その誠が通ったか、あくる朝、江田善兵衛や村井河内守などが遊びに来て、何かと、忌憚《きたん》のない話をして帰ったが、午近《ひるちか》い頃、あらためて、政職の使いとして、益田孫右衛門が彼を迎えに来た。

「きのうのおことばやら、御辺のいつもながらのご忠誠に、今朝は殿も非常に慚愧《ざんき》しておらるるご容子です。もとよりこのたびの離反は、殿おひとりの罪ではなく、われら補《ほ》佐《さ》の者の信念が、やはり貴公のお留守に弱められていたためでもありますが……ともかく、何か、殿にも折入って、貴公にお話し入れいたしたいと仰せられています。それがしとともに、ご同道くださるまいか」

「参ろう。そうお気づいて下されば、官兵衛として、こんな欣《うれ》しいことはない」

すぐ身支度して、官兵衛は城へ上がった。そして主人政職《まさもと》とただ二人きりで会った。

そのとき政職はこう告白した。

「知っての通り、摂津の荒木村重《むらしげ》と予の家とは、先代からの知縁《ちえん》。予の代になっても、切るに切られぬ縁つながりでもある。――その村重が、何事か、まだ事情はつぶさにせぬが、信長公を離れて、反旗をあげ、また三木城の別所一族を通じ毛利家を介し、この御着も呼応して、在中国の秀吉にあたれ――と割っていえば、そのように申し入れて来たわけじゃが――昨日、そちの切なる諫《いさ》めを聞けば、政職として、それに軽々しく応じたことは、実に、面目《めんぼく》ないことだ。辱《は》じ入る次第じゃ。このとおりそちに詫《わ》びる」

「勿体《もったい》ないおことば。臣下の官兵衛にたいし、そのような懺悔《ざんげ》はご無用にあそばしませ。ただそれにお眼がひらいて下されば、官兵衛として、ここに死すとも恨みはございませんん」

「――就いては、折入って、そちに難儀な一事を頼みたいが、何と果してくれるか」

「――と、仰《お》っしゃるのは」

「荒木村重に会ってもらいたい。ひとつ村重に会って、わしの苦衷《くちゅう》を語り、かつはまた、そちの信念を以《もっ》て、いま信長公に弓を引くなどということが、いかに無謀《むぼう》の挙《きょ》に過ぎないか、また毛利家の強大な形容のみを見て、それに依存することの到底、頼り少ない事情にあるかなども、其方自身の口から、得心《とくしん》のまいるように、よく話してやって欲しいのじゃが」

ふと官兵衛は、自己の情熱と信念をこの主人の一言に、つよく奮《ふる》い起された。

これは大きな意義のある使命とすぐ思ったのである。もし今、荒木村重をも説《と》いて、その無謀を思い止《とど》まらせせば、これは中国攻略の大局へ大きな寄与《きよ》をすることになる。――そう考えたので、即座に、

「よろこんで、ご使命を奉じましょう。そして、村重どのが、謀反《むほん》を思い止まったときは」

「もちろんこの政職も、断じて、織田家を離れるようなことはせぬ」

「万一、不才のため、この官兵衛の力でも、村重どのを、思い直させることができなかった場合は何となされますか」

「旧縁深き荒木村重ではあるが、当方の情誼《じょうぎ》は尽したものとして、先に送った承諾を反《ほ》古《ご》となしてもよい」

「かたじけのう存じます。そのおことばを聞くうえは、官兵衛は、百万の兵をつれて赴くような強味を感じまする。では、摂津方面の形勢、頓《とみ》に険悪と聞きますれば、きょうにもお別れして」

「これへわしも書面をしたためておいた。書中、同様な意を尽してある。村重に面会の折、直々《じきじき》、手渡してくれい」

政職は、一書をさずけた。

四

山野の紅葉《もみじ》も黒々とたそがれかけているころ、黒田官兵衛はもう姫路端《はず》れの街道を馬打たせていた。

来るも、往くも、姫路は通りながら、老父や妻のいる姫山の城にも立ち寄らなかったのである。

だが彼の妻は、きのう城下の与次右衛門からの知らせで、良人《おっと》の行動と目的は、つぶさに知っていた。きょうまた、その良人が、与次右衛門の店へちょっと駒をやすめて、ふたたび摂津へ立つと、使いの者から聞いたので、せめては、よそながらでもと、路傍の並木の陰に佇《たたず》んで、良人の通るのを待っていた。

それを知っている与次右衛門は、わざと彼をひきとめて、町端れまで馬の口を取って送って来た。

「爺《じい》や、もう帰れ。このたびの使いも難役、生還《せいかん》は期し難いが、生きて帰ったら、いつか姫山の家にもゆく。そう告げて立ち去ったと、父上にもお伝えしてくれ。……それだけでいい、もう帰れ、ここで別れる」

官兵衛は馬をとめて、与次右衛門を追いやった。与次右衛門は、馬のそばを離れたが、なお去らず、しきりと涙をふいていた。

その容子で官兵衛も気づいた。薄暮《はくぼ》の並木の陰に、市女笠《いちめがさ》をかぶった妻の白い顔が見えたからである。

それへ向って、馬の上から彼は叱った。

「女は家にいろっ。そんな暇になぜ父上のお側でも賑《にぎ》わしていてくれぬか。お汝《こと》の良人は戦陣にある人間だ。いつ具足を脱《ぬ》いで家へ凱旋《がいせん》したか。たわけ者めっ」

——が、叱りつつ、彼は具足羽織の下から、何か探《さぐ》り出していた。そしてそれを手に丸め、紙つぶてとして、妻の姿へ抛《ほう》りつけた。

いつか、書写山の陣屋で、竹中半兵衛から手渡された、わが子松千代の手紙であった。

紙つぶてはいるところまで、届かなかった。泣いていた若い妻は、とびつくように、夕風に転がってゆくそれを追って拾っていたが、官兵衛をのせた名馬書写山は、その駿《しゅん》足《そく》にまかせて、彼女がふたたび道を眺めたときは、もう遠い秋の夕霧のうちに影をかくしていた。

闇《やみ》

一

途中、加古川《かこがわ》に一宿して、官兵衛は旅舎の燈火《とうか》を掻《か》きたて、一書を認《したた》めて袂《たもと》にした。

翌朝、往還の木戸まで来ると、要路を守る羽柴の軍隊に会った。官兵衛は袂のものを取り出して、

「筑前様にお手渡しいたしてくれ」

と、書状を託して先へ急いだ。

いうまでもなく、その後の消息と、遽《にわか》に、荒木村重の伊丹城《いたみじょう》へ赴くことになった事情を、書中つぶさに伝えておいたものだろう。

「ひと目、お顔も見たいが……」

と、平井山の方面を振り向いて、一日か二日をそこへとも思わぬでもなかったが、摂津の情勢は半日の間も猶予《ゆうよ》し得ぬものがあるし、また、御着のあの後も猫の目のようなものだ。いつどう変るやらわからない。そう考えると、

「急ぐに如《し》くなし」

と、途中の茶店で白湯一碗《わん》する気にもなれない。

果たせるかな、一歩、摂津に入ると、険《けわ》しいものが往来の者にも感じられる。兵庫あたりから花隈城の兵が道路を扼《やく》し、随所に柵《さく》を作り、関をむすび、

「どこへ行く。何しに参る」

と、物々しい往来調べである。

「御着の家臣、黒田官兵衛、主命によって、伊丹のお城までまいる」

ここでは秀吉随身の者とはおくびにもいわなかった。しかし黒田官兵衛と聞けば知らぬ者はない。阻《と》めるわけにもゆかないが、油断ならぬぞという目顔で通すのである。そして必ずその後から早馬がすれちがって先へ駆けて行った。

もう近い、伊丹はそこだ。官兵衛は悠々と馬を打たせて伊丹近くの松並木まで来た。

すると誰やら路傍《ろぼう》から、

「旦那《だんな》様、お久しぶりでございまする」

呼びかけて、彼の振り向く鞍《くら》わきへ歩み寄り、腰低く挨拶《あいさつ》をしている者があった。

二

「おう新七ではないか」

官兵衛は馬を降りて、馬を木蔭《こかげ》につないだ。そして汗の顔を拭《ぬぐ》いながら、路傍の木の根に腰を休めて、

「わしの来るのをどうして知ったか」

と、訊《たず》ねた。


伊丹の城下に住んでいる白銀屋《しろがねや》新七《しんしち》という金銀細工の飾職人である。この男は、姫路の目薬屋与次右衛門の縁類で、かつて官兵衛が志をふるい、郷国を脱出して、初めて岐阜に信長をたずねて行った折に、途中、与次右衛門のすすめによって、白銀屋の家に一泊したり、そこで旅装を変えたりして、京都から岐阜へ潜行《せんこう》したものであった。

「伊丹《いたみ》ではもう今朝から旦那様の来ることが皆の噂になっておりまする。てまえも荒木様のご家中から聞きましたので」

「えらい早耳だの。……そうか、なるほど。早馬で次々先触《さきぶ》れしたものだな」

「何しろ往来はきびしゅうございまする。ご城下に住むてまえどもでも、ご領外へは一歩も出してくれませぬ」

「さもあろう。領内の状況が、織田家へつつぬけでは工合がわるい」

「いよいよ織田方との合戦になりましょうか」

「それは、村重どのの心《こころ》一つだが……。すでに、信長公に対し、反旗をひるがえしたからには当然戦う覚悟であろうな」

「三木城の衆や、毛利家のお使いは、のべつ城門へ入っているような様子で」

「三木城の者は山越えで入って来るだろうが、毛利衆はどこから来るの」

「海から上がって参りまする。本願寺の衆なども」

「旺《さか》んなものだな。村重殿の鼻息も荒かろう。……だが新七、おぬし長く伊丹に住み、城内のご用も勤めておる者ゆえ、何かと噂は聞いておろうが、一体、荒木村重ほどの者が、何が原因で、俄《にわか》に、毛利家へ款《かん》を通じ、信長公へ弓を引く心になられたものか。……そちは何か聞いていていないか」

「いや、それに就いては、世間の噂も区々《まちまち》でいろいろにいい囃《はや》されておりまする」

「たとえば、どんな事を」

「村重様の戦功《せんこう》と、ご出世をそねんで、明智日向守様が、ひそかに信長公へ譏《ざん》したのが因《もと》だとか。いや、毛利家の方から手を廻《まわ》して、非常な恩賞を約して誘いこんだものとか」

「やはり型の如き世評か。それが真相かの？」

「いや、ほんとの所は、どうも違うらしい所があります。——てまえが聞き入れた事では、伊丹城の重臣の二、三が結託《けったく》して織田家のきびしい監視《かんし》の眼をくぐり、沢山な糧米や穀物《こくもつ》を闇売りいたしたのが、安土へ知れたのが、因《もと》かと思われまする」

「それはありそうなことだな。大坂本願寺はいま近畿の諸道を織田方に断《た》たれ、食糧には疾《と》くからひどく窮乏しておる。また織田方の作戦はそれ一つが眼目でもあるのだ。かねに糸目をつけず欲しがっているだろう。それへ売込めば莫大《ばくだい》な利は獲《え》られるゆえ、或《あ》いは、とも考えられるな」

「村重様が中国から信忠卿《きょう》に従《つ》いて帰るや否、安土へ召されて、信長公から烈しいご叱《しっ》責《せき》をうけたとか面罵《めんば》されたとかいうことです。そして犯人をさし出せとの御意《ぎょい》をうけたが、村重様は、頑として出さない。その下手人がどうやらご寵愛《ちょうあい》の美しいお方の父親とか近親とかにあたるというわけなんで」

「その虚を見て、本願寺や毛利家側から、利を以《もっ》て誘ったわけだの。易々《やすやす》と、彼等の手に乗じられたということになるのか」

「どうもそれがほんとではないかと考えられます」

「あらましは読めるな。——ところでまた、安土からのご使者などは、屢〻《しばしば》、伊丹城にみえるようか」

「ここ数日は絶えましたが、ご謀反《むほん》と知れ渡ると、頻々《ひんぴん》、お諭《さと》しの使者が来られたようでした。松井友閑《まついゆうかん》様、明智光秀様、そして万見仙千代《まんみせんちよ》様なども、安土のお旨をうけて、幾度か来ては説き、説いては空《むな》しくお立ち帰りになったとか伺っておりまする」

「いやよく聞かせてくれた。城中に入る前に、そちに会ったのは、寔《まこと》によい都合だった。尠《すく》なからず官兵衛の用意にも相成った。新七、礼をいうぞ」

「ともあれ、まことにむさぐるしい家ですが、てまえどもまでお越しの上、お支度なりしばしご休息なりと遊ばして下さいまし」

「このたび伊丹へ来たのは、前の折とはちがい、旅すがらの途中ではない。すぐ城中へ罷らねばならぬ。もし思うように用向きがすんだときは、帰りにぜひ立ち寄るであろう。……どれ、きょうのうちにもその決着を得たい。新七、先へ行くぞ」

腰をあげると、自ら馬を解いて鞍に移り、せっかく迎えに出ていた新七をあとに捨てて伊丹の町へ入り、そのまますぐ城門へ向っていた。

封《ふう》の中

一

「やあ、見えられたか、官兵衛」

荒木村重はたいへんな機嫌を見せていた。むしろ*衒気《げんき》に近いものすらある。大きく膝《ひざ》頭《がしら》をひらいて武将坐《ずわ》りを組み、長い肘《ひじ》を折って脇息《きょうそく》へ倚《よ》せているため、すこし体が斜に構えた恰好になっている。その筋肉のあらあらした隆起《りゅうき》や青髯《あおひげ》の痕《あと》にくらべて、側《かたわ》らから扇で風を送っている嫋女《たおやめ》は余りに優雅《みやび》ていた。

「いつもお変りありませんな。いや、いよいよご健勝のようで」

「何をいう官兵衛、左様に早く変ってたまろうか。お汝《こと》とはつい過ぐる頃、中国の陣で会っておる」

「ああ、上月城を退去の節、ちらと、信忠卿のご陣前で」

「――そうだろう、それなのに、幾年も会わぬようなことを申しおる」

「――何か、そんな気がふと致したのでござる。お人違いをする程に」

「なぜだ。なぜそんな気がするか」

「思うに、人はその人に相違なくても、月日はさほどに隔《へだ》てておらなくても、人の心の変りようが、それがしをして左様に感ぜしめたのかもしれません」

「………」

村重はまずい顔を作った。童女が陶物煙管《すえものきせる》に南蛮《なんばん》の莨《たばこ》をつめて、さっきから恐る恐るさしのべていたが、それに眼を向けても手を出さない。

左に置いてあった脇息を、右のほうへ持って据え直し、斜の構えを反対にしてから、

「ふ、ふ、ふ……」と、初めて笑った。そして急にこんどは、話題を転じて、

「どうだ、筑前は達者か」

と、たずねた。

官兵衛もまたその答えを放擲《ほうてき》して、さきの向けて来た話題にかまわず、

「主人小寺政職《おでらまさもと》よりも、くれぐれもよろしくとの申し伝えにござりました」

と、いった。

うすあばたの痕《あと》のある瞼《まぶた》を、村重はパチパチとうごかして、

「お汝《こと》は今、御着《ごちゃく》におるのか。平井山におるのか」

「御着へもどっております る」

「そうか。何日？」

「近頃ではございますが」

「然《しか》らば、今日、使いとして来たというのは、筑前の使いではなく、小寺殿の使いで見えたのか」

「左様です。――これはまた、それがしのぬかりでした。まず、主人政職よりのご書簡をご被見《ひけん》下しおかれますように」

「どれ……」

侍女へ向って、頤《あご》で取次をうながし、その間に初めて、一方の手で童女の手から莨を取り、大きく一ぷく喫《す》って返した。

書簡はすぐ官兵衛の目前で封を切った。読み下すうちに荒木村重の面に複雑な色がうごいた。元来正直者である。内にうごく感情の色をつつんでいることのできない顔だ。

官兵衛は見ていた。もちろんその書簡は読み得ないが、彼の顔色に映し取ってそれを読むに難くないとしていた。――智者ハ却《カエ》ッテ智ニ溺ル――。後に思えば、官兵衛生涯の不覚は実にこのときの読み違いにあった。

二

官兵衛の考えにしてみれば、小寺政職が彼にたいして、その書面のうちに、切に信長へ帰服することを勧めているものとすれば、村重が顔色を変えるのは、無理もないことで、むしろいかに主人小寺政職が、それを文の内容に強調しているかがわかるほどである——と、独りそう頷《うなず》いていたものだった。

ところがである。何ぞ計らん、政職の手紙の内容は、思い及ばない事だったのである。すなわち政職は、自分の手で官兵衛を刺殺することは甚だまずくもあり、四囲の変乱《へんらん》も予想されるので、その書中に、

——当家の家老官兵衛を、そちらへ使者としてさし向けたが、この者は由来強硬なる織田方の執心者《しゅうしんしゃ》故、この者あるうちはとかく毛利家とも尊兄《そんけい》との盟約《めいやく》も遂行《すいこう》いたし難い。よろしくこの機会に、ご城内において刺刀《とどめ》を加え、二度と中国へ帰ることなきように計《はか》らっていただきたい——

という旨が認《したた》められていたのである。

すぐ前にその当人がいることなので、——正直な村重はぎくと色を更《か》えざるを得なかった。村重はまったく慌《あわ》てた。しかし、智略《ちりゃく》自他ともにゆるす官兵衛はかえってそれを見誤っていた。

また、後になれば、これほどな危地へ臨むに、なぜ書中の文意を途中でなりと確かめていなかったかと人は悔《くや》んだが、かりそめにも主人の書簡を家臣として携《たずさ》えて来たものである。死《し》の魔《ま》符《ふ》がそれに封じ込まれてあると分っていても、封を破って偸《ぬす》み見るようなことは武門としてゆるされもせず、官兵衛としても自己に辱《は》じる。

いずれにせよ、ここは伊丹城中、しかも反旗をたてて、世を観るにも血眼であり、合戦は明日をも知れずとしている殺気満々な所でもある。官兵衛のいのちはすでに、官兵

衛のものでない。政職の手紙とともに、それは荒木村重の手ににぎられているものだった。

「ううむ、小寺殿より此方へご意見か。かたじけないが、摂津守がこのたびの発意には、さてまた口には語りきれぬ仔細《しさい》もあること。……官兵衛、まず寛《くつろ》いで、悠《ゆる》りと話そう。どうだな、あちらへ移らぬか」

村重はこうぶつぶついってから、家臣の者へ、酒肴《しゅこう》の用意などいいつけ、先にぷいと起《た》って、もういちど官兵衛にむかい、

「篤《とく》と、あとで語ろう。わしの意中をもだ。いま案内させるゆえ、あちらで待て」

といいのこして奥へかくれた。

小侍が来て風呂《ふろ》をすすめたが、官兵衛は断わった。そして白湯《さゆ》を求めた。

その白湯を持ってきたのは、茶道衆であった。慇懃《いんぎん》にすすめていう。

「別間のお支度がととのいました。ここよりはあちらの方が涼やかでもございますから、お移り遊ばしましては如何《いかが》で」

「では、ご案内をたのもうか」

その者について官兵衛は歩を移した。秋の末ながら今日の残暑というものは堪《たま》らないほどしつこい。彼はふと平井山の陣の肌寒い秋を思い出した。秀吉のすがたを思いうかべた。

「どうぞ、こちらへ」

そこかと思っていると、茶道衆はまた、次の部屋へすすんだ。壁の多い、そして何らの調度も目立たない二十畳ほどの一室である。褥《しとね》に着くのを見ると、茶道衆はすぐ落着かない腰を浮かせて、

「ただ今、間もなく殿がお見え遊ばしますから」

と、逃げるがごとく去りかけた。

三

この室の位置構造、またその茶道方の挙動《きょどう》で、官兵衛はすぐこれはと直感的に不審を抱いたので、

「待て。待てっお茶道」

と呼びとめた。

背から呼ばれるや否や、お茶道は転がるように逃げ去った。官兵衛はつづいて、猛然《もうぜん》と、廊の外へ出ようとしたが、もういけなかった。荒木村重の家臣が素槍《すやり》をそろえて来たのである。

鷹《たか》の如く、ほかの部屋へ跳びこんだ。そこにも手具脛《てぐすね》ひいて伏せていた者がある。躍り立つがはやいか、むずと官兵衛へ組みついてくる。

死力でふりほどいた。梁《はり》の揺れるような屋鳴《やな》りがした。彼を投げつけたが、官兵衛も

共に勢いよく仆《たお》れたのである。すかさず、四、五人の武士が体当りに乗《の》しかかって来た。官兵衛の二本の脚は、少なくも四回か五回それらの敵を蹴《け》とばしていた。しかし益なきことを彼はすぐ覚《さと》っていた。たちまちその部屋は壁もふすまも見えないほど、荒木家の家士と刃で埋められていたからである。

「どうするのだ、それがしを」

官兵衛は坐《すわ》り直した。もちろんその両腕はすでに荒縄《あらなわ》で後ろ手に縛《しば》られている。畳で摺《す》った頰骨の擦り傷から血がふいていた。

「お起ちなさい。われらは存ぜぬ事、ただ主命に依《よ》ってお連れする」

「そうか。摂津守のいいつけか」

これだけをいい放つと、彼はもう何もいわず唯々《いい》として、曳《ひ》いて行くところへ曳かれていった。

ここは城楼《じょうろう》の上ではなかったが、導いて行く道は、暗い階段を二度も降りて行くのであった。官兵衛はすでに、自分の血を自分で嗅《か》ぐような予感と、そそけ立つ髪の根の寒さを如何《いかん》ともし難かった。一歩一歩、階を降りつつ、彼は自嘲《じちょう》を抱いていた。――人間、日頃はいつでもと死を覚悟しているつもりでも、さてその場にのぞんでは、この生理的な恐怖の襲いには、どうにも剋《か》てないものであると。

「おいっ、誰か。灯《あか》りを持って先に立たんか」

武士たちはかたまり合って佇《たたず》んだ。

沼の底へ降りて来たような暗さと冷たさである。太い柱と柱しか見えない洞然《どうぜん》たる地下室をながめ廻《まわ》して、官兵衛は、

「さて、ここか、俺の死所《しにどころ》は」

と、ようやく心の平かなるものを同時に見出《みいだ》したここちがした。

猜《さい》疑《ぎ》

一

苦境に立てば立つほど強くなる彼。逆境に遭《あ》えば遭うたび、その逆境を一段階となして、次の運命を人の意表にきり拓《ひら》いて、飽くまで積極的に進んでゆく彼も——その信長も、こんどの難局にはここ数十日、深刻な悩みを嘗《な》めたことは確《たし》かである。

この苦杯《くはい》を主人につきつけた荒木村重の謀反《むほん》にたいして、彼が心の底から憤怒《ふんぬ》を抱いていることはいうまでもないが、それをすら抑《おさ》えて、じっと、

(我慢《がまん》も戦略。もし兵法とすれば我慢のできぬこともない)

と、自己の性格をころして、幾たびか慰撫《いぶ》の使者を伊丹《いたみ》へ向け、村重を懐柔《かいじゅう》して、こ

の事件を一先《ひとま》ず内部的なものに局限《きょくげん》して済ませたいと、極力努《つと》めて来たここ二ヵ月間のあとを眺めて、いかに伊丹の離反《りはん》とその影響が、彼にとって大きな痛手《いたで》であったかが思いやられる。

しかし、その慰撫も、懐柔策も、所詮《しょせん》は何の効もなかった。

村重と親しい宮内卿《くないきょう》法印をやって説《と》かせ、明智日向守をつかわして更にまた説かせ、重ねて万見仙千代まで使者にたてて——かりそめにも主人から三度まで懇《ねんご》ろに諭《さと》して村重の賢慮《けんりょ》を促したということは——信長として正に、忍ぶべからざるを忍んでのことであるし、また以《もっ》て、いかに彼の立場が最大な苦境に置かれたものであるかが分るのである。

中国の業はまだ緒についたばかりで、前途の好転は期しがたい蹉跌《さてつ》を見ているし、大坂の本願寺勢は、いよいよ猖獗《しょうけつ》して、時こそ到来と、攻勢の機を測《はか》っていた。なお、かえりみて東国をながめると、北条氏政のむすめと武田勝頼のあいだに婚姻が成ったのを契機《けいき》として、新たに甲相二国の同盟《どうめい》がむすばれんとしているではないか。これもまた、織田家にとって、一憂を加えて来る暗い北風であった。

「……誤っていた」

信長は覚った。

「つい、懐柔策などにひかれ、日をうつしておる間には、必然、万策も効なき最悪の破局にいたるやも知れぬ。——そうだ、信長はやはり信長の天性にまかせて為《な》すに如《し》くはない」

彼は手ぬるい「扱い」を放擲《ほうてき》した。

そして安土を発し、二条新館に大軍をととのえ、摂津一円に、諸軍を配備した。

二

折も折であった。

こういう立場にあった信長の耳へ、黒田官兵衛の消息は伝わったのである。

「なに、官兵衛が、伊丹城内に囚《とら》われておると？……」

その事情も併せ聞いたのであったが、信長はかく知ったせつなに、ふと猜疑《さいぎ》の眼をひからせた。

直感のするどい人の常として、それが反《そ》れて猜疑化することは往々《おうおう》にしてある。信長は表面の理由といいきさつだけを以て事実とは聞かなかった。

「たれが、官兵衛に向って、荒木村重に意見せよなどと命じたか。秀吉とて、予のゆるしなく左様なことはいたすまい。――小寺政職の書簡《しょかん》を携えて参ったというが、その事自体が解《げ》せぬではないか。何となれば、御着《ごちゃく》の小寺もまた、村重と呼応《こおう》して、現在、あきらかに逆心《ぎゃくしん》を示しておるものを、何で、官兵衛をさし向けて、今更、村重に意見を呈《てい》そうや」

左右の諸将に、かく語るまでに彼がこれまでに抑《おさ》えていた感情は、この小噴火口を見出して、勃然《ぼつぜん》と、憤怒を噴いた。

「彼奴、筑前をあざむいて、伊丹へ入城いたしたにちがいない。村重の帷幕《いばく》に加わって、その智謀を加えよと、小寺からもいわれ、村重からも誘われて、うまうまと、潜り入ったものとみゆる。――さもなくて何ぞ、村重がただ城内に生かして置こうや。出先の秀吉の軍状にも詳《くわ》しく、わが織田家の内状にも通じておるために、村重に買われたものだ。策士たる彼奴としては、ありそうな事よ。……」

信長は、自嘲《じちょう》をもって、自身のつぶやきを結んだ。しかし一たん噛《か》みしめていた唇をひらくと、かたわらにいた佐久間右衛門にたいして、こういう酷命《こくめい》を冷《ひや》やかに下した。

「すぐ、筑前へ書状を遣《や》れ。――かねて筑前にあずけてある官兵衛の質子《ちし》松千代の首を打ってさし出せ、と」

「かしこまりました」

佐久間信盛も、また平然と主命のまえに頭をさげた。

そのことはさすがに、信盛に一任したが、信長はべつにまた在中国の秀吉にたいして、一通の軍令を口授《くじゅ》して、祐筆《ゆうひつ》に書かせていた。

――御着の小寺を攻め、あわせて、姫路城の黒田宗円をも、一挙に揉《も》み潰《つぶ》せ。

という指令であった。

だった。

三

高槻《たかつき》城の高山右近と、茨木《いばらき》城の城代中川清秀とは、伊丹を中心とする荒木村重の両翼

大軍を配して山崎から天王山へ本陣をすすめた後、信長は、このふたりを、誘降《ゆうこう》することに成功した。

高山右近は、熱心な耶蘇《やそ》教徒であるので、信長は彼の師父オルガンチノを用いて、巧妙に高槻を開城させ、また中川清秀は元々、村重の挙に本心から同意していなかったので、彼もたちまち信長の陣門に来て罪を謝したのである。

「よくぞ、よくぞ、そう覚《さと》った。さらりと、非を覚り、踏み直すこと、また武士らしさぞ。信長とて、何の宿意ものこすまい」

自己の歓《よろこ》びと、彼等の安心へ誓うために、信長は二人の降将にむくゆるに、莫大《ばくだい》な金銀と恩賞を以てした。

これまた、いかに信長が、この事件に頭を悩ませ、この一解決にすら歓びを抱いたか、心の奥のものをあらわしている。

――かくて。

いよいよ伊丹一城へ向って総攻撃を開始したのは、もう十二月に入っていた。しかし

陥《お》ちない。さすがは頑強に自負している荒木勢だけのものはあった。その難攻にあたって、寄手の一将万見仙千代《まんみせんちよ》は討死をとげた。それほど猛攻して、幾たびか城壁にまで迫ったが、伊丹城はゆるぎもしなかった。

「これ以上、あせるは愚だ。捨てておいても陥ちるものを」

信長は、要路要路に附城を築かせ、いわゆる持久包囲の策をとらせ、年の暮には安土へ帰っていた。そして軍勢の一半を播州の援軍にわけて急下させ、一面、本願寺勢との連絡をいよいよ固く遮断《しゃだん》した。そうした陣容はすべてこの機会に毛利の大軍が海陸から東上して来るものという予想のもとに万端、改編《かいへん》されたものだった。

信長の観《み》るところ、村重の強がりは、要するに、自力そのものではなく、やがて毛利輝元の水軍が大挙して摂津の岸《しゃはん》へ上がって来るという――謀反前からの誓約を恃《たの》んでいるものにちがいない――と、這般の機微《きび》と大勢を早くも観破《かんぱ》したからである。

虱《しらみ》と藤《ふじ》の花《はな》

一

るか」

「……面壁《めんぺき》、面壁、またきょうも面壁。いったい幾日この闇をにらめていたら陽《ひ》が仰げ

官兵衛は独りそう思う。

きょうも朝はどこかで明けていた。

いや、すでに年も、天正六年はとうに去っている。ことしは天正七年のはずだと考えるが、その春すら来ているのか否か疑わしい。

「陽の目を見ない人間というものは弱いものだ。陽に浴しているときはさして思わぬが、……はてさて、禅も、覚悟も、陽を仰いでおればこそ。かくなっては」

ひとり苦笑するのである。

指折れば去年の十月以来、半歳というものは、こんな独想と同じ闇との中に、生ける屍《かばね》のごとく過ごして来た。そのあいだに、日頃の何が役立っていたろう。

まず、健康な体だったが、これも近頃では自信がない。いちどの湯浴《ゆあ》みも水拭《みずぶ》きもしたことなく、皮膚は垢《あか》とこの冬中の寒気で松かさみたいになっている。やや暖かになって来たと思うと、体じゅう得体《えたい》の知れない腫物《できもの》ができてきた。頭の毛髪の根にまでぶつぶつしたものがふき出している。

食物といっては、正に獄人に食わせるようなものを、朝夕二度、頑丈《がんじょう》な荒格子《あらごうし》の窓から番卒が給与してくれるものだけである。——が、この玄米《くろごめ》と菜などは日頃嚙《と》む十層倍も根気よく口のなかで糊《のり》にして胃へ入れる事に依《よ》って、かなりよく栄養を摂ることがで

きた。むしろ困難なのは運動のできないことだった。時々はこの獄内の檻《おり》の中の虎みたいにのそのそ歩いてみた頃もあるが、近ごろは衰弱のせいか、それが非常に疲れる。供与だけの食物では足らなくなる。余りに飢えるとしまいに空の胃ぶくろが腹の中で暴れ抜くのが何とも苦しい。

「じっとしているに限る」

自《おのず》から、坐禅《ざぜん》をくむ。

少年の頃から禅は心がけていたが、それは到底、禅に徹していたどころか、真似事にすぎないものだったとみえ、意識するとかえって妄想《もうそう》を掻《か》き立てるような心態になり易い。——で、結局、何もせずに、ただぼんやりありのままに在《あ》ることにした。うすら眠くなれば眠る。眼をあきたければ開く。半眼になったら半眼になっているとして——。

「よくよく命は惜しいものだ」

われながらその執着《しゅうじゃく》には感心する。ひとから考えたら、何の為に生きているか、死んだほうがましであろうに——と定めし思うであろうにとも知りながら、やはり死にたくはなかった。

だが、この未練は、自ら顧《かえり》みて、そう恥じるものではないともしていた。ふたたび、陽《ひ》の目を仰いでも、為《な》すことなき生命に執着するのではない。

「自分には為すことがたくさんある」

その信念に執着するのだ。自分ならで誰か為す者があろうと自負される世業にたいして、生命そのものが燃え惜しむのである。

「このままここで死んでは」

　と、残念を感じるのだった。

「……もがくな、歯がみを鳴らすな。思うたところでしかたがない」

　むしろ彼自体は、自己の生命にたいして、そう宥《なだ》めている姿だった。——そして、この高窓から一道のうすい外光が射す日には、膝《ひざ》や袂《たもと》をあるいている虱《しらみ》をながめて虚心《きょしん》に暮した。虱は彼をなぐさめる唯一の友だった。

二

「……やっ。あんな所へ、藤の蔓《つる》がからんで来た」

　ある日。彼は驚異の眼をみひらいた。東側に切ってある高窓の太い欅《けやき》の桟《さん》に、いとも優しい藤の嫩芽《わかめ》をつけた蔓《つる》の先を見つけたからであった。

「ははあ。かしこの外には、藤棚があるとみえるな」

　初めて、それを知った。

「……そうか、それで読めた。藤棚は多く池の畔《ほとり》にある。夜毎夜毎、昼も折々、あの外で、異様な音がすると思うていたが、それは池の魚が水を搏《う》って跳《は》ねる音だったか。道理で湿気《しっけ》の多いはず……」

この日は、楽しかった。このわずかな緑の嫩蔓《わかづる》に慰められてである。次の日から朝起きても、すぐそこを仰いだ。ほんの朝の一刻《いっとき》であるがうすい日光が射すといよいよ美しい。そして蔓はかならず、一、二寸ずつ伸びている。

「しかし、あれを見ても、もう春は過ぎ夏も近いに。――以来、この城に、魚の跳ねる音しかせぬは、世上《せじょう》の成行《なりゆ》きは如何《いかが》いたしたものか」

彼は微《かす》かな憂悶《ゆうもん》を覚えた。いや、慟哭《どうこく》するだけの精気すら、すでにないのかもしれない。

子を思うより妻を思うより、世を思うとき彼の涙はとまらなかった。平井山の陣中にある秀吉のその後を考え、信長の立場、近畿《きんき》のうごき、西国の情勢、東国の動静など、限りもなく想像にのぼってくる。

去年の十二月初めころ、この城を中心として、ただならない物音を幾日か聞いた。そのときこそは、

（さてこそ合戦。織田どの軍勢が寄せて来たな）

と、独り胸をおどらせ、同時に、ある場合の覚悟もかためていたが、その死を強《し》いて来る日もそれきり訪れて来なかった代り、以来、胸おどるような寄手の喊声《かんせい》もぱったり聞えない。

「織田方の形勢は悪いな。万一にも、毛利の水軍が、舳艫《じくろ》をそろえて、摂津の沿岸に上陸して来たら、ひとり荒木や高山や中川清秀にとどまらず、彼方此方に、離反の旗幟《きし》を

かざす者が相継いで、安土は容易ならざる重囲の中に取《と》り塞《ふさ》がれよう……いやいや、すでにそうした最悪の情勢になり終っているのかも知れぬ」

そう思いつめると、今は官兵衛の生への執着《しゆうじやく》も日毎にうすくなった。心のどこを探しても、滅失《めつしつ》以外のものが見出《みいだ》し難いここちになった。

「むしろ死なんか！」

ある日、ふっと、そう思い出したら、矢もたてもなく、死にたくなった。

生を支えている骨と皮の肉体はそれほどに毎日の苦痛と闘っているものだったのである。灯《とも》りきれた灯皿の燈芯《とうしん》のように、精神力が枯渇《こかつ》を告げると、肉体はそのままでも――刃や他の何の力を加えないでもバタと朽木《くちき》のように斃《たお》れて終ってしまいそうであった。

「待て」

彼は彼にいった。

あぶら汗のたれるような必死をもって自分の肉体へ告げた。

「いつでも死ねる。もうすこし待て。……オオ、あの高窓の藤蔓もいつか茂り、しかも短い花の房すら持って咲こうとしている。……そうだ、白藤か淡紫かあの花の咲くまで見ていよう」

陽あたりのわるいせいか、房は垂れているが花の咲くのは遅かった。

「やあ、今朝は咲いた。……紫であったか」

幾日目かである。

朝陽のもるる中に、彼は鮮《あざ》やかな藤の花を見た。すぐ窓の下まで這《は》っていって、手をのばしてみたが、花のふさには届かない。

けれど、うすい朝陽《あさひ》をうけている紫の房からこぼれてくる匂《にお》いは、官兵衛の面を酔うばかりつよく襲ってくる。彼は仰向《あおむ》いたまま、白痴《はくち》のように口をあいて恍惚《こうこつ》としていた。

「……吉瑞《きちずい》だ」

いきなり彼は叫んだ。跳び上がる体力もないが、跳び上がった以上の衝動を満身に覚えた。めずらしく彼の額に血のいろが映えた。

「獄中に藤の花が咲くなどということは、あり得ないことだ。漢土の話にもこの日本でも聞いた例《ため》しがない。……死ぬなよ。待てば咲くぞ、という天の啓示《けいじ》。そうだ天の啓示だ」

彼は、掌《て》を合わせて、藤の花を拝んだ。その袖口《そでぐち》から虱《しらみ》も這い出て、かすかな朝陽の影と、藤の匂いに、遊びまわっていた。

老《お》いざる隠居《いんきょ》

一

いろいろな意味で、彼の奇禍《きか》は世上に大きな波紋を投げた。たった今まで、天下の活舞台に飛躍していた立役者であっただけに、忽然《こつぜん》たるその姿の陥没《かんぼつ》には、世間の疑惑も無理ならぬものがあった。

しかし何といっても、もっとも大きな驚愕《きょうがく》をうけたのは、官兵衛の郷党とその生家たる姫路城の人だった。わけても年老いた彼の父宗円《そうえん》であり、まだうら若い官兵衛の妻であった。

「虫の知らせであったか、あの日のお別れにかぎって、日ごろのたしなみものうお叱りを覚悟のまえで、お城下端《はず》れの並木までよそながらお見送りに出たが……そのときのお顔の色も……ご容子も……いま思えば、ただならずお見うけされたものを」

と、彼の妻は、繰返し繰返し嘆いて、その折、良人《おっと》から投げ与えられた松千代の手紙を抱きしめ、ついにはあまりの涙に枕もあがらぬ病《やまい》の床に臥《ふ》してしまった。

「何をべそべそ喞《かこ》つか。もののふの妻が――」

舅《しゅうと》の宗円はそう叱っても決して宥《いたわ》りなどしなかった。宥れば宥るほどかえって彼女の女ごころをとめどなく掻き乱すからであろう。つねには嫁にやさしい舅御であるこの人が、ここ十日ほどは鬼の如く叱咤《しった》しか与えなかった。

いや、嫁にだけではない。すでに老齢でもあり隠居同様な身分の彼ではあったが、ひとたび息子の官兵衛が伊丹《いたみ》の獄に監禁《かんきん》され、以後の生死も不明と伝わるや、この白髪の

老鶴は、

「一族郎党の浮沈、正に今に迫る。老ゆればとて黒田宗円、やわか、この家門の滅亡を坐《ざ》して視《み》るべき」

と、二十年前の壮気を身に呼び回《かえ》して、悲報《ひほう》に沈む家中の者を、巌《いわお》のごとく睨《ね》めまわして、騒ぐな、うろたえるな、悲観するな、姫路にはなおわしがいるぞと、朝に夕に力づけていたのだった。

ともあれ、悲報ひとたび伝わるや、姫山を中心とする郷党の出入りは物々しく、人々みな眼を血ばしらせ、門に入れば鼎《かなえ》の沸《わ》くごときものが感じられ、早くもここには一死を共に誓う家の子郎党の二心なき者が踵《きびす》をついで駆け集まっていた。

そして、それらの人々に依《よ》って、官兵衛救出の決死組が結盟《けつめい》された。

熊野牛王《くまのごおう》の誓紙には、日本国中の大小神祇《じんぎ》、八幡大菩薩《はちまんだいぼさつ》、愛宕山権現《あたごやまごんげん》、ところの氏神にも、違背《いはい》あれば御罰を蒙《こうむ》らんと明記してある。――その誓紙の下に血判署名したその折の義臣の名を後に見るならば、
母里《もり》与三兵衛―喜多村六兵衛勝吉《かつよし》―衣笠久左衛門―長田三助―藤田甚兵衛―三原右助、同隼人―小川与三左衛門―栗山善助―後藤右衛門―宮田治兵衛―母里太兵衛などの面々があり、「御本丸様」と宛《あ》てて認められた月日には、天正六年十一月五日という日付が見える。

二

　主君救出決死組の盟とその*連判《れんぱん》は即座になされたが、そう方針が一決するまでには、家中の苦悶《くもん》と迷いも一方《ひとかた》でなく、紛々たる議論もあったし玉砕的な行動に出《い》でんとする過激な策も真剣に考えられたのであった。

「――村重に迫って官兵衛様のお救いを迫ろうとすれば、どうしても村重に与《くみ》さなければならない。さすれば、信長公の許《もと》にさしあげてある質子《ちし》松千代様のお命は当然ないものと覚悟しなければ相成らぬ。――というて、松千代様のお命を護《まも》らんがために、一党いよいよ織田方に異心なきを示すならば、村重の毒手に罹《かか》って獄中にある官兵衛様のお命は到底これを保《ほ》し難《がた》いであろう」

　これが家中一党の者が方針をきめるに先だっての悩みであり、また議論のわかれ目でもあったのである。

　事実、進んで主を助けんか、主君の質子を見殺しにするほかなく、質子の若殿を守らんか、獄裡《ごくり》の主君の生命を断《た》つにいたる。……この大苦境をどう打開《だかい》するかが問題だった。そしていかに血涙をながすも、切歯《せっし》痛憤するも、その両方の無事を計るような名案は生れて来なかった。

「さりとてこれを、ご隠居の宗円様や、病床の奥方さまにお聞かせして、いずれになすかをお伺い申すなどということは、お傷《いた》わしゅうて誰にもいえるものでなし……」

と、幾日かは家臣同志のあいだで密々《みつみつ》相談していたものであったが、当然、宗円の耳にも聞えてゆき、ついにある夜、一同が集まっている席へ、つと宗円が姿を見せて、

「迷うもおろか。わしはすでにわしの胸で、とうに極《き》めておったものを」

と、従容《しょうよう》として断案を下したのである。

そのいうところはこうだった。

「官兵衛を捨てるのみじゃ。――なぜといえば官兵衛は、主命をおびて、伊丹城《いたみじょう》に赴《おもむ》き、村重が卑劣《ひれつ》なる奸計《かんけい》に陥《お》ちて幽囚《ゆうしゅう》されたもの。正邪な歴々、天下の衆目、誰か彼を曲として憎まぬものあろうや。もし、わが子官兵衛が獄中に殺さるるとも、それ君命に殉《じゅん》ずるは武士の本分。宗円とてなに悔もうぞ。……それを恋々小情の迷いにとらわれ、いまもしわが姫路の一党が、信長公と結べる一たんの盟《ちか》いを破棄し、義に背《そむ》き信を捨て去らんか、たとえふたたび官兵衛がこれへ生きて還《かえ》ろうとも、われらの上に武門の名もなし誇りもなしじゃ。ただ辱《はじ》を負うて武人の中に禄《ろく》を拾うて生くるに過ぎず、人と生れさむらいの道に立ち、何の生きがいやあるべき。……迷うまでもないことよ。官兵衛は見殺しにせい、きっぱり思い捨てて策を立てい」

隠居宗円はそういって、すぐ奥へもどってしまった。あとに粛《しゅく》たる大勢が涙をすすり合うのも聞えぬ振りして――

熊野牛王《くまのごおう》の誓紙は実にこのあとですぐ持ち出されたのであった。そして十三名が血判《けっぱん》

した。

「ご隠居さまのお覚悟を慥《しか》と伺ったからには、もう百人力というものである。織田方には二心なしだ。飽くまで荒木村重の曲を撃たずにおくものではない。——さりながらまた、臣として、獄中の主を見ごろしに捨て去らんなどは思いもよらぬこと。われら十三名は、各ゝ《おのおの》すがたを変えて、敵地の伊丹城中に潜伏し、たとえいかなる臥薪嘗胆《がしんしょうたん》の苦難をしのぶとも、八幡大菩薩、産土《うぶすな》の神も照覧あれ、臣等の一命に代えても、かならず官兵衛様の身を救い出してみせる」

と、天地神明にその一心をちかい結んだものなのである。

かくてこの十三名だけは、姫路を脱して、伊丹へ潜行することに極《き》まったが、なお出発以前に、姫路一城の守りを厳としてかためておく必要に迫られた。

御本丸様、すなわち隠居宗円を中心として、残る留守組もまた、決死の人々のみが選ばれることになった。なぜならば、従来の関係上、この姫路の内にも、御着《ごちゃく》の小寺家から付人《つけびと》として来ている外籍《がいせき》の家臣も多く交じっていたからである。

宗円は申し渡した。

「もとより我から求めたことではないが、小寺、黒田の両家は、ついに確執《かくしつ》ここにいたって、今はあきらかに敵味方として対立する日となった。依《よ》って小寺家より当家に来ておる客臣付人の衆は、何の遠慮も要らぬ、各ゝ支度をととのえて、以前の主筋へもどらるるがよい。越し方長らく仕えてくれて、今日このような別れをなすは本意でないが、これまた今の世のやむなき乱れというほかない。とはいえ互いにここの苦悩百難を乗り超ゆるも、ゆくての乱定まって泰平《たいへい》に会う日の作業じゃ。……別離の一献を酌んで、明日は戦場で快く会おうぞ」

そのあと、大振舞《おおぶるまい》となって、一同へ杯が与えられた。

しかしこの別宴《べつえん》が終っても、誰ひとり身支度して、小寺へ帰るといい出す者もなかった。翌朝、一束ねにした誓書をたずさえて、旧小寺家の付人のほとんど全部の者が、宗円の前に出て、このまま黒田家の家中として留め置かれたいと願った。

もちろんそれは宗円始め家中の大きな歓《よろこ》びであり、願いはゆるされ、あらためてその日から純然《じゅんぜん》たる家の子郎党の内に加えられた。

「たのむぞ、あとは」

十三名の決死組は、留守の鉄壁がこう固まったのを見とどけた上、年暮《くれ》から春にかけて思い思いに伊丹の敵地へ立って行った。

惨心驢《さんしんろ》に騎《の》せて

一

「官兵衛にも似げない不覚を……」

と、秀吉は彼の消息を知ったとき独り声を放って嗟嘆《さたん》した。

「村重づれの智謀《ちぼう》に陥《お》ちるなどとは、智者らしくもない」とも呟《つぶや》いた。

けれど彼は憂いの中に沈思して、いやそうでないとも考えた。世上の智者策士と呼ばるる者多くは軽薄であり小才子である。官兵衛にはそれがない。情弊《じょうへい》がある。正直さがある。ばか正直ともいえるような一面すら持っている彼だ。

「武人として、こんどの失策は、決して彼の恥ではない。――量《はか》るに荒木村重が彼を殺し得ずにいるのは、なお彼に未練《みれん》をもって、彼をして味方の用具となさんとするものであろう。天なお彼に命をかし給うものだ」

平井山の陣前、依然として不落を誇る三木城を前にしながらも、また*愁心怏々《しゅうしんおうおう》たる憂いを抱きながらも、秀吉は日々、官兵衛の天命を遠くから祈っていた。――そしていかに主君信長の軍がよく迅《はや》く伊丹の逆臣を攻め陥《おと》すかを千秋の思いで待っていた。

ところが、その信長の令は、意外にも、

(異心疑わし官兵衛の行動。即刻、兵をわけて姫路を討て。そして父宗円や一族を搦《から》めよ)

と、伝えて来た。

秀吉はさびしく思う下から顔には出ぬ一笑を催《もよお》した。また始まったなという程度に信長の猜疑《さいぎ》にはあらかじめ理解を備えていたからである。

――あの男がおわかりないのかなあ?

それだけは不思議に思えた。しかしまた、安土のいまの苦境を思うと、さもある気持にもなろうかと、むしろ遠くから主人の胸がいたわしくも察しられる。

「日をまてばよい。ご命令に敏速ならざる罪は、ひとえに秀吉の功のいたらざるものと、後のお叱りを覚悟しておけば……」

彼は彼ひとりの胸にその事は伏せていた。けれどここに伏せておけない問題も同時に伴って来た。

それは質子《ちし》の松千代の処分である。

いま洛中《らくちゅう》の南禅寺境内に侘住居《わびずまい》して、ひたすら病を養っている竹中半兵衛の許へ、信長の使者として、佐久間信盛が訪れたということを、その半兵衛からつぶさに報《し》らせて来たのである。

(――信盛どのが仰せには、信長公には、黒田どのの私の行動にたいし、以《もっ》てのほかなお怒りを発せられたとか。黒田どのの質子、いま筑前の手許にあれば、即刻、打首とせよとのご厳命なる由。佐久間どの、私まで、その処断を申し参られましたれば、元よりお否み申す筋あいでもなければ、謹んで承諾のむね、お答え申しあげておきました。この書状のお手許にとどく頃、佐久間殿よりそちらへ同様の令がお達しに相成りましょうが、取りあえず右までご報告を)

と、いったような内容である。

これには秀吉もはたと当惑した。信長の余りに烈しくて冷やかなる愛情の心火*にふと涙がこぼれかけた。かくまでに遊ばさなくてもと官兵衛の身になってうらめしく思わざるを得なかった。しかしここでも彼はすぐ一転、がらりと心を明るく持ち更《か》えて、

「火のようなご性格だ。ふだんはあたたかでいらっしゃるが赫《かっ》と焔《ほのお》をおたてになると人をも我をもお焼きになる。……燃えさかっているときには何事もお耳に入るまい」

と、ひとり胸をなだめ、また竹中半兵衛への返書には、

（安土のおいいつけはおろそかに致すな。よろず所存《しょぞん》にまかせおく。秀吉の心になってぬかりなく勤め候《そうら》え）

といい送った。

二

まだ梅の梢《こずえ》に雪も見える寒さである。春となって二月上旬。ここはわけて底冷えするという蹴上《けあげ》の盆地《ぼんち》にある南禅寺の一房を出て、山門から駒に乗ってゆくいと痩《や》せたる若い一処士*にも似たる風采《ふうさい》の人があった。

去年の秋以来、ここの僧房に籠《こも》って、ひたすら薬餌《やくじ》と静養につとめていた病《びょう》半兵衛重《しげ》治《はる》である。

供はただ一人の武士しかついていない。武士は主人の薬まで背のつつみに負っていた。

「お寒くありませんか。しきりと、お咳《せき》が出るようでござりますが」

「やはり外は冷たいの。この冷たい東風《こち》に馴《な》れるまでのあいだであろう。いまに咳もやむ。陽《ひ》もあたたかになろうし」

「お頭巾《ずきん》をおまとい遊ばしてはいかがですか」

「いや、さなきだに、人の目が尖《とが》っておる。白昼、面をつつんで歩いては、半兵衛重治が、また何事か謀《たくら》むぞと、うるさい目がささやこうも知れぬ」

こんどの事件——黒田官兵衛のことについては、彼も多分に胸をいためた。同時に、彼の人生観へも惻々《そくそく》と二月の東風《こち》のように冷たい息吹きをかけられた心地がした。若年《じゃくねん》、山に籠り秀吉に説かれて、ついに山を出《い》で、ここ十余年の久しきあいだを、血の巷《ちまた》、世間の危路、あらゆる道をあるいたものの、依然、彼の心は、山にあって、里のものになりきれていなかった。

ただねがうらくは、

——どうかして筑前守様が一日もはやくあるべき所にその位置を得られて、諸氏に和《わ》楽《らく》のよろこびを頒《わ》け与えて下さるような日が来ればよい。

それのみを祈って、その扶《たす》けのみを自己の任としていたが、病勢は年毎におもしろくない。

(それまで、生きていることは、自分の健康ではむずかしい)

ということを、近ごろでは彼もひとり観念していた。

従って、彼の待望は、まず中国陣の一段落を見るぐらいな所を以て、満足しなければなるまいと思っていた。友にも語らず、秀吉にも語らず、彼はつねに座右の物のうちに、袈裟《けさ》、数珠《じゅず》などを備えていた。その日が来たら秀吉に暇をねがって、せめて人命を終る前の一年なりとも、高野にのぼって山鶯《やまうぐいす》の声でも聞きたいものと念願していたからである。

「できてもできなくても、ねがいごとを抱いているということは楽しい……おそらくは実現すまい。中国攻略もさように短い期間には片づくまい。さもあらばあれ武人らしく戦場で死にたいものだが」

彼は今も思う。

病骨をのせた馬は、二夜の泊りを経て、美濃路《みのじ》へ入った。そしてすぐ西の山中へ驢《ろ》のように鈍《にぶ》い脚ですすんでゆく。

美濃岩村の菩提山《ぼだいさん》の城へついた。

山村《さんそん》の小城にすぎない。しかし久しぶりに帰って来た主を迎えて、家中は城門に立って出迎えた。半兵衛は城へ入るとすぐ老臣にたずねた。

「黒田どのの質子《ちし》はかわりないか。この冬は風邪《かぜ》もひかずに過したか」

老臣は縁先から城の平庭《ひらにわ》を見まわし、ずっと奥の山芝《やましば》の黄いろく見えるあたりを指さした。

「あれ、ご覧あそばしませ、今日もご家中の児等をあつめてあのとおり元気に、暴《あば》れておいでになりまする」

「どれ、どれ……」

半兵衛も褥《しとね》を起《た》ってそこへ出た。彼は安土のいいつけを胸に持って来た人だった。その眸《ひとみ》には蔽《おお》いきれない深い傷心がひそんでいた。

菩《ぼ》提山《だいさん》の子《こ》

一

腕白《わんぱく》は家中にも多い。けれど父母がありながら父母の膝下《しっか》を遠く離れて、他国の質子となっている子は、その仲間では松千代ひとりであった。

「……あ。小父《おじ》様」

大勢の子とともに、遊戯に夢中になっていた松千代は、そのうちにふと、本丸の縁に立っている半兵衛重治のすがたを見つけ、見るやいな友達を捨てて此方《こっち》へ駆け出して来た。

「――小父様。お帰りあそばせ」

「おう、於松《おまつ》。元気だな」

「長いこと、小父様がちっともお見えにならないので、とても淋《さび》しかった。小父様。いつ帰っておいでたの？」

「たった今」

「たった今？　そう。ちっとも知らなかった」

庭の松千代は縁先にある人の袴《はかま》の裾《すそ》へ、背伸びして取り縋《すが》った。袴の裾で自分の顔を包んだりして戯《たわむ》れた。

（――人馴《な》つこいものよ。やはり父母を離れて、遠い他人の手に養われているせいか）

そう見るにつけ、半兵衛の胸は、可憐《いじら》しと思う気持でいっぱいになった。

「さ、上がれ。都のみやげを遣《つか》わそう」

南禅寺から貰《もら》って来た菓子《かし》など与え、しばしこの少年と戯れた。

長浜から預かり取って、この山城に養うこともはや二年、松千代はもう十二になっている。黒田家から傅人《もりびと》として井口兵助、大野九郎左衛門などを付けてよこしてあるが、竹中家としてもほとんど主人半兵衛の嫡子《ちゃくし》同様に待遇《たいぐう》していた。講書《こうしょ》、弓馬の師匠《ししょう》もつけて、珠《たま》の如く守り育てていたのである。

帰国の翌日。半兵衛はひとり菩提山のふもとを歩いた。祖先の展墓《てんぼ》のためだった。するとその帰途を待っていたもののように、二名の侍が道ばたに踞《うずくま》っていた。見ると、黒田家から来ている松千代の傅役《もりやく》井口兵助と大野九郎左衛門であった。

「かような路傍《ろぼう》において、甚だしい不《ぶ》しつけにはございまするが」

「折入っておねがいの儀がございまして」

ふたりは枯れ草の中へ面を埋めんばかりにいった。内容に就いては何もいわないうちに、すでに声涙《せいるい》ひとつの感情が半兵衛には聞きとれた。

二

鵙《もず》が高啼《たかな》いている。山村の春はまだ浅い。

半兵衛は二人を従えて、疎林《そりん》の蔭《かげ》の日なたへ行った。ほかほかと暖かい萱《かや》の枯れ草をしとねにして彼は坐《すわ》った。ふたりの士はその前に泣いたままで平伏している。

「……多くをいわんでもいい。お汝《こと》たちの気持はよう酌《く》んでおる」

彼等の懸命《けんめい》なねがいのあらましを聞いて、半兵衛はこう慰《なぐさ》めた。察していた通り、この者たちはすでに伊丹城中における官兵衛の奇禍《きか》も、また信長から出ている松千代の処分にたいする厳命も――世上の風聞によって疾《と》く知っていたのである。

城主の半兵衛が、病を冒《おか》して帰って来たのは、安土の命もだしがたく、自分らの傅《も》り育てている松千代の処決《しょけつ》に見えられたものにちがいないということも、さすがに直感して、

（われら両名の生命を以《もっ》て、何とぞ主人の和子《わこ》様にお代えくだされたい）

と、路傍に待って、嘆願に出たものであった。これが家中に知れては、当然、異論も出て、きき届けられるわけもないという点まで考えて、この直訴《じきそ》をなしたものである。

「由来、お汝《こと》たちの主人と自分とは、浅からぬ交《まじ》わりもなして来た仲。いかに安土のおいいつけなればとて、何でむざと、官兵衛どのにとって、大切な嫡子《ちゃくし》をば、首として差出されよう。……案じるには及ばぬ。それがしの胸にまかせておきなさい」

彼の慰撫《いぶ》はねんごろであった。その温情に遭うとまた、二人の客臣はよけいに涙にくれた。半兵衛はその体《てい》を見ているに忍びなかった。

——世に質子《ちし》の身上ほど不愍《ふびん》なものはないと思っていたが、それはまだ世間を知らない頑是《がんぜ》ないところもある。けれど、膝《ひざ》を屈して、他家に養わるる無邪気なものを守り通して、しかもよそにあっても主従の道をたがえず、事あればその生命にも代わろうとする傅役《もりやく》の辛《つら》さと難しさを思いやると、あわれなのはむしろ質子よりもこれらの者であるまいかと思い遣《や》った。

三

彼はよく城下を歩いた。城も小城、町も山村。殿様と知れば、路傍の者も、田の人影も、あわてて土に額《ぬか》ずいたが、半兵衛の他行は、いつも微行《しのび》ともいえる姿で、大仰《おおぎょう》さは少しもない。半兵衛は城主らしく派手派手と歩くのが嫌いであった。

それと、彼のこのごろの出歩きには、心のうちにある目あてがあった。それの解決できないうちは、彼の病も日々昂進《こうしん》するような気分にある。

「……ああ人の子はなお斬れぬ。貧しい土民の子なればなお不愍が増して斬れず、慈《いつく》しまれている町家の子と見ればその父母やその無心さを見ただけで、自分の考えていることも怖ろしゅうなる」

いかつい、ぶうるしの鎧《よろい》を着、虎御前《とらごぜ》の大太刀を横たえて、三軍のうちに軍師として在る日は、一謀《ぼう》に千兵をとらえ、一策に百軍を捕捉《ほそく》して、これに殲滅《せんめつ》を加えてすらなお、さして眉《び》色《しょく》もうごかさない半兵衛重治《しげはる》も、いまは子どもの首一つ求めて、それに適《かな》う領下の者の子を見かけても、どうしても斬って帰ることができなかった。

松千代に似た子を道に見かけては、我しらず胸をどきりとさせた。同じ頃の年ばえと思って畑の子を見る目は、すぐ附近の藁《わら》屋根の下にある者を思うて、斬るに斬れない気もちになってしまう。

「そもそも、こういう策は、下の下策たるもの。他に何かよい思案はなかろうか」

それも幾夜か思って見たが、要するに、信長はあの性急をもって、斬って出せというのである。子どもの首に代えられるものはやはり子どもの首しかない。

ただここに一縷《いちる》の希望は、信長のああした気性から観て、松千代でない者の首をさし出しておいても、およそ安土の命令は一時的にも納まるものと考えられることだった。

者はほとんどない。


信長が松千代を一見したのも二年前であり、安土の家臣中、よくその容貌《ようぼう》を知っている者はほとんどない。

　佐久間信盛にしても、役儀上、催促《さいそく》はしてよこすが、厳密な監視をしているわけでもない。加うるに、軍務と戦陣のことで、信長始め、安土衆のあたまは繁忙《はんぼう》を極めている。

「ここの一時さえ何とかおなだめして措《お》けば、やがて時がすべてを解決する。今のしのぎさえつけばよいのだが……」

　半兵衛は確《しか》と信じるのであったが、それにしても、一時信長の前に供える子どもの首が要る。子どもの首。ああ――と思わず嘆息になってしまう。

「よい思案がございました」

　ある夕。

　傅役《もりやく》の大野と井口の二名はあわただしく彼の居室の縁先へ取次も待たず寄って来た。かかることはゆるさるべくもないのだが、大野九郎左衛門が袂《たもと》にくるんで抱えているものの容子にすぐそれと察した半兵衛は、

「はいれ。……すぐうしろを閉めい」

　と招き入れ、はや傷《いた》ましい眉《まゆ》を示して、

「首か」

　と、たずねた。

「はい。……」と、二人は額の汗をこすって、なおそこへは差し出しかねていた。九郎

左衛門の膝の上に蔽《おお》いかくしたまま、

「実は、河の瀬で、釣していた童《わっぱ》が溺《おぼ》れ死にました。親たちが来て抱きすがって泣いているのを見かけ、いそいで菩提寺の住職《じゅうしょく》を訪れて、われらどもの衷情《ちゅうじょう》を打明け、そのなきがらを乞《こ》いうけました。……手にかけて殺《あや》めたものではございません」

井口兵助も、ともに懸命を面にあらわしていった。

「ひそかにお窺《うかが》いし奉るに、どうもそういうお考えらしい。しかしご仁慈《じんじ》の篤《あつ》いお心より、求めるに求めがたく、お悩みのご様子にちがいないと、それがしどもの凡慮《ぼんりょ》を以ても、お察しいたしておりましたので……かくは計ろうて参りました。何とぞ、これを以て、松千代さまのお命を、お救いおき下されますように。……われら両名、黒田家の臣にはござりますが、胆《きも》に銘《めい》じこのご恩は生涯忘れませぬ。われら如き者の一命にて、ご用に立つことのある日には、いつなん時なりとも、その為には差し出しまする。……お願いでござりまする」

小姓がそこへ燭《しょく》を持って入って来た。

半兵衛はつと立って、

「両名、庭へ出ぬか」と、誘った。この頃、春もやや更《ふ》けて、毎夜、庭の山桜には、水々しい月がのぼった。

その晩、白布につつまれた白木《しらき》の小箱と、半兵衛の書簡とが、竹中家の一家臣にかかえられ早馬を以て、安土の佐久間信盛の許《もと》へさし送られた。

数日の後、信盛の受取状をもって、家臣は立ち帰ってきた。その家臣からの報告によると、安土の今はそれどころでない緊張《きんちょう》につつまれていて、小箱は信盛の手からお城へ達しられたが、果たして信長は、ろくにそれを見もしなかったらしいとの復命であった。

かくれ家《が》

一

新緑は萌《も》え、陽《ひ》は夏めき、人は衣更《ころもが》えしているが、伊丹の町には、何となく清新な風もない。澱《よど》んでいる。不安がある。

城主の荒木村重と、そこにたて籠《こも》っている全城の者の神経が、城下の民にも、そのまま映《うつ》るのであった。

「いつ、合戦の巷《ちまた》となるやら？」

という不安と、およそ荒木の領内は、その境を、完全に遮断《しゃだん》しているという、動きのとれない中に置かれている重苦しさとからである。

いやそれよりも、伊丹の領民《りょうみん》がみな必ずしも、領主の叛旗《はんき》にたいして、支持をもっていないことも、この町に沈滞《ちんたい》な気の見える一因であるということもできる。

だがその町中で、しきりと今を楽しんでいるような繁昌《はんじょう》を示しているのは鎧師《よろいし》とか、塗師《ぬし》とか、染屋とか、鍛冶《かじ》とか、馬具屋とかいう類《たぐい》の軍需品《ぐんじゅひん》をうけ負《お》っている工商の家々だった。

白銀屋《しろがねや》新七なども、そのうちの一軒だといえよう。小屋敷ほどな構えをもち、土塀の中を入るといきなり細工場だった。具足の小貫《こざね》、装剣の飾《かざ》り、馬具の小金物、何くれとなく飾金の職人の手にかける金銀の細工物はここでやっている。小型のふいごやら、小刻みの鎚《つち》の音やら、やすりの音やら、細工場には十六、七人の男が背をまろくしたきりで精出している。

新七も、時々は顔を見せるが、多くは奥の母屋《おもや》にひっこんでいた。よく友達を寄せて、碁を囲んだり、酒を酌んだりしていた。奥と細工場とは、雨でも降ると不便なほど、庭木を隔てて離れていた。

「お菊。たれか来たらしいぞ。裏門から」

彼は今、ふたりの客と、何事か首をよせて、密談していた。ふたりとも昨日、有馬の湯の帰りから立ち寄った知人とかで、ゆうべはここに一宿した旅人だった。

「……客かの？」

旅人は眼をくばった。裏門の鳴子《なるこ》を聞いたからである。客が客を憚《はばか》るにしては、その眼はすこし険《けわ》しすぎる。

「いや、滅多な者は、裏門からは来ないはずです。……ま、そのままでおいでなさい」

新七の声はひくい。

そして少し身をのばしながら、台所口から穿物《はきもの》をはいて出てゆく義妹のうしろ姿をのぞいていた。

二

この春ごろから、新七の母屋の生活は、すっかり変っていた。そこに住んでいる者も、日常もである。

彼の女房は、大勢の子供と一緒に、いつの間にか、田舎の生家へ送ってしまった。表面は、いつ戦争になるか分らないということを理由として。

そのかわりに、菊女という二十歳《はたち》を幾つか出た年ごろのきれいな義妹が家事の手伝いに来ていた。――播州飾磨《ばんしゅうしかま》の玲珠膏《れいじゅこう》の本家で名物の目薬を買ったことのある者ならこのむすめには見覚えのあるはずであるが、菊女はめったに往来へも出なかった。彼女は、かたくその素姓《すじょう》を秘して来ている飾磨の与次右衛門の娘であったのである。

姫路の主君、官兵衛の兇変《きょうへん》につづき、その決死救出組の盟《ちか》いが結ばれたのを知ると、老いたりといえ、与次右衛門も先代以来の恩顧《おんこ》の臣、ぜひにと、自分も十三人組のなかへ加盟を申し出たが、老人は足手纏《まと》いと、同志の者に聞き入れられなかった。けれど、

彼とは親戚《しんせき》の伊丹の白銀屋を、同志の足溜《あしだま》りの隠れ家とする便宜上《べんぎじょう》、

（お菊さんなら……）

というのが皆の意見だった。あらゆる場合の秘策には、何といっても、女子は用うるに便宜でもあり、用いてその効が大きいからでもある。

そうした談合もあって、決死救出組がことごとくこの地方へ潜行を果した後、お菊はひとりで此処《ここ》へ訪ねて来た。そしてそれ以来、

（ちょうどよい者が親戚から来たので……）

と、新七の住居に留《とど》まっていたのであるが、彼女がこの伊丹にも少ないほど目につくきりょうであるために、まず細工場の大勢の者の口から、ひいては近所合壁《きんじょがっぺき》も、

（あれは義妹《いもうと》ではあるまいよ）

などと、あらぬ噂がなかなか高い。けれど新七は、そう見られていることを、むしろひそかに歓《よろこ》んでいた。

なぜならば、それもまたこの隠れ家の偽装《ぎそう》のひとつになるからである。

「おや……。いらっしゃいませ」

お菊は、裏門の戸を内から開けて、そこに佇《たたず》んでいる旅の僧を見かけると、何か口籠《くちご》もって、それからは黙然と、ただ迎え入れ、ただ後ろをそっと閉めた。

そして小走りに、義兄のいる小部屋へ来て、

「いま衣笠《きぬがさ》久左衛門様がお見えになりました」

と、告げた。

居合わせた町人ていの客二人は、

「なに衣笠氏《うじ》が……」

と、なつかしげに顔見合わせた。

この一人は、母里太兵衛であり、もう一名は栗山善助である。いずれも、ここ伊丹城内《にん》の獄中にある主君を救出するために、馬子となり旅商人《たびあきんど》となり、仲間者となり大道芸《だいどうげい》人となりなどして、あらゆる苦心のもとに、身なり貌《かお》かたちまで変えている人たちであった。

「おう。善助どの。太兵衛どのもいたか」

僧の衣笠久左衛門は、お菊のあとから入って来て、汚い旅包みやら笠《かさ》などを、まず縁の端へさし置いた。そして力なく、友のあいだへ来て坐《すわ》った。

「しばらく見えなかったが、どこか遠方へでも行かれたか。きょうもここで、消息を案じていたところじゃ」

母里太兵衛が、面をさし覗《のぞ》くと、久左衛門は、その顔を、いよいよ気懶《けだる》げに振って答えた。

「――安土へじゃ。安土は何をしておるか。これしきの小城、もう大軍を催《もよお》して、総攻撃にかかりそうなものと探《さぐ》りに行ったが、まだ近いうちには行われそうもない。……のみならず、悲しい土産《みやげ》ばなしを耳にしてしもうた」

「悲しい土産ばなしとは」

「松千代様のお身の上だ。こういったらもう分るだろう。頼みがたきは人の心。……よもやと心侍《こころだの》みにしていたが、菩提山の半兵衛重治め、ついに、安土の命を奉じ、松千代様をお首にしてさし出してしまったらしい。……おれは、急にあの痩《や》せ法師の半兵衛にあいそが尽きた。あれは似而非《えせ》君子だ。もののふの情も何も知らぬ糞軍《くそぐん》師だ。……残念さ、おいたわしさ、何ともいいようがない」

初めは火のごとく罵《ののし》り、後には水の咽《むせ》ぶごとく、仮の法衣の袖口《そでぐち》で、落涙する面をかくした。

昆陽寺夜話《こやでらやわ》

一

松千代が成敗《せいばい》されたことは、ひろく世間に信じられていた。まして旦夕《たんせき》主家の父子の身を気遣《きづか》うこと、我身以上なものがあった一盟の黒田武士たちに、深思の遑《いとま》もなく、それが直ちに信じられたのは決して無理ではなかった。

「このうらみは、きっとはらすぞ。今はなお、官兵衛様のご一身を助け出すまで、われらの身もままならぬが、いつかは必ず、半兵衛重治にたいし、この痛恨《つうこん》を思い知らせずに措《お》くものではない」

ひとり衣笠久左衛門ばかりでなく、母里太兵衛も栗山善助も、悲涙のうちにこれを誓った。

僧形《そうぎょう》の久左衛門は、新七の家の仏間を借りうけて、

「仮ながらご供養《くよう》を」

と、松千代の俗名をお位牌《いはい》にしるして香華《こうげ》をささげ、太兵衛、善助などとともに、謹んで黙拝していた。

いつか黄昏《たそが》れかけている。蜩《ひぐらし》の声が高い。

「お菊さん。昆陽寺《こやでら》の坊《ぼ》んさんが来ていますよ。こちらへ通しますかね」

細工場《さいくば》の職人が夕顔の垣根越しに、母屋のほうへ呶鳴《どな》っていた。

新七はお菊を見て、あわてて手を振った。

——ぐあいが悪い、通すなという眼合図であった。

「はい。いま参ります。ちょっと、お待ち願って下さい」

お菊は義兄の気もちをのみこみ顔に立って行った。そしてしばらくすると、一通の書状を持ってもどって来た。

新七が見て、順に、人々へ手渡した。書面は昆陽寺の和尚《おしょう》からである。ただ見れば、

茶会の招き状であるが、それとはべつな意味がふくまれている。

「ちょうどよい。われらも、散々《ちりぢり》に参りましょう」

約束して、三人は裏門からやがて帰った。町はもう宵であった。

新七は細工場へちょっと顔を見せた後、行水《ぎょうずい》を浴びて、ぶらりと出て行った。――そして町端れから西の方へ十余町ばかり行くと、一叢《ひとむら》の森の中に児屋郷《こやごう》の古刹《こさつ》昆陽寺がある。ここの真言宗の和尚と彼とは年来の友だった。しかし、その和尚は、顔も見せないで、ただ番僧のひとりがそっと案内に出て、

「もう皆さまもお集まりでございますよ」

と、庫裡《くり》の一房を指さした。仄暗《ほのぐら》い燭《しょく》一つ囲んで、そこには、主を案じる義心の士、姫路を出てひそかにこの敵地へまぎれ入っている十余名の人々が、ひっそりと集まっていた。母里太兵衛、栗山善助、衣笠久左衛門なども、ひと足先《さ》きにもうこれへ来ていた。

二

ここにある十四名の同志はたえず離合自在《りごうじざい》の体《てい》を取っておく必要がある。しかし、敵地の城下なのでもちろん儘《まま》ならぬものがあったが、昆陽寺の和尚はつねにその場所と便宜《べんぎ》とをこの人々のために与えてくれていた。

「これは、荒木家の廏《うまや》仲間から、ふと耳にしたのだが、ご主君官兵衛様の囚《とら》われている

場所は、城内の北の隅で、俗に、天神池と呼ばれている藤棚のそばの武器庫《ぶきぐら》だと聞いた。

――惜しむらくは、絵図面の手に入る工夫がないが」

同志のひとり、喜多村六兵衛の言である。

藤田甚兵衛も共に、

「いや、わしも、そういう噂《うわさ》は、ちらと聞いた。伊丹城の北隅には、古くから祀《まつ》ってある天満宮があったという。どうもご牢獄《ろうごく》は、その辺《あた》りらしい」

「さすればまず、主君のご生命は、なおご安泰にわたらせられるという点だけは、確かと見てよい……慶賀にたえん」

後藤右衛門が、憮然《ぶぜん》といった。――しかしそのあとで間もなく衣笠久左衛門の口から、菩提山城に質子《ちし》として養われていた主君の子が、成敗《せいばい》に遭って、ついに竹中半兵衛の手から安土へ渡されたという事実を披露《ひろう》されると、一同は、

「無情」

と、唇をむすび、

「ああ」

と、無念の涙を嚥《の》んだまま、しばしいうことばも知らないような怒愁《どしゅう》の気をここに湛《たた》えてしまった。

「ぜひもない」――この党では老年の方といえる母里与三兵衛は、語気を一転して、人々をこう励ました。

「それはそれ、後の問題としておこう。当初より官兵衛様は亡きものとしても、松千代様はご無事を得るものとしておられている御本丸様（官兵衛の父宗円をさす）のご落胆《らくたん》は拝察するもお傷わしいが……今は嘆いている場合ではない。この口惜《くや》しさを、むろん天の鞭《むち》ともなそう。石に齧《かじ》りついても、わが殿を伊丹城の獄屋よりお救い申しあぐることそ、われらの急務というもの。それ以外はよそ見もいたすまいぞ」

「そうだ。一念、それのみに、奮《ふる》いかかることだ」

三原右助も共にいった。――とはいえさて、それでは何の策があるかとなると、遺憾《いかん》ながら、はやここへ来てからみな半歳の余になるが、いま以《もつ》て、伊丹城内へ忍び入って獄中の主君に近づくべき方策や手懸《てがか》りは、まったく見出《みいだ》せないのであった。

ただ一つの恃みは、白銀屋《しろがねや》新七は、いわゆる武具師《ぶぐし》として、城中の用達もしているので、いつか城内へ行く機会が生じるのではないか。そのときには、弟子ともなり職人となって、この中の一名でもが城中に入れれば――と密《ひそ》かに待っているものの、容易にそんな機会も来そうでない。

この夜もついに一同は、むなしく別れるほかなかった。そして再会の日にはと、なおあらゆる手段と手懸りを各〻《おのおの》求めあうべく立ち別れたが、その帰途、新七がひとりわが家へ急いでいると、町の入口で、呼びとめる者があった。

「しろがね屋。いま帰るのか」

愕《ぎょ》っとして、新七はその人影を、星明りにすかして見た。具足に身をかためて、槍《やり》をたずさえている。どこか見覚えのあるような気もした。

三

「わしじゃよ。伊丹兵庫頭《いたみひょうごのかみ》の家来《けらい》、加藤八弥太じゃよ」

「おお。旦那《だんな》様でしたか、これはどうも」

「だいぶ遅い帰りではないか。どこの帰りか」

新七は、ぐっと詰ったが、世事馴《な》れている男なので、巧《たく》みに反《そ》らした。

「遅い——といえば、ついどうも、仰せつけの鎧小貫《よろいこざね》の修繕《しゅうぜん》、だんだん延び延びになりまして。何せい、このところ職人どもも手不足でございまして」

「これこれ、新七何をいっているのだ。誰もかような所で破れ鎧《よろい》の催促《さいそく》はしておらん」

加藤八弥太は、髭《ひげ》で埋まっている熊のような顔を近づけて、大きな口を開いて笑った。と思うと右手の槍を左に持ち代えて、

「こら」

と、もう一度呼び直しながら、新七の肩をずしんと叩《たた》いた。

「どうじゃ、もう一ぺん昆陽寺《こやでら》へもどらんか。……隠すな、わしは知っておる。それにこよいこの附近の警備の番には、それがしが当っておるので、案じることもない。見廻《みまわ》りしておる組頭がこういうのじゃからな。ははは」

「……旦那」

「何じゃ」

「昆陽寺へ戻《もど》れと仰《お》っしゃる理由は？」

「わからんか。鈍なやつじゃ。じっくりと、お前方の望んでいる相談を聞いてやろうというんじゃ」

「えっ。……では」

新七はぶるぶる顫《ふる》えた。そして、まだ肩に載《の》っている八弥太の具足の手が岩でもあるように重い気がした。

室《むろ》殿《どの》

一

昆陽寺までは戻らなかった。しかし加藤八弥太に引かれて新七は附近の森蔭《もりかげ》まで行った。そこで八弥太は、

「木の根へでも腰かけろ」

といい、自分もどかと、草の中に坐《すわ》った。

日頃から気性《きしょう》のおもしろい武士なので、常にはよく冗談などもいえたのだが、今夜は恐ろしい姿に見えて、新七は皮膚もそそけ立っている顔つきだった。ある覚悟をすら肚《はら》にすえていた。

「実はのう新七。へんなはなしだが、飾磨《しかま》から来ておるおまえの義妹とかいうむすめだな。あれは、どうする気じゃ。良縁があれば嫁にでもやる気か」

何事かと思えば、八弥太のはなしというのは、いきなりこうなのであった。余りにも唐突《とうとつ》なので新七はまごつきもし、また、よけいに相手の心を疑った。

「わしのご主人の伊丹兵庫頭《いたみひょうごのかみ》様。これはもうご老年じゃし中風の気味で、一切ご陣役も勤めておらんが、ご次男の亘《わたる》様は、お城の搦手《からめて》、北御門の守りについておられる。この亘様が、いつの間にかお菊どのを見ておるらしい――何でも町へ出られた折、お菊どのが、小女に買物を持たせ、白傘さして歩いていたのを見かけられたものだとかいうのだな。……以来、おれの嫁は、あれに限る。あれでなくては貰《もら》わんといっておられるのだ」

「……へへえ？」

ようやく新七は少し返辞《へんじ》らしい声が出せて来た。八弥太は大真面目《おおまじめ》なのである。嘘とは思われない。

「……だが何せい今は、織田軍につつまれているこの戦陣の中。まさかご祝言《しゅうげん》も運べますまいと、わしがいった。するとだ、亘様には、何も今が今というのじゃない。其方から新七へ約束だけしておけと仰っしゃるのだ。そしてまた、仰っしゃることもおもしろい。もしやがて、織田軍が伊丹城へ襲《よ》せかけて来たおりに自分が討死《うちじに》したら、その約束は元よりないものとしてどこへなりと、お菊どのの好きな家へ嫁ぐがいい。……ただその日までの約束でいいといわれるのだ」

「ははあ……、左様ですか」

新七は頷《うなず》けた。彼の職業がら、今時の若い武士たちの気性はよく分っている。恋をしようと、一個の美《よ》い鎧《よろい》具足を註文《ちゅうもん》しようと、彼等のあいだには常に、夢寐《むび》の間にも、「明日《あす》は知れないいのち」という人生観があった。しかもその明日知れないいのちをいかによく今日を生きようかとする気持もつよかった。彼等のなかには、そういう欲求から起る未来の夢と直前の死とが、たしなみのような姿で、何の不自然なく一つに抱かれていた。

「――新七。ばかな相談と思うだろう。身分の相違なんてことも考えるだろう。いや、もっと困難な問題は、荒木村重の一族たる伊丹兵庫頭のお息子《むすこ》と、黒田家に由縁《ゆかり》のふかいおぬしの妹とでは、いわば敵味方のあいだ、迚《とて》も出来ない相談と、心のうちで極めてしまっておるだろうが」

新七はふたたび蒼白《そうはく》な面になった。余りにもこっちの内情に彼が通じているからだった。――だが、八弥太がそれから語り始めた仔細《しさい》を聞いてゆくに従って、新七の恐怖と疑いは、まったくべつなものに革《あらた》められた。加藤八弥太こそは実に思いもうけぬ一盟黒田武士たちの蔭の同情者であったのである。

二

伊丹兵庫頭《いたみひょうごのかみ》というのは、この近郷では、かつてはもっとも由緒《ゆいしょ》ふかい土着《どちゃく》の豪族だった。

しかし今ではそんな勢力はまったくない。荒木摂津守村重が興ってからその位置を代えてしまっている。そして伊丹家なるものは、名ばかりの一族の端に置かれ、麾下《きか》のうちでも、ほとんど、列後に忘れ去られていた。従って、なお伊丹に留《とど》まっているものの、心は今も織田家へ寄せていた。わけて兵庫頭の息子たちは、この機会に、家運《かうん》挽回《ばんかい》をはからんとしていたのである。――そして城中に囚《とら》われている黒田官兵衛の身と、この城下へ潜入《せんにゅう》している黒田家の決死救出組の諸士の行動とをひそかに睨《にら》みあわせて、

(折あらば、彼等を手曳《てび》きし、その功によって、織田殿へ復帰し、あわせて自分たちの望む家運挽回をも)

と、心がけていたのであった。

わけて伊丹家の次男の伊丹亘は、郎党の加藤八弥太に、ほかの事まで打明けていた。お菊のことである。八弥太を介していっているとおりに、この若い武士の想いは純情《じゅんじょう》だ

った。ふかく思いこんだのであるが、明日知れぬ身を前提としているだけにしかもきれいであっさりしていた。討死するかも知れないから、その日までの約束でいいというのである。

「承知してくれ。新七。そのかわりに、おぬしらの力ともなろう。初めて打明けるが、兵庫頭の一家は、心から荒木村重に服してはいない。織田殿の勢いがやがて城へ迫って来る日を心待ちにしておるものだ」

八弥太のことばに対して、新七は大きな歓《よろこ》びは呼び起されても、否む理由は持てなかった。同志たちの至誠《しせい》が天に通じてこの人をいま地に降《くだ》し給うかとさえ思われて、神助へ手を合わせたいほどだった。

（……が。困るのはただ、お菊の気もちだが？）

新七はただそれに迷った。しかしもし官兵衛の死が救われ、義胆《ぎたん》の同志十三名がこれによって望みを遂げ得られるとしたら、義妹ひとりの否か応などは問題ではないとも考える。ましてその相手の若武者も、ひとしく織田軍へ心をよせ、自分たちの同情者であるというにおいては。――と彼は肚《はら》をすえた。

「八弥太様。この通りでございまする。何事も、仰せにおまかせいたします」

彼は地に坐り直して、加藤八弥太のすがたへ、両手をつかえた。八弥太はまた、その背を叩いた。

「よし。それでわしも顔が立った。そちらの事にも充分力をそえる。……が、今夜はこれで別れ、いずれまた、熟議《じゅくぎ》いたそう」

彼に別れて、わが家へ帰った後も、新七は何だか信じられない気がした。けれど、数日の後、八弥太の使いがまた彼を迎えに来た。そしてこんどは伊丹の侍小路《さむらいこうじ》の古びた邸《やしき》へ彼を導いた。そこは八弥太の住居で、彼の主人の伊丹亘《わたる》が来て待っていた。

亘と新七とは、それ以後、ここで数回落ち会った。もちろん、主人救出組の人々へは、その都度、新七から会合の内容が伝えられていたことはいうまでもない。

三

はからずも城方の一部将に、同情者を見出《みいだ》したので、黒田家の十三士は、

「天もわれらをあわれみ給う。われらの真心はかならず届くにちがいない」

という信念をようやくここに固めることができた。絶望に似た暗闇《くらやみ》の彷徨《ほうこう》から初めて一点の希望をそこに見た心地である。

なお幸いにも、伊丹亘は、北搦手門《きたからめてもん》の守備を、一夜措《お》きに勤めている。――で、彼のはからいに依《よ》って、六月の末の闇夜、同志のひとり三原隼人《はやと》が、忍び上手なので、城壁をこえてまぎれ入り、城中北曲輪《きたくるわ》の天神池のそばにある主君の獄舎まで、内外の連絡をとるために行くことになった。

しかしこの計画は見事に失敗に帰した。

なぜならば、伊丹亘が、その便宜《べんぎ》を与えてやっても、城門の守りは、彼の一手だけではない。まして、伊丹城はいまや、四六時中、警固《けいご》に警固を厳《げん》にされている非常時中の城だった。たちまち他の組に発見されて、三原隼人は二、三発の狙撃弾《そげきだん》に見舞われ、怪我はしなかったが、飛鳥のごとく逃げ帰って来るしかなかったのである。

たれいうとなく、城内でも、

「近頃、敵のしのびが、頻々と北曲輪の隙《すき》をうかがいおる。油断せぬように」

という声が立ち、一そうそこの固めはきびしくなった。

どうしても、近づけない。獄中の官兵衛と、連絡をはかる策がない。そこにある官兵衛に近づくことは、伊丹亘にしても、城兵の眼があってできなかった。

ついに窮余《きゅうよ》の一策が生れた。お菊を城内へ入れることである。これはこの事が考え始められてから割あいにはやく運んだ。

「奥仕《おくづか》えの侍女どもが、やがて戦の来る日を恐れて、病をいいたてたり、親の病気を口実にしたりして、お城から出るとみな里家《さと》へもどったきり帰らなくて困る。わけて室《むろ》のお局《つぼね》に侍《かしず》く女たちが手不足で困り入る」

ということを、亘が老臣の口から聞いていたので、渡りに舟として、それへお菊をすすめた結果であった。

お菊は、伊丹家の縁すじの者として、城へ入ったのである。荒木村重《むらしげ》をはじめ、城方の者はたれも疑わなかった。また彼女もそれになりきっていた。初めて城へ上った日、彼女は、西の丸の一間で、きょうから仕える人に目見《めみ》えをした。それは室殿《むろどの》とも呼ばれ、室のお局《つぼね》とも称され、彼女が今まで見た世間の女性のうちでもいちばん美しい人だと思われるほど、世に超えた美人であった。

いうまでもなくこの女性は荒木村重の側室《そくしつ》であった。

蛍《ほたる》の声

一

お菊は室殿《むろどの》のお気にかなった。日のたつに従って、親しくことばもかけたり、側近くおいて何かと、気がるに身廻《みまわ》りの用もいいつけた。

「おまえは、どこのお産《うま》れかえ」

「あの。……この近くでございます」

「では、都かえ」

「いいえ。あの、浪華《なにわ》でございます」

「大坂」

「ええ。……はい」

彼女は、室殿から、訊《き》かれそうなことを、つねに心で用意していた。けれど、答えるときになると、いつも矢張《やは》りしどろになった。室殿はそれをまた、世馴《よな》れない、奉公馴れない、彼女の良さとでも見ているように、ときにはわざと、からかったりするのであった。

「そなたは、伊丹家の縁故《えんこ》とかいうが、そうなのかえ」

「はい」

「ではあの、やがてご家中に、伊丹亘《わたる》の嫁御寮《よめごりよう》にでもなるのであろ」

「ま。あんなことを」

彼女はわけもなく赧《あか》くなった――こういう思いも寄らないことを訊《たず》ねるお方なので油断もすきもならない。お菊はすこしも気が休まらなかった。

けれど、日が経つままに、また馴れ親しむにつれて、彼女は、問われる前に、問うことを覚えた。何か、徒然《つれづれ》の話にでもなりそうになると、訊かれる先に、こちらからいろいろ室殿へたずねるのである。

すると室殿は、何でも気さくに答えた。ほかの侍女には語らないことまで彼女には話してくれた。

それによると、室殿は、いまでこそ荒木村重のお側女《そばめ》として、この西の丸に、思いのままな綺羅《きら》と侍《かしず》きに囲まれているが、決して、名門の息女や、名ある者のむすめでないことが分った。

かつて村重が、中国陣へ参加した帰途、室の津の辺から連れもどった港の妓《おんな》がその前身らしいのである。そのせいか時々、中国訛《なま》りが出るし、また思いがけない下々《しもじも》のことばなどを戯れにせよよく弄《もてあそ》ぶ。

「きゅうくつだねえ、お城の中は。そなたは、そう思わないかえ」

これは時々、室殿《むろどの》が、ため息とともに洩《も》らすことばで、聞き馴れているが、どうかすると、その美しい眉《まゆ》をよせて、

「はやく、敵が来て、このお城が陥《お》ちてしまえば、いい。そうすれば、帰れるかもしれない……。あの室《むろ》の津《つ》へ」

こんな大胆なことを平気でいったりするのである。それも、必ずしも、声をひそめてではない。その通りに、村重の耳へ聞えてもいいというような態度をしてである。

二

室の津といえば、お菊の家のある飾磨《しかま》にも近い。同じ播州《ばんしゅう》である。彼女は、どうしても脱《ぬ》くことのできない中国訛りを、この中国そだちの室殿が、聞きわけていないはずはないと怖れた。

果たして、それから後、何かのはなしに触れたとき、室殿はこういった。

「於菊《おきく》は、播磨辺にもいたことがおありだろ」

「……え、え」

「どの辺に？」

「飾磨に、ちょっと、身寄りの者がいたものですから」

「そう」

すずしい眼のすみから眼で笑って、ひとり頷《うなず》き顔をしながら、

「……そうだろうと思っていた」

と、室殿は、ひとり言のように呟《つぶや》いた。

そのときのお菊の顔いろというものはなかったけれど、さりとて、その後、それを怪しみも何ともしていない室殿であった。

夏はさかりになった。室殿はちと行儀《ぎょうぎ》がよくないので、髪衣裳《かみいしょう》も常にきちんとしていなければならない御殿住居の夏は余り好むところでないらしい。黄昏《たそがれ》を待ちかねて、縁の御簾《みす》を捲《ま》かせ、端居《はしい》して夜風を待つのが唯一つの楽しみらしかった。

「この打水《うちみず》したあとへ、蛍が飛んだら、どんなに涼しかろ。於菊、蛍をつかまえておいで」

「蛍ですか」

「中国には、蛍がたくさんいた。ねえ、そなたも、知っているであろ。——蛍は、水辺じゃ。水のあるところへ行けば、きっといるでしょう。蛍をその蛍籠《かご》に、たくさん捕っ

てきてたも」

「水。……水のあるところ。……それはどこでございましょうか」

「お庭づたいに、ずっと北の方へ降りて、お櫓下《やぐらした》のうしろを通り、天神池のほうへ行ってごらん」

「えっ。——天神池ですか」

「怖いの」

室殿はおかしそうに笑った。

「いいえ。怖いわけではございません」

彼女は、蛍籠を抱いて、教えられた方角《ほうがく》を、星あかりの道に求めて行った。およそ城の中のわけても搦手《からめて》寄りの方は丘や林や浅い谷などもあって、夜などは殊に山の中を歩くのと少しもちがわなかった。

三

いる、いる、ほんとにいる。夥《おびただ》しい蛍が群《む》れをなしている。

暗い所ほど美しい燐光《りんこう》を描いて飛び交《か》い、水辺の危ないところほど、蛍が鞠《まり》のようにたかっていた。

だが、この辺は、湿潤《しつじゅん》な地で鼻を抓《つ》まれても分らないほどな闇だった。池のなぎさは微《かす》かにわかるが、藤棚から藤のつるが思いのまま伸《の》び蔓延《はびこ》っているし、所々には、亭々《ていてい》たる大樹が二重に空を蔽《おお》っている。

しかし彼女は、怖さも、不気味さも、何も思わなかった。ただこの城へ入るまえに、義兄の新七からはなされていたことばを胸に呼んでいるだけだった。

(たしかに、この池にちがいない。この辺りにちがいない——)と。

蛍は追わなくても、袂《たもと》や胸にたかってくる。じっと、かがみこんで、それを籠に捕るあいだに、

(……オオ。あの窓)

それらしい位置を、ようやく闇に馴れたその眸《ひとみ》につきとめた。すぐ池の向う側に、水に沿って、十数間の壁となっている太柱の建物こそ武器庫《ぶきぐら》らしいのである。窓も一つ見える。けれどその窓は到底、背もとどかないほど高い。

いやそれよりも、余りに池へ臨んでいるため、その窓の下へ行くことすら、どう考えても困難であった。

(きっと、そこにいらっしゃる……)

お菊はそう信じるとともに、眼はいっぱいな涙になっていた。その人と自分の家柄とは、主従《しゅじゅう》のあいだがらで、到底、隔絶《かくぜつ》しているほどな身分の差はあったが、姫山の若き殿は、馬を打って、飾磨あたりへ来るたびに、必ず自分の家に立寄り、父の与次右衛門を、じいやじいやと慕い、小娘の彼女を友だちあつかいにして、

〔ここへ来ると気らくだよ〕

いつもそういっていたものである。

日が暮れて――どれ姫山の館《たち》へ帰ろうか――とその人《ひと》が家の裏戸へ駒を寄せると、小娘のお菊はいつも、ひとりでに涙がわいてならなかったものだった。そんな気もちが乙女心の何によるものであるかをも意識しないで――。

いつとはなく時過ぎ年移る間に、その人は姫山にもいなくなり、多くは風雲の中にあるとのみ父から聞かされ、またひそかに人のうわさに聞けば、もうお館には若くしてきれいな奥方もありお子様もあるとかいう。

以来、彼女は、小娘ころの、たとえば蛍の明滅《めいめつ》にも似たような心のときめきは呼びもどすまいと努《つと》めていたのである。そしてわれ知らず老いたる父と女の婚期《こんき》が過ぎかけてゆくのも思わずに暮していたが、はからずも去年、その人の奇禍《きか》を知ると、居ても立ってもいられなくなった。

父の与次右衛門にたいしては、自分の口からいえないために、幸い、出発の前に、父の家へ集まった衣笠久左衛門や母里太兵衛などに蔭《かげ》で縋《すが》って、それらの同志たちには何の力を加え得る自信とてなかったが、ぜひ自分も伊丹の城下へ――と、その参加を父にも許してもらうべく、切に頼んで、願いのかなったことでもあるのだった。

――それが。そんな力もない自分が、はからずも今、何のめぐりあわせか、天の憐《あわ》れみか、こうしてその人《ひと》ありと思われる牢獄《ろうごく》のすぐそばまで、来られたのである。彼女は、眼のまえを隔《へだ》てている闇の古池を見、彼方《かなた》の堅固《けんご》なる建物を眼に見ながらも、この機会と天祐《てんゆう》にたいして、だめだと思う気はすこしも出て来なかった。不可能を考えずに、可能ばかりを考えていた。——じっと、草むらにかがみこんでいる帯や小袖《こそで》が、草の葉とひとしいほどの夜露に濡《ぬ》れてくるのも忘れて。

やがて、彼女はそっと身を起した。

四

建物の土台と池水との境に、わずかに幅一尺か二尺の自然に溜《たま》った泥土がある。そこも蘆《あし》や雑草が生い茂り、壁の直下に沿うて一すじの渚《なぎさ》をなしていた。ひたと、建物に貼《は》りついた姿勢のまま、彼女は横歩みに、その渚を横へ横へ、少しずつ進んだ。

池の中ほど近くまで行くと、折々、やや土溜りの広い所もある。そうした所に立つと、ほっと、息をついて、あたりを見まわした。

窓は、近かった。けれどこの外からでは仰ぐほど高い。そしてそこまで、藤棚の藤蔓は這《は》いこんでいた。

(藤の蔓《つる》ならば忍び入れるものを)——

と、彼女は小娘の夢のようなことを真剣《しんけん》に考えた。そしてなお、できるだけ窓の下へ近づいて両の手で口をかこみ、忍びやかに、しかし懸命《けんめい》をこめて、

「官兵衛さま。官兵衛さま」

と、呼びかけた。

藤棚のうえを、ざわざわ風が渡ってくる。もしその風がこの声を伝えもせば――と、彼女は飽かず、間を措《お》いては、呼んでいた。

「……官兵衛さま。もしっ。もしっ」

五

黒田官兵衛は、むくと、首をもたげた。

そして、炎々《えんえん》たる眸《ひとみ》で、牢獄のうちを睨《ね》めまわした。

天井は高い。間口奥行《まぐちおくゆき》は広い。そして、真四角な暗闇《くらやみ》と板床であること。いつ眼をさましてみても、少しの変りもない。

変って来たのは、夏の陽気だけだ。

夏となって、皮膚の湿疹《しつしん》はよけいにひどくなり、髪の根には腫《はれ》さえもってきたが、ただそれだけの歳月が、この牢獄の内にも過ぎたことは慥《たし》かである。――時の歩み以外に待つものとては何もない。

「……夢か。……気のせいか？」

彼はまた、ぐたと、うすい夜具と枕の上に、その頭を寝かせた。

そして、しばし。

ただ一つの明り窓からかすかに聞える藤の葉の風を、聴くともなく耳にしていたが、愕然《がくぜん》と、また跳ね起きた。

「気のせいとも思われぬが。……はて。ふしぎな声を聞くものだ」

よろりと、起《た》ちかけた。――起てないのである。体じゅうの腫物《はれもの》に、削《けず》りとられた筋肉は、起って歩く力をすらもう彼の、あの健康な体から奪っていた。

「――夢ではない」

彼は、ひかん病の赤児みたいに、そこの大床を、這い出した。

が、自らぎょっとして、横の、頑丈極まる格子組《こうしぐ》みの方を、窺《うかが》うように振り向いた。

そこの境にはいつも番の武士が交代《こうたい》で付いているからだった。

――遠くに、赤い鉄脚の灯《とも》し火《び》が見える。いないようだ。官兵衛はそう見すましてからまた、窓の下まで這った。

そしてそこの板壁へ、耳も体もつけて、しばらく心を落着けていると、やはりまぎれなき人声がする。しかも自分の名をよんでいるように聞えるではないか。

実に、絶えて久しく忘れていた体じゅうの血が、突然、ぐらぐらと煮えて来るような気がした。正しく、自分を呼んでいる。――官兵衛という名の者がこの附近に二人というわけはない。

「――な、なんだっ。だれだっ」

声いっぱい返辞したい気がした。けれど、その意欲を発することは危険極まるものであるはいうまでもない。

彼はうろうろした。

体はきかない。声は出せない。

――ふと、枯木のような腕を上へ伸ばした。その手がつかんだのは、窓から這い入っていつか伸び放題の姿態《したい》をしていた藤蔓《ふじづる》の先であった。

彼は、それを、下から引いた。

高窓の際に仰がれる藤の枝は、為に、ゆさゆさ揺れた。その揺れに――ただの風ではない意志をあらわすために――彼は長く引いたり小刻《こきざ》みに引いたりした。

すると、外から呼ぶ者の声にも、ただならぬ感情が加わってきた。そして前よりもはるかに、はっきりと聞きとれた。

「――官兵衛さまですか。この内においで遊ばすのは、姫路の官兵衛さまではいらっしゃいませぬか。……お顔なりと、お姿の端《はし》なりと、お見せください。官兵衛さま」

綿々《めんめん》と、さけぶに似たその声は、夜風のあいだに断続する。官兵衛は、のけ反《ぞ》らんばかり怪しんだ。

「……やっ？　女の声だ、女の声にちがいないが」

彼には、思いあたるものがない、やはりこうして、夢ではないと思ってしている事が、夢ではないかといぶかられるのだった。

藤の枝

一

──仰ぐ窓辺の、藤の枝が揺れている。いや答えてくれる。

お菊は、牢獄のうちの人へ、自分の訪れが、正しく受け取られたものとして、一そう体じゅうの血を熱くした。

「官兵衛さま、官兵衛さま。かならず近いうちに姫路のご家臣衆が、お救いを計《はか》るでございましょう。それまでは、どんな事がありましょうとも、望みなき身と、おみずからを逸《はや》まっておあきらめ遊ばしませぬように」

彼女はそんな意味のことを、絶え絶えに口走っては、藤蔓の揺れるのを見上げていた。

獄内の官兵衛の耳に、それが明らかに届いているやどうかは疑われながらも、なお叫ばずにはいられなかった。

すると彼女のすぐ後ろで、いやほとんど足下で、蛙でも跳んだように、池の水が小さい水音をたてた。

「……？」

彼女は両手で一面の身はそこに貼《は》りつけたまま、顔だけでわが肩越しに振り向いた。池の面は何事もない。ただ夜風のさざなみを湛《たた》えた中に小さい波紋をのこしていただけだった。

「……官兵衛さま、お目にかかれば、もっともっと、お伝えしたい事がございます。お伝えしたい事ばかりでございますが」

どぼんと、今度は前より大きな水音がした。方向は少し違っていたが、彼女の横顔にまで水がかかった。

お菊はその眼を何気なく池の向う岸へ向けた。そのとたんに血のいろを失った真白な顔とその肩をわなわなと顫《ふる》わせて、急に、そこから逃げ去ろうとするもののように、眼は足もとを見まわした。

二

いかにせん、さあといっても、急に逃げ走れる場所ではなかった。

池の向う岸には、いつのまにか見張りの城兵が来ていたのである。木蔭《こかげ》に立って、さっきから彼女の挙動に目をそそいでいたものらしい。

「どうしてあんな所へ渡って行ったか。何しても官兵衛に対して何か目的を抱いている女にはちがいない。――おい、おい。その蘆刈舟《あしかりぶね》でよいではないか。一棹《さお》突いて、それへ女を乗せて来い」

部将らしい者のさしずだった。まもなく二人の兵が、小さい朽木船《くちきぶね》の棹を突いて、こなたへ渡って来た。彼女はそれを見つつ居すくんだままでいた。そして難なく舟のうえへ突き落され、部将らしい武者の前へ押し上げられた。

「西の丸仕《づか》えか。北の丸仕えか」

きびしい眼で訊《たず》ねられた。彼女はのがれ得ない覚悟をきめた。

「室殿《むろどの》のお側に仕えている者でございます」

すると、部将の手は、さも憎そうに、彼女の腕くびを引っ摑《つか》んで、

「よしっ、歩け」

と、命じた。

ほかの兵が一方の手を組んだ。彼女は具足と具足のあいだに挟まれて、足の地につかないように引き立てられた。

部将は権藤亥十郎《ごんどういじゅうろう》という物頭だった。武器庫の牢《ろう》を番している内外の者はみなこの男の配下にあった。職責上、一婦人の行動といえど、彼は当然重大視した。

お菊をひっ立てて本丸へ来た。しかし城主の荒木村重はこよいも西の丸の方でご酒宴らしいと侍たちのことばだった。亥十郎はすぐその方へ足を向け更《か》えながら舌打ちしていた。

「どうも、室殿というのもよくない。ああいう女性にお心をおゆるしあるなど、以《もっ》てのほかだ」

西の丸の庭さきへ廻《まわ》り、侍臣を通じて、村重に面謁《めんえつ》を求めた。侍臣が、用向きをたずねたが、亥十郎は、

「殿、直々《じきじき》でなければ、申しあげかねる」

と、断った。

やむなくそのまま取次いだ。村重は室殿とひとつ所にいて涼をとっていた。本丸の家臣たちが悪推量していたような酒宴中のふうはない。ただ小鼓《こつづみ》が一つそこに見えたが、それも飽かれたように部屋の中に抛《ほう》り去られてあるに過ぎなかった。

そしてまた、室殿と村重も、一つ部屋にこそいたが、まったくべつな方を向いて、べつな心で庭面に向っていた。

「なに、亥十郎が会いたいと。こんな所へ来ないでもよかろうに」

村重は苦《にが》りきっていった。しかし侍臣が何事か小声に囁《ささや》くのを聞くと、その眼いろは急にあらたまって、

「ここへ曳《ひ》いて来い」

と、大きな踏石《ふみいし》の前を指さした。

権藤亥十郎は、直ちにすがたを現わした。そしてお菊を庭さきに引き据えて、自分も共に平身低頭した。

村重はお菊の影を、縁の上からにらみつけた。そのすさまじい眼はさすがに摂津守《せっつのかみ》村重として世に聞えている武勇をも思い出させるものだった。……しばらくはそうしていた。そしてやがて、

「ううむ、この女か」

と唸《うめ》くと、横にいる室殿の横顔を見て、彼女とお菊とを、等分に見較べるような眼《まな》ざしをした。

けれど室殿は、いとも澄ましきったものである。ちらと流し目にお菊のほうを見もしたし、村重の感情ももちろんすぐ受け取っていたろうに、飽くまで涼しそうに、廂越《ひさしご》しに、夜空の星のまたたきを見まもっているだけだった。

三

権藤亥十郎はかなり昂奮《こうふん》した語調をもって事実を述べた。当然、この事はすぐ眼のまえにいる室殿へも大きなひびきを持つことなので、彼としてはこの戦時にあって共々一城を守る家臣としての悲壮なる忠諫《ちゅうかん》のやむべからざるを心からもいったのである。いわゆる面《おもて》を冒《おか》して主をいさめるの気持だった。

摂津守村重とて、この良臣の言を怒るほどの暗君でもない。彼は、亥十郎の眼光のなかにある気持を充分に酌《く》みとって仔細《しさい》を聞いていた。

――そして後、しずかに、室殿をふり向いていった。

「於室《おむろ》。聞いていたか」

「――え。聞いておりました」

「この於菊《おきく》とやらは、つい先頃からそなたの側に召使っているものではないか」

「殿も、よくご存じではございませんか」

「……がまあ、念のために訊《き》いたのだ。そなたとても、一半の責任はあるぞ」

「どうしてですか」

「このような怪しい女をなぜ今日まで側近く置いておりながら分らなかったか」

「何か怪しいのですか」

「亥十郎のことばを今聞いていたろうが」

「亥十郎はまったく何か勘《かん》ちがいしているのではございませんか」

「何をいう」と、女にはやさしい摂津守もやや色を作《な》して――

「何が亥十郎の勘ちがいか。亥十郎は眼で見とどけていた事だ」

「いいえ、いいえ」彼女も負けていない色を示して来た。そして女のみにある特有な、するどくて粘《ねば》りのあるいい方で切りこんで来た。

「菊は、わたくしの召使いの者でございます。菊の性《さが》はたれよりも知っているつもりです。それにまた、殿のご一族の、伊丹家の縁類ではございませんか。侍女《こしもと》でこそあれ、亥十郎風情《ふぜい》が、怪しい女だの、憎いやつだのと、口はばたく申すのは、ずいぶんひとをばかにしたことばでございます。かりそめにも、主筋《しゅすじ》のものにたいして」

と、たちまち火のつくような迅《はや》さでこうきめつけておいてから——

「今夜、菊が天神池《てんじんいけ》へ行ったのは、わたくしのいいつけでございまする。菊の意志ではございませぬ。菊にしてみれば、ほんとに災難《さいなん》だったといってよい。——わたくしが、蛍《ほたる》をたくさんに捕《と》ってこの庭へ放して賜《た》もと、菊にいいつけたからでございますもの——」

「あいや。おことば中でありますが」

ここは心外なという血相《けっそう》を示して、亥十郎がふいに遮《さえぎ》ると、室殿《むろどの》はひややかに、

「なんです、わたくしに物をいわせないで。控えておいでなさい」

と、頭からただ一言に抑えつけたうえ、更に、村重へ向って喋々《ちょうちょう》と、事実を否定した。

「わたくしにも一半の責《せ》めがあるとの仰せでしたが、それならば殿にも一半の罪がおありでしょう。そんな怪しげなものをこの城中へ入れて召使っている私のようなものを、どうしてまた、殿にはここへお置きなさるのでございますか。わたくしはいつもいっている通り室の津へ帰りとうて帰りとうてならないのではございませんか……。それを、殿が、お許し下さらないで」

「亥十郎。亥十郎」村重は何か急にその武将たる重さを失いかけて——「ひとまず其方は退《さ》がれ。あとでまたよく談合もしよう。いや於菊の身は充分に調べたうえで取極《とりき》めるから心配すな。退がってよい」

亥十郎は暗然と主の面を見上げていた。もっと直言したい気もちが胸につかえているらしかった。けれどその起《た》ち際《ぎわ》にいたるまで、室殿は彼の訴えを否認してやまなかった。

「ここを去るならば、もう一度、池の畔《ほとり》へ行ってよく調べてみたがよい。菊には、わたしから蒔絵《まきえ》のしてある美しい蛍籠《ほたるかご》を持たせてやりました。それがどこかに落ちているにちがいありません。……可哀そうに、わたしのために、ほんに不愍《ふびん》な濡《ぬ》れ衣《ぎぬ》を着せてしもうた……」

亥十郎は、むっとした容子を抑えて、武辺者《ぶへんしゃ》らしい一礼をすると、すぐ立ち去ってしまった。

そのあとのはなしは、当然、室殿と村重だけの事になった。室殿はふたりになると、今度はやや趣を更《か》えて、

「わたしも咎《とが》を負《お》うて、菊といっしょにお城を出ます。どうか菊とふたりでご追放を命じてください。さもなければ、ふたりを並べてご成敗《せいばい》あそばしてもかまいません」

などとつけつけいった。

摂津守村重も、この一婦人には閉口のていだった。由来、後房のおさまらないのがこの猛将の欠点だという世評もあるほどに、彼のあまいことは隠れないことであった。

「まあ、よいわさ。そう躁《さわ》がしゅういうな。亥十郎とて決して故意や悪意で告げて来たことではない。間違いなら間違いでいい。内外ゆるがせならぬ場合だ、またこの伊丹城だ。家臣もそれを思えばこそ、些《さ》細《さい》なことも、気をくばってくれるのではないか。於菊

の身は、そなたに預けておく。ただこれからは、西の丸の奥からあまりほかへ出すなよ」

やっと彼女を宥《なだ》め得ただけでも村重はほっとした顔であった。かえって彼の方から話をほかに紛《まぎ》らわせたりして、ようやく室殿の一顰《びん》一笑《しょう》を拾うの有様であった。

このことはまた、いつのまにか侍臣の口から他へ洩《も》れていた。憤慨《ふんがい》した権藤亥十郎の脱城はそれから間もない後に行われた。村重は、甚だしく怒って、その不忠を罵《ののし》ったが、家中の多くは沈黙の中にいた。

この頃から伊丹城中には、惰気《だき》ようやく満ち、士気また紊《みだ》れ始めたかと見らるる徴候《ちょうこう》があらわれ出して来た。

安土の細作《ものみ》は敏感に嗅《か》ぎつけて、城中の空気と、またそれのすぐ反映している城下の情況とを頻々、信長のほうへ密報していた。

違《い》和《わ》

一

女たちばかりの奥曲輪《おくぐるわ》には、表の戦況《せんきょう》もとんと知れなかったが、伊丹城の運命は、それより数ヵ月前からすでに傾き出していた。殊に、夏に入ってからは、その落城も、きょうか明日かと思われるほど、最悪な所まで来ていたのである。

この実状は、この城の高櫓《たかやぐら》にのぼって、城下を一眸《ぼう》にながめれば歴然とわかる。まだこの春頃は、手をかざしても、肉眼では見えなかった敵方の陣営が、春の末頃からは、諸所にその旗じるしが望まれるようになり、その包囲形《ほういけい》が、次第に圧縮《あっしゅく》されて来るにつれて、当初には、諸所各方面に、個々であった織田方の部隊が、いつのまにか連《つなが》り合って、しかも伊丹の町へ接触していた。

城外の防禦《ぼうぎょ》陣地にあって、敵の先鋒《せんぽう》と戦っていた荒木の麾下《きか》が、そこの塹壕《ざんごう》を捨てて、城中へ総退却し始めた八月初め頃から、伊丹の町中へも、織田勢の兵馬がはいって来て、町の機能《きのう》は一時、まったく停《と》まってしまった。

「おまえ達が敵ではない。おまえ達まで村重と共に謀反《むほん》したわけではあるまい。働け、働け。平常どおり生業《なりわい》に就け」

織田軍は、布告しているが、恐ろしさに、町民は仕事も手につかないのである。

そのうちに、労力の徴発が始まった。伊丹城の四方に蜿蜒《えんえん》と長い壕を掘る仕事だった。また壕に沿って、塀や柵《さく》を二重三重に植《た》て繞《めぐ》らす工事だった。おびただしい人員が、炎日の下に、蟻のように働いた。

これが完成すれば、いやでも伊丹城中の将士は、籠《かご》の鳥である。初めはさかんに矢を射たり小銃を乱射して、妨害《ぼうがい》を試みていたが、その矢玉も、城外の野戦でつかい尽し、すでに残り少ないことが織田軍にも見抜かれていた。しかし織田軍の作戦は、極力、味方を損じないように悠々、彼の壊滅《かいめつ》を待つもののように見える。

その寄手の総大将は、信長の嫡子《ちゃくし》信忠であり、堀久太郎秀政、滝川左近将監一益《かずます》などの諸将が、それを扶《たす》けていた。

二

「もう来る。かならず来る頃だ。来ぬはずは断じてない、きっと来る」

城将が集まって、この危急に対する軍議をひらくとき、主将の荒木村重がいうことばは、極《き》まってこれであった。信念というよりは、烈しい昂奮《こうふん》をもって、それをいうのだった。

「――すでに、この春には、大挙して、毛利家の水軍が、舳艫《じくろ》相啣《あいふく》んで来援《らいえん》にまいると、正しく我へ誓紙を入れて約束していることだ。軍備の都合上、遅れたにちがいないが、条約を反古《ほご》にし、せっかく起ったわれらを、見ごろしにする理由はない。飽《あ》くまでわしは毛利を信じて、その援助の大軍が、一日も早く、西ノ宮の海辺へ上陸して来るのを待つ覚悟だ。――それまでの籠城《ろうじょう》だ、各〻《おのおの》も頑張ってくれい」

村重のこの言には、戦いの初めから励まされて来た部下であった。実に、去年の暮も、この春も、また夏になるまでも。

しかるに、すでに半年以上も経つが、毛利輝元以下、吉川《きっかわ》、小早川《こばやかわ》の大軍が、兵船をつらねて来るというその第二戦線は、いっこう何処にも実現されない。

城将の多くは、ようやく、毛利家の誠意をうたがい始めた。そして主人の村重に対して、面と向って口にこそ出さないが、

「あさましや。恃《たの》むべからざるものを恃んでおられるのだ。……さきには、高山右近や中川清秀を両腕のように恃んでおられたではないか。その高山、中川らが寝返り打って、逸早《いちはや》く織田の軍門へ降《くだ》っているのをながめながら、なおこの主人はお眼がさめない」

そう考えて、暗然たる顔いろを湛《たた》え合《あ》うのであったが、村重の毛利にたいする、今にの空恃《そらだの》みも、この八月になっては、さすがに口にしなくなっていた。

反対にこんどは口を極めて、毛利輝元の不義不信を罵《のの》しり始めた。九月一日の軍議のときにも、

「何らかの方法を取って、毛利家の来援を急に促《うなが》さねばならぬが、書状も度々《たびたび》やってあるし、密使も屢〻《しばしば》つかわしてある。この上は、自分自身が参って、吉川、小早川などにもきびしく面詰《めんきつ》するしかない」

などといっていた。

彼のその言を聞いても、諸将はいっこう浮き立たなかった。第一、そんないとまがあるかということが考えられるし、また村重自身が毛利側の代表と会見するなどと望んで

も、今となっては、その場所を得ることすら困難なことは知れきっていた。けれど、勇猛は勇猛でも、思慮にかけては単純な村重は、その可能を多少信じていたものらしいのである。――と視《み》るよりは、或《ある》いは、事茲《ここ》にいたって、彼の頭はまったく突き詰めてしまったといった方が適切であるかも知れない。

彼は密《ひそ》かにこの城を出る考えをそのときから真面目《まじめ》に考えぬいていた。――城とともに在るべき城主たり謀反の張本人《ちょうほんにん》たる位置をもわすれて――ひとり密《ひそ》かに、ここを脱して、なお在る味方の一城、摂津の花隈城《はなくまじょう》(兵庫)へひとまず落ちて行こうと肚《はら》をすえたのである。そして、一族老臣のほか、主なる城将には無断で、その支度にかかったのは、翌九月二日の宵のころであった。

三

「於室《おむろ》、すぐ身支度をせい」

不意に、西の丸へ来て、村重は室殿へそういった。

室殿はあきれ顔して、彼のすがたを足もとから頭まで見上げた。村重は野外へ狩猟に行くときの一雑兵のような身ごしらえをしていた。

「……どこへですか。そんなおすがたで」

室殿は冷たい眼をした。無智に似てどこかふつうの女以上のするどい賢《かしこ》さもあるこの婦人は、とっさにある事態をもう直感した容子だった。

「どこでもよい。そなたも、できるだけ身軽に、裳《もすそ》もくくしあげて、わしと共に来い」

「いやです」

「なぜ」

「行く先もわからないところへなど行かれませぬ」

「そなたは常に、城外へ出たいと、口ぐせにいうていたではないか」

「お城の外へならようございます」

「城外へだ。城を出るのだ」

「……でも、おかしいではございませんか」

「どうして」

「殿さまは、ご城主でございましょうが。たくさんなご家中を、どうなされるおつもりですか」

「女の知ったことではない。が、安心のために、一言だけ聞かせてやる。作戦のためにわしがここを出た方がよいのだ」

「そして、どこへお移り遊ばすのですか」

「花隈城《はなくまじょう》へ」

「ではまた、わたくしの身も、その花隈へ押し籠《こ》めるおつもりでしょう。それなら同じこと、室《むろ》はここにおります」

「いや、兵庫まで行ったら帰してやる。あれから船へ乗せて」

「きっとですか。嘘はおさむらいの恥でございますよ」

「よしよし。かならず帰してやる。はやく支度をせい」

「――於菊《おきく》。於菊」

彼女は侍女部屋へ向って呼んだ。けれど於菊の答えはしなかった。ほかの侍女が来て、どうしたのか、菊どのはこの夕方から姿が見えないと告げた。

「殿さまがお隠しになったのではございませぬか。あれを連れて行かなければ私も参りませんよ」

室殿は勘《かん》のするどい眼で村重の面をにらまえた。村重はあわてて面を振りながらその顔色をごまかした。

「於菊はもう先へ行っておる。老臣たちの群れに加えて」

「うそでしょう」

彼女はなかなか信じなかった。村重のまずいことばで、それを信じこませるまでには、一刻の余もかかった。そのうちに、夜は初更《しょこう》をすぎた。庭の闇に、一かたまりの人影が、ひそかに佇《たたず》んで、村重の立座をうながした。

その夜の従者は、わずか六、七名の小人数だった。この人々が身辺に来ると、室殿にはもう何の文句も苦情もいわせなかった。なぜならばみな悲壮極まる顔つきして、その眼は殺伐《さつばつ》にみちていた。村重にたいしてはずいぶん駄々《だだ》をこねる室殿ではあったが、こうした家臣の武者たちに囲まれると、さすがにわなわな歩みも顫《ふる》え、ふかく被衣《かつぎ》をかぶった横顔も、さながら夕顔の花みたいに白かった。

四

「殿がおらぬというぞ」

「なに。いないとは、どこに」

「この城に」

「ばかな」

「いや、ほんとだ。昨夜、ひそかに、搦手《からめて》から出て、花隈城へお移りあったという」

「まったくか。それは」

「老臣の池田和泉どのから、たった今、慥《しか》と聞いた」

「何たること！」

諸士は地に唾《つば》をして、宿老たちのいる所へ押しかけて来た。村重に説かれてやむなく居残った宿老荒木久左衛門、池田和泉は、口を極めて激昂《げっこう》する将士をなだめた。みなこれ味方の為の窮余《きゅうよ》の一策であり、万が一にも、殿が花隈城まで参って、海上へ船で脱し、毛利家の領内まで無事に達することができれば、折返して、かならず吉川、小早川の水軍が、大挙して救援に来る。――或いは海上をすでに摂津へ向って続々来つつある途中かもしれないのだ。それが到着しさえすれば、城外の織田軍などは半日のうちに囲みを解いて退散しよう。戦ってくれ。もう一息である。もう幾日かの辛抱《しんぼう》だ。ここでこの城を捨てては一年の籠城《ろうじょう》も諸士の働きもまったくの水泡に帰してしまう。――たのむ、といわぬばかりに、三老臣は、慰撫《いぶ》に努《つと》めた。声をからし汗をふきふき説得《せっとく》した。

「たとえどうあろうと、主の非を鳴らすは、家臣の道でない。またこの悲境を見て、戦いを避けるも卑怯《ひきょう》に似る。このうえは死あるのみだ」

ようやくにして、家臣はそこへ落着いた。とはいえ内面的な動揺はやむべくもない。以来、城中の士気は、一葉一葉落ちてゆく晩秋の喬木《きょうぼく》にも似ていた。脱走者は相継いでやまないし、城外からのさまざまな噂も寒風の如く入って来る。たとえば、

「某《なにがし》と某とは、すでに織田家方と通謀《つうぼう》している」

とか、或いは、

「毛利方であった備前の浮田直家も、ついに款《かん》を織田家に通じ、ために毛利は境を脅威《きょうい》されて、上方《かみがた》へ援軍に来るどころではない」

というような類《たぐい》の諸説である。

城中の将士も、初めのうちは、それらの風説も、敵側の撒《ま》いた虚説《きょせつ》として相戒《あいいまし》めていたが、次第にそれらの声も真相に近いことがわかり出して来た。

その第一には、花隈城へ落ちて行ったといわれていた荒木村重が、そこまでも行き得ずに、尼ケ崎の城へ入ってしまったきりそこから動いていないことが分ったし、また、

この伊丹に残った諸将のうちにも、以来、態度の一変した者も幾人かたしかにある。

その変心ぶりの濃厚な者は中西新八郎という一将だった。中西を中心として、従前から村重にあきたらなかった伊丹兵庫頭やその次男の伊丹亘などが、さきに脱城した権藤亥十郎などと連絡して、何事か画策《かくさく》しているらしいのである。

「機先を制して、城中の変心組から先に討て」

一面にはまたこういう空気も起った。当然、伊丹の一体は違和《いわ》を生じ、急速な自壊作用をしはじめた。

五

恃《たの》むべからざるものを恃んで、毛利方に捨てられた伊丹の城は、その城主村重からまた捨てられて残された将士の心は、まったくばらばらに離れ、いまは収拾《しゅうしゅう》もつかぬ弱体に化してしまった。

宿老の荒木久左衛門は、織田方へ軍使をたてて、

「われわれどもの妻子眷族《けんぞく》を人質にさし出しましょう。それを以《もっ》て、われら宿老どもが、尼ケ崎まで参ることをお見のがしねがいたい。要は、主人摂津守村重に会って、ここをも開城し、尼ケ崎や花隈城をも、無血開城いたすように、よくよくご意見をいたしてみます。――それでもなお摂津守が肯《き》き入れぬ場合は、われらが先鋒《せんぽう》となって、きっと尼

ケ崎も花隈も陥《おと》して、織田家の軍門に降るでありましょう。故に、万一主人摂津守が釈《しゃく》然《ぜん》と解けて、左右《そう》なく降伏に出られた場合は、どうかご助命の儀だけは伏しておねがい申しておく」

という趣意《しゅい》を申し入れた。

織田軍はこれをゆるした。で、荒木久左衛門と二、三の者は尼ケ崎へ奔《はし》ったが、その結果はどうだったのか、日を過ぎても、織田軍には何の答えもない。いや、あとに残された全城の将士にたいしてすら何の報告もないのである。

「もう何の策など要《い》ろうか。城外を掘り繞《めぐ》らす大袈裟《おおげさ》な土木なども中止してよかろう。一益《かずます》、てきぱきと、かねての計を行え」

織田信忠は、滝川一益に、こう命じた。一益は根気のよい智将であり、信忠は撃破の気さかんな若い大将である。石橋をたたいて渡るような一益の戦略にもどかしくなったのも無理ではない。

「よろしいでしょう。機は充分に熟しておりまする」

かねてから一益は、城中の中西新八郎を説いて、味方にひき入れてあるので、成算はすでに立っていた。ひそかに連絡を取って、日時を約し、

――内応の火の手をあげよ。

と、促した。

新八郎らの一味としては、その決行を待ちぬいていたほどだった。なぜならば、よう

やく、自分たちの変心は城中の味方に勘づかれているふうだし、それらの者が激昂して、いつ不意打に出て来るか知れないような危険が、身に迫っていたからである。

滝川一益から密々の指令は、十月十八日の夜とあったが、それまでは到底待ちきれないほど、険悪《けんあく》な実状にあったので、とうとう二日まえの十月十六日の夜、織田軍へ諜《しめ》し合わせる遑《いとま》もなく、無断で城中の一隅から火の手をあげてしまった。

「なお、二日間はある」

として落着いていた城外の織田軍もあわてたが、より以上な混乱は、もちろん伊丹城の中にあって、

「さてこそ、変心組が仮面《かめん》を脱いだな」

「うぬ。先手を打って来たか」

と、ひとつ城を坩堝《るつぼ》として、味方同士が相討ち相仆《たお》るるの惨を火炎の下に描き出したのである。いずれこうなる運命は予測されていたにせよ、余りに浅ましい刃と刃であった。

夜陰ではあるし、この夜、風もつよかったので、炎はたちまち全城にひろがった。――そして、去年以来、獄中にあった黒田官兵衛のまわりにも、やがてその火光とすさまじい物音は刻々と近く迫っていた。

男《おとこ》の慟哭《どうこく》

一

　児屋郷《こやごう》の昆陽寺《こやでら》には、ここ数日前から約十名ばかりの僧形《そうぎょう》や、武士や町人や、また医者、傀儡師《くぐつし》などの雑多な身なりをした人々がひそかに寄って、そのまま一房に合宿していた。

　主君救出の目的で、春以来、この伊丹附近に徘徊《はいかい》していた姫路の士たちであることはいうまでもない。

　初めは十三名であったが、老齢の母里《もり》与三兵衛は発病して途中から帰国のやむなきに至り、また宮田治兵衛と小川与三左衛門のふたりは、極く最近、一党にわかれて、

（官兵衛様のご救出も、近日のうちに必ず成功を見られましょう）

という吉報をもたらすべく中国へ急ぎ、一名は秀吉の陣地へ、一名は姫路の城に入って、何かの打合わせをしていた。

　一党が昆陽寺に結集して、待機《たいき》していたのも、この月の十八日には、いよいよ伊丹城

中の離反組が、内部から火の手をあげて、織田軍を誘い入れることになったという機密を事前に知ったからであった。

それらの情報は白銀屋《しろがねや》新七や加藤八弥太を通して細大となく、

「何日何刻に。西門の守りは誰。北門は誰」とほとんど筒抜《つつぬ》けに知ることができた。もちろん獄中の主人がなお健在でいることもわかっていた。

けれどただ一つ皆目《かいもく》知れないことがあった。それは新七の義妹の於菊《おきく》の消息である。村重や室殿に従って、尼ヶ崎城へ移った形跡《けいせき》もないし、城内にもすがたが見えないというのである。

「ことによると、発覚して、不憫《ふびん》なことになり終ったかも知れない」

と同志たちはひそかに語っていた。新七には気の毒にたえないので、彼の前ではなお何もいわずにいたが、新七自身も、それは諦《あきら》めてしまっているもののようであった。

そして恰度《ちょうど》、十月十六日の夕も、その新七が来合わせて、

「十八日の夜更《よふけ》を計って、城内の中西新八郎以下の人たちが、城を開いて織田勢をいちどに招き入れると、両者のあいだに、万端の密計がむすばれたようですから、お望みを達する日も、あと二日、それまでは敵にさとられぬように、お辛《つら》くとも此寺《ここ》でじっとご辛抱して下さい」

などと一同をよろこばせ、また呉々《くれぐれ》も念を押して町へ帰って行った。それが宵《よい》の戌《いぬ》の刻《こく》ころだったのである。

二

それから一刻も過《た》ったかと思われる時分だった。もう家に帰りついて寝たころのはずである新七が、あわただしい声で、ふたたび山門を打ち叩《たた》き、何事か大声でどなっている。

いま眠りに就こうとしていた母里太兵衛や後藤右衛門などが、

「新七らしいが？」

と、怪しみながら庫裡《くり》を出て、山門の方へ行ってみると、ひと足先に、栗山善助がそこへ駆け出していて、山門をひらき、何事か新七から聞き取っているふうだった。後から来たふたりを認めると、その善助は、落着いた中にも烈しい語気で、

「すぐ一同に身支度してこれへ集まるようにいってくれ」

と伝えた。

寺にはかねて武具まで持ち込んであったと見え、たちまち駆け集《つど》って来た人々はみんな小具足に身を固め、槍長柄《やりながえ》など、思い思いの打物《うちもの》をかかえていた。

善助や太兵衛や右衛門も、身をひるがえして、いちど寺の中へかくれると、たちどころに武装して出直して来た。

――が、まだ一党の者は、いったい何事が突発したのか、覚《さと》り得《え》なかった。

「みな揃われたか」

栗山善助は、頭数をながめてから、早口に、且《か》つ明瞭《めいりょう》に告げた。

「事情はわからぬが、明後日の夜半と期していた城中の内応が、突然、たった今、火の手となって勃発《ぼっぱつ》いたした。――織田軍もこれは予測《よそく》せぬところだったので、今し方、新七がこれへ宙を飛んで来る途中では、なお事の不意に狼狽《ろうばい》して、一兵も城には取っかかっていない様子であったという。――もとよりわれわれは、織田勢の力を恃《たの》むものでなく、ただただ主君のご一命を獄中からお救い申しあげる以外目標はない。時うつしては、或《あ》いは、どさくさ紛《まぎ》れに、荒木村重の家中が、獄裡《ごくり》にある官兵衛様のおいのちに危害を加えない限りもない。――ではこれからすぐ急ごう。お互いの働きは、日頃のしめし合わせの通り、たとい味方の者が、目の前で多くの敵に囲まれようと、主君のご安危《あんき》をたしかめぬうちは、互いに顧《かえり》み合わぬことだ。おぬかりあるな」

十名の影はみな武者ぶるいした。そして夜鴉《よがらす》のような群ら影を躍らせて児屋郷の長い田圃《たんぼ》道《みち》を駆け競《きそ》った。

途中の森蔭《もりかげ》を繞《めぐ》ると、視野からまっすぐに丘が見える、城が見える。そして秋十月の夜空をそめて、一道の赤い火光が、天の川をつらぬいていた。

いんいんたる貝の音や鉦鼓《しょうこ》が城外の諸方面に聞える。総攻撃開始の気勢《きせい》である。けれど織田勢はまだ城壁の下に兵影は見えなかった。

多くの兵馬がうごくのと違って、決死組十名の黒田武士たちは迅《はや》かった。彼等は丘の西方から柵《さく》を破って搦手《からめて》へ駆け上った。どこにも遮《さえぎ》る敵を見ない。ただいちめん吹き落ちて来る火の粉と煙だけだった。

いちど空壕《からぼり》の底へ降りて、そこから城壁へ攀《よ》じのぼるのだった。これは当然、むずかしい離《はな》れ業《わざ》を要するものであるし、もし城壁の上から内部の武者が抵抗して来るなら、所詮《しょせん》、難なくは取りつけないはずであるが、その防禦《ぼうぎょ》もないのみか、

（ここから上がって来い）

といわぬばかり、二ヵ所ほどから太い綱が下がっている。もちろん伊丹亘《いたみわたる》か加藤八弥太かの城内にある同情者の所為《しょい》にちがいはない。

十名はふた手に分れてわらわらと争い登った。新七もあとから登った。そしていったん城壁の内部へ躍り越えると、もう十名はひとつにかたまっていられなかった。熱風火《か》塵《じん》は横ざまに吹き暴《あ》れているし、いたるところに敵味方のけじめもつかぬ血戦が繰り展《ひろ》げられていた。そして何より猛威を示しているものは、今や櫓《やぐら》の三重あたりまで燃えのぼっている大きな炎であった。西の丸あたりも北曲輪《きたくるわ》にも炎は見え、附近の木々までばちばちと火の音をはぜて真っ赤な棒と化しかけている。

「武器庫《ぶきぐら》の獄は何処か」

「官兵衛様のお身はいずこに」

と、人々ははや思い思いその在所《ありか》をさぐりつつまっしぐらに火の下へ潜り入っていた。

三

どこよりも低いせいか、地下室にも似たここの一郭《かく》は黒煙も余り立ちこめて来ない。その代りに焔《ほのお》は極めて強烈に櫓の中層から下へむかって逆落《さかおと》しに燃えひろがろうとしている。

官兵衛は獄の中に坐《すわ》っていた。焔は荒い格子《こうし》組《ぐみ》のすぐ外まで来ているし、黒い火屑《ひくず》は大床《おおゆか》を吹きこがされて自分の膝《ひざ》のそばにも溜《たま》った。けれど、如何《いかん》ともする術《すべ》もない。彼は北側のいちばん隅の壁に背をつけて、むなしく坐っていた。

彼方《かなた》の火焔《かえん》とは反対に、ここの壁は石垣のように冷たかった。滴々と清水《しみず》が滲《にじ》み出《だ》している。そして一年中、陽のあたったこともない壁である。

余りに湿度が多いため、武器庫として不適当と認められて、久しく空《あ》いていたあとが官兵衛の獄に利用されたものであろう。官兵衛の満身はそのために、見るかげもない湿《しっ》疹《しん》を病んでいる。――彼は起《た》とうにも容易に起てないほど衰弱していた。

「ついに来る日が来たか。身はこのまま焼け死ぬも、定まれる運命ぜひもない。この際、荒木村重が末路を眺め得たのはむしろ望外なことだ。胸中の鬱懐《うっかい》も焼き放つような心地がするぞ。……あの馬鹿者が、どんなに慌《あわ》てて」

彼は苦笑を禁じ得なかった。自分の死はとうに観念していたものであるだけに、あらためて死生の境にもがき出して来る生理的なものすら起らなかった。ただ火の塵《ちり》が膝を焦《こ》がすと熱いので折々払っていた。そして手で払ういとまもなくこの獄中の四壁天井すべてが焔となるのをただ待っていた。

彼としては、この城には、なお守将の荒木村重がいるものとのみ思っていたし、たとえ織田勢が攻め入っても自分を救《たす》けに来るわけもないと考えていたのである。ただこの際の彼にも、微《かす》かながら＊一縷《いちる》の望《のぞ》みを生に懸ける心理がどこかにあったとすれば、それはつい百日ほど前にここの高窓の藤蔓《ふじづる》を外から揺りうごかしてしきりに自分を呼んだことのあるあの女性の声である。

「……あのとき以来ふっと聞かなくなった声だったが？」

官兵衛はいままたそれを思い出しているふうだった。そして窓の上を仰ぐと、その藤の葉もはや落ちかけて、真っ赤な秋風に焼かれようとしていた。

四

――この夜。

ふいに二、三ヵ所から火を発し、同時に、城中の味方と味方とのあいだに、凄《すさま》じい激闘が捲起《まきおこ》されたとき、それと同時に、荒木村重の家族や女たちばかりの住んでいる一曲輪《くるわ》のものは、たれも彼もみな裸足《はだし》で、着のみ着のまま、大勢が一《ひ》とかたまりになって城

門の方へ雪崩《なだ》れて行った。

籠城組も内応組も、女童《めわらべ》には目をくれなかったし、むしろその避難を願っていたので、城中で恐《こわ》い目にも遭《あ》わなかったが、一歩、城門の方へ溢《あふ》れ出ようとすると、

「もどれ、もどれっ」

と、重厚《じゅうこう》なよろい武者の部隊が、泣きさけぶ女たちを突きもどし、その中の部将らしい者が、

「女童の群れに伍《ご》して、女装して遁《のが》れ出ようとする卑怯者《ひきょうもの》がおるやも知れぬ。いちいち検《あらた》めてから城外へ出してやれ」

と、うしろから前面の兵へどなっていた。

もちろん寄手が迫って来たのである。織田方の何という大将の下の手勢か知れないが、ともあれ眼のとどく限りはその黒々とした甲冑《かっちゅう》の波と槍と旗さし物などであった。

「よしっ、出ろ。——よし、次も出てよい」

女たちは、首や黒髪を検められて一人一人城外へ突き出された。その間に、大手の門はひらかれ、武勇を競《きそ》う将士は眼《まなこ》も外へとび出しそうな顔を向けて、怒濤《どとう》のごとく駆け入って来る。

女たちは突きとばされ、踏みつぶされた。暴風雨《ぼうふうう》に吹き寄せられた花のように、袖《そで》門の端にかたまりあった。生ける心地もなげにおののき合って、順々に身の検《あらた》めをうけては城外へ出されていた。

その群れの中に、於菊《おきく》はいたのである。彼女は、村重が室殿を伴うて脱城した日のすこし前に、これらの人々がいる局《つぼね》の一室に監禁《かんきん》されていた。村重の家族は、村重のいいのこして行った命を守って、最後まで彼女の監視を解かずこれまで共に奔《はし》って来たのであるが、今はそうした注意も配《くば》ってはいられなかった。さきを争って、城の外へ出ようとしていた。

やがて彼女も、その勢に従《つ》いていれば、難なく城門の外へ出されたはずであった。けれど於菊はまわりの者の隙を見ると、突然、群れを離れて、もとの方へ驀《まっしぐら》に奔《はし》っていた。全城すでに焔と見えるその火の下へ。また荒武者と荒武者とが、首を取りつ首を取られつ、雄《お》たけび交《か》わして、火に火を降らせている血戦の中へ、ほとんど、気でも狂ったかのような姿で、彼方此方《かなたこなた》、奔《はし》りめぐっていた。

「……オオ。この坂道の下、あの低い窪地《くぼち》の池」

彼女はついに道を見つけた。それはたった一度、通った覚えのあるところだった。室《むろ》殿《どの》にいいつけられて、蛍を捕りに行ったことのある天神池への細道であった。

五

絵図面《えずめん》の上で知っておいた予備知識と、実際に地を踏んでみた感覚とでは甚だ勝手のちがうものだ。それも平時ならばともかく、こう激戦の中と化した城内であり、目じる

しとする建物も樹木も火や煙につつまれ、そして想像していた以上、廓《くるわ》内も広いのであった。

「どこか。——獄屋は」

「官兵衛様のいるところは」

駆け分れた黒田武士たちは、ほとんど、それを的確《てつかく》につきとめ得ることの至難にみな長嘆した。奔命につかれ、気はいよいよあせるのみだった。

あせればあせるほど、かえって目標を失いやすいと沈着を努めながらも、満城の焔を見ては気が気でない。火焔は時を仮借《かしやく》していない。一歩を誤らんか、せっかくそこを捜しあてても、あとのまつりとなることは知れている。狂奔《きようほん》せずにはいられなかった。

「久左衛門、知れたか」

栗山善助と母里《もり》太兵衛のふたりが、櫓下附近で出会いがしらに訊《たず》ねた。衣笠久左衛門は渇《かわ》いた声をして、

「まだ、まだ。……各〻には」

と、問い返した。

「いや。こちらもまだ見当がつかぬ」

「どこぞで、池は見ないか。藤棚のある池を」

「その池を、余り目あてにし過ぎたため、ほかの曲輪の池を見て手間どったのだ。北曲輪はこの辺らしい。櫓はそこだし」

「池を探そう。建物ではわからぬ」

松林のあいだを、下へ向って駆け下りた。落葉松《からまつ》もそこらの灌木《かんぼく》もみな煙をあげていた。

「——やっ。女らしいが——」

栗山善助は勢いよく躓《つまず》いた後、その足にかけたものを振り向いた。煙の下に一人の女性が気を失って仆《たお》れていたのである。

「於菊《おきく》どのだ」

と、絶叫したのは、その前に立って、躓《つまず》かぬうちに立ち止まった太兵衛と久左衛門とであった。

「なに、於菊どのだと」

抱き起して、声かぎり耳元で呼んだ。於菊は、意識づくと、あたりの者の顔も見ず、矢のようにして走り出した。

池のそばへ出た。池の水、そして広い藤棚。それを見ると、彼女のあとについて、共に駆けて来た栗山善助や母里太兵衛たちは、

「あっ。ここだっ」

と、思わずどなった。

——と見るうちに、彼女はもう池のふちを腰まで浸《ひた》って、*龍女《りゅうじょ》のように、しぶきをあげながら、獄舎の建物の下をざぶざぶと進んでいた。

「——官兵衛さまっ」

彼女は藤の木につかまった。そして死にもの狂いで高いところへ攀《よ》じて行こうとしていた。その下から衣笠久左衛門ものぼって行った。そしてようやく獄の窓口へ手をかけてさし覗《のぞ》いたが、中はすでに赤く晦《くら》く、何ものも見えなかった。

一方、栗山善助と母里太兵衛は、べつな入口から入って獄屋の大床を区切った太い格子組の前に出ていた。荒木の家中らしい武者四、五名を見かけたが、敢《あえ》て遮《さえぎ》りもせず逃げ散って行った。ふたりは獄外を見まわして、約二間半ほどもある角の古材木が一隅に寄せつけてあるのを見つけ、二人してこれを持ち、撞木《しゅもく》で大鐘を撞《つ》くように、その突端を牢《ろう》格子へ向って何度も打《ぶ》つけた。

みりっと一部が破れた。あとは一撃二撃だった。躍り入るやいな、二人は声いっぱい叫んだ。

「殿っ。おむかえに参りました」

「姫路の家臣の者ですっ、殿っ、殿っ。……」

見まわした。らんらんと獄中を見まわした。官兵衛のすがたが容易に見当らないからである。

——が、官兵衛はなお健在だった。熱気と煙に、あの冷たい北側の壁も湯気をたてていたが、そこを背にしたまま、彼はなお枯木のような膝《ひざ》を組んで坐《すわ》っていたのである。

「……？」

いま、突《とつ》として、眼のまえに、思いがけない家臣のすがたを見、その忠胆《ちゅうたん》からしぼり出るような声をも、あきらかに耳にはしたが、彼はなお茫然《ぼうぜん》としていた。容易に信じられなかったのである。

「あっ。そこに」

「おうっ。……おうっ」

慟哭《どうこく》して抱き合うかのごとき異様《いよう》な声がやがてそこに聞えた。走り寄ったふたりは、すぐ、主君の身を扶《たす》け起していた。その主君の身の軽いことに驚いたとたんに、上の高窓を破って衣笠久左衛門も跳《と》び降りて来た。

戸《と》板《いた》

一

「歩く。自分で歩く。……放せ」

官兵衛はいった。そして起《た》ち上がった。ふしぎな気力である。肉体の活動とはいえない。

しかし数歩にしてすぐ蹌《よろ》めいて仆れかけたのはぜひもない。脚も手も、節《ふし》のみ高い竹《たけ》竿《ざお》のような体である。

「あ、あぶない」

前へ廻《まわ》って、栗山善助がわが背を向けて屈《かが》みこんだ。

「殿。善助が負《お》い参らせて、ご城外《じょうがい》まで一気に駆け脱《ぬ》けまする。お縋《すが》り下さいませ」

官兵衛の細い手が、善助の胸へまわってつかまった。芋殻《いもがら》を負うて立つような軽さである。善助は、戦友の太兵衛、久左衛門をかえりみて、

「では走るぞ。殿を見失わぬよう、前後のご守護をたのむ」

獄中はもう黒白《あやめ》も分かたぬ黒煙であった。打ち壊した牢格子《ろうごうし》のあたりもすでに火焰《かえん》で塞《ふさ》がっている。母里太兵衛はさきに用いた角木材でふたたびそこを大きく破壊した。すさまじい音と渦まく火の塵《ちり》を潜《くぐ》って、栗山善助は勢いよくそこを駆け抜けた。――と思ううしろで、衣笠久左衛門が、

「於菊《おきく》どのっ。――於菊どのが見えん。於菊どのっ」

と、熱風の中に立って、捜し求めている声がした。

思わず、善助も足を止めて、

「外ではないか。あの窓の下ではないか」

血まなこになっている久左衛門へむかって、共に案じながら叫ぶと、久左衛門は、

「主君のお身が大事。善助どの、太兵衛どのは、ここに関《かか》わらず先へ行ってくれ。――

於菊どのの身は、わしが尋《たず》ねて後から出る」

と、遠くからいった。

「おうっ。先へ行くぞ」

善助と太兵衛は駆け出した。櫓《やぐら》はいまや焼け落ちんとしていた。そのほか殿廂楼台《でんそうろうだい》ことごとく火の濤《なみ》である。しかも城中いたるところにきらめく敵味方の槍《やり》と槍、太刀と太刀。また組んず解《ほ》ぐれつの肉闘《にくとう》や、一団の武者と一団の武者との陣列的《じんれつてき》な搏撃《はくげき》など、いまやここの終局は凄愴極《せいそうきわ》まる屍山血河《しざんけつか》を描いていた。

二

本丸から大手まではかなりの距離がある。それに勝手不案内なので善助と太兵衛は方角を間違えたらしい。内門は出たが、さいごの城門が見つからなかった。火に趁《お》われ、軍勢に阻《はば》められ、思うままに駆けられないせいもある。そのうちに、

「待てっ。織田の者よな」

一《ひ》とかたまりの武者が白刃《はくじん》をそろえて前を塞《ふさ》いだ。みな面《おもて》や全身を血にそめている死にもの狂いの荒木勢《ぜい》である。殊に、うしろへ駆け廻った幾名かは、栗山善助の背に眼をつけて、

「負《お》うているのは、獄《ごく》に繫《つな》がれていた黒田官兵衛であろう。おのれはそれを奪《と》りに来た

者か」

と、官兵衛の足くびを摑《つか》んで、力まかせに引き戻した。

善助は太刀を揮《ふる》って、片手撲《かたてなぐ》りにうしろの敵を斬った。その武者の絶叫《ぜっきょう》は、返り血とともに、善助の面を打ったが、敵が勢いよく仆れるのと一緒に、官兵衛の体も善助の背を離れて、諸倒《ともだお》れに大地へ転んでいた。

「殿を。殿を。——善助、殿だけを」

敵の中から叫んでいるのは味方の母里太兵衛なのだ。その姿も見えないほどな数の中に没《ぼっ》して彼は善戦に努めていたが、ただ主人官兵衛の身だけがうしろの気懸《きが》りであるらしかった。

しかしこの時、忘れていた盟友《めいゆう》たちの声がどこともなく聞えた。藤田甚兵衛、後藤右衛門、長田三助などの面々にちがいない。

「善助ここか」

「来たぞ、太兵衛」

戦友を力づけて、喚《わめ》くや否、ほとんど、わき目もふらぬ姿で、荒木勢の中へ突込んで来たのである。

槍は飛ぶ。陣刀は折れる。嚙《か》みつく。撲《なぐ》り合う。

荒木勢とはいえ、あの村重の家臣とはいえ、ここまで籠城《ろうじょう》を堅持し、「城と共に」の義を捨てなかった者だけに、いわば粒選《つぶよ》りの剛《ごう》の者《もの》どもであった。

一味の助勢が加わっても、彼はまだ屈《くっ》しない。せめて黒田官兵衛の首をみやげとして、最期《さいご》の華《はな》を飾ろうとするかのような猛戦力を発して来る。

けれどもそれとて一瞬の死闘だった。たちまち荒木勢の数が減じ出した。城門附近にいた内応組《ないおうぐみ》の伊丹亘が居あわせた足軽組《あしがるぐみ》をひきつれて来て、荒木方の武者を、圧倒的な兵数で叩《たた》きはじめたのである。

この激戦のうちに、いちど地上に抛《ほう》り出されていた官兵衛は、そばに落ちていた槍を拾って、それを杖《つえ》に立ち上がった。逃げる気ではない。戦う気である。蹌《よろ》めき蹌めき敵と覚《おぼ》しき人影へ穂先《ほさき》を向けて、歩いていた。

——が、それも十歩か二十歩。すてんと、勢いよくまた仆《たお》れた。こんどは起てなかった。左の脚の関節《かんせつ》あたりから出血している。引っくり転《かえ》された亀のような形をして、官兵衛はまだ利《き》く片脚と両手の槍を振りまわしていた。

三

ひややかな夜気は彼を一たんの昏絶《こんぜつ》から呼び醒《さ》ましていた。官兵衛は気がついたまま、ぽかんと眸《ひとみ》をうつろに天へ向けていた。

自己の意志だけを以《もっ》てどうにもならない長い獄中生活は、彼にある生き方を習性づけていたかも知れない。怒濤《どとう》の中にあっては怒濤にまかせて天命に従っていることである。

しかも断じて虚無という魔ものに引き込まるることなく、どんな絶望を見せつけられようと心は生命の火を見失わず、希望をかけていることだった。いやそうしてその生命と希望をも越えて、いよいよという最期にいたるもこれに乱されない澄明《ちょうめい》なものにまで、天地と心身をひとつのものに観じる修行でもあった。

「……わしは世の中に新しく生れ出たらしい」

ぽかんとした眼の奥で、官兵衛はいまそんなふうに思った。

美しい星がいっぱいに見えるのだ。世は秋であり、夜空は銀河を懸けている。

「何たる大きな空だろう」

生れたての嬰《あか》ん坊《ぼう》のように、彼の眸は驚嘆《きょうたん》して、この世の美に打たれている。知らず識《し》らず眦《まなじり》から涙がながれて止まらない。涙は耳の穴をもこそぐった。この知覚《ちかく》さえ生きている証拠《しょうこ》ではないか。有難さにまたも新しい泉がこんこんと涙腺《るいせん》を熱する。

「……乗っているのは戸板かな？」

やっと、そんな考えにまで及んで来た。しきりに体が揺れている。ぎしぎし、ぎしぎし、と何か軋《きし》む音がする。

「そうだ担架《たんか》にのせられて、何処かへ担《にな》われてゆくのだ。さて、何処へ運んで行ってくれるのか」

何の悶《もだ》えも疑いも抱こうとしても抱かれない。胸に問えば胸はただ感謝のみを答えるのであった。あたかもいにしえの聖賢のごとく、心は太虚《たいきょ》に似、身は天地の寵児《ちょうじ》のごとき気持だった。

稲《いね》の穂《ほ》波《なみ》

一

「……オ。お気がつきましたか。殿、殿」

誰か、担架《たんか》の側へ来て、顔をさしよせた。官兵衛はひとみをうごかした。それはなつかしい家臣の栗山善助であり母里太兵衛であった。

「……うむ。うむ」

官兵衛は洟《はな》みずを啜《すす》った。水洟をふきたい意識があるが手はうごかない。

「お輿《こし》の者。すこし待て」

善助は、戸板の担架を担っている兵に、しばし歩行を留めさせて、前後に従う武者たちに、

「どなたか鼻紙をお持ちあわせないか」

と、たずねた。

一名の武者が懐紙《かいし》を与えた。善助はそれを揉《も》んで、主人の洟みずを拭《ぬぐ》った。官兵衛は子どものように鼻の奥にあるのを更にちゃんといって出した。

「ご苦痛でございましょうが、しばらくおこらえ下さいまし。――ご本陣まで」

顔を見知らない一将がうしろからいった。母里太兵衛が取次いで、

「陣地の通行中、ご警固くだされているのは、滝川一益《かずます》どののご家臣、飯田千太夫どのであります」

と、主人の心が休むように特にいった。

官兵衛はさすがに嗄《か》すれて糸のような声ではあったが、戸板の上に仰向《あおむ》いたまま、

「千太夫。大儀」

と、ひと言いいった。

担架の上の重病人と思ってうしろから突っ立ったままものをいった一益の臣は、威圧《いあつ》を覚えたものか、あわてて下へひざまずいて、

「主人一益の心づけで、ともあれご本陣までお供申しあげ、信長公にお会いあった上、諸事《しょじ》、公《こう》のおさしずを待つがよろしかろうとの御意《ぎょい》に、もはや何処もかしこも味方の陣地を通ることゆえ、何の危険もありませぬが、ご案内のため、伊丹城《いたみじょう》の外よりお供させて戴《いただ》いておりまする。――夜明け方までには古池田まで参りましょう。医者も一名召し連れおりますれば、何なりとご遠慮なくおいいつけ下さるように」

と、あらためていい直した。

二

揺られ揺られ官兵衛は眠ったり眼をさましたりしていた。その間二度まで付き添いの医者が熱い煎薬《せんやく》をのませてくれた。

薬すら美味《うま》かった。しかし舌に苦味甘味を知り出すと、肉体の苦痛も同時におぼえて来た。とりわけ左の足の関節《かんせつ》が甚だきつい。熱をもって来たものと見えた。眼をふせて胸越しに覗《のぞ》くと、自分の脚とは思えないほど太いものが繃帯《ほうたい》されて立て膝《ひざ》に置かれている。それを動かすには巨木の根っこを持ち上げるほどな力が要《い》りそうに思われる。

「もう十町ほどで古池田のご本陣です」

そういわれてから官兵衛は初めて信長のすがたを脳裡《のうり》に描いた。彼は、信長が今日まで、自分をどう考えていたか、また自分のうけた奇禍《きか》をどう観ていたかを、よく知っていた。

これは、外部から彼に聞かせた者はないはずであったが、ほかの事情は知り得なくても、それだけは審《つまび》らかに聞いていた。

（——御辺《ごへん》は信長に義を立てているらしいが、信長は御辺の節義《せつぎ》をそんなに買っていない。むしろ権謀術策《けんぼうじゅつさく》に富んだ食えぬ男とにらんでいたろう。その証拠《しょうこ》には、御辺がこの伊丹に入ったまま帰らぬと聞くや、信長の感情はどう発したと思う。裏切者、策士《さくし》、忘恩の徒と、口を極めて罵《ののし》ったではないか。烈火《れっか》のごとく怒って直ちに中国に在る秀吉に命じ、姫路に住む御辺の父宗円を攻めつぶせ、一族を絶てと、いいつけているのでもわかるではないか）

これは彼が投獄されると間もなく、獄の外まで来ては、荒木村重がのべつ聞かせていたことばであった。

村重はこれを以て、官兵衛の胸に信長をうらむ心を植えつけ、そしてこの者を自分の陣営中に重器として用いようと努めたものであることはいうまでもない。

その程度の人間の肚《はら》が見抜けない官兵衛ではないから、笑而不答《わらってこたえず》——としていたことはもちろんであったが、ただいかに彼でも、信長が自分を誤解《ごかい》して一たんの嚇怒《かくど》に何らの反省も加えず、秀吉に使者を立て、また竹中半兵衛に命じて、質子《ちし》としてさし出してあるわが子の松千代を斬らせ、その首を安土に見たという事実を聞かされたときは、親心として、また余りに自分を知ってくれない浅見《せんけん》のひと心に対して、総身の毛がそそけ立つような情けなさに打たれたものであった。

（——岐阜以来、幾たびか謁《えっ》し、この官兵衛も、胸打ち割って、あれほどに心底を申しあげ、且《か》つは、主家小寺家のあらゆる困難な事情を排し、父宗円を始め、一家中のものの運命をも賭《と》し、併せては、嫡子の松千代までを、お求めあるまま質子としてさしあげてあるものを。……なお今日まで士道《しどう》も恥も知らぬ人間とこの官兵衛を思召《おぼしめ》してか。さまで偽り多き武士と見られていたことは何よりの無念である、心外である）

獄中《ごくちゅう》、彼は小袖《こそで》の袂《たもと》を嚙《か》みやぶったこともある。血は煮え肉はうずき、あわれもののふを知らぬ大将よと、信長の無眼無情をうらみつめた幾夜もあった。

けれどそれに憤悶《ふんもん》してわれを失う彼でなかったことが倖《しあわ》せであった。彼がひとつの死生観をつかむには、それ以前にまずこれらの怨恨《えんこん》や憤怒《ふんぬ》はおよそ心の雑草に過ぎないものと自ら嘲《わら》うくらいな気もちで抜き捨てなければ、到底、達し得ない境地なのであった。

——そうした心中の賊に打《う》ち剋《か》つには、あの闇々冷々《あんあんれいれい》たる獄中はまことに天与の道場であった。

（あそこなればこそ、それが出来た——）

ずっと後になっては、官兵衛自身ですら、時折に、その頃のことを思い、以《もっ》て、とかくわがまま凡慮《ぼんりょ》にとらわれ易い平時の身のいましめとしていたという事である。

さて。それはともかく。

官兵衛はいまやその信長の前へこの姿のまま運ばれてゆく途中にある。担架を担う小者の歩み、前後に従う諸士の足のその一歩一歩に、信長の顔は、彼の戸板の枕頭《ちんとう》に近づきつつあるのであった。

——もしこれが、この機会が。

かの荒木村重からいろいろな事実を聞かされていた当時だったら、所詮《しょせん》、彼はこの姿を信長の前へ曝《さら》すには、その無念に忍び得なかったにちがいない。

奮然《ふんぜん》、西を指して、

（中国へやれ）

と、叫んだに相違ない。生涯二度と、信長の顔は見たくもないと唾《つば》して誓ったかも知れないのである。

けれど今は——明け初めた今朝は——そういう心もわいて来ない。仄《ほの》かに秋の朝となった地上を戸板の上から眺めて、

「ああ、ことしも秋の稔《みの》りはよいな」

と、路傍《ろぼう》の稲田の熟《う》れた垂《た》り穂《ほ》にうれしさを覚え、朝の陽にきらめく五穀の露をながめては天地の恩の広大《こうだい》に打たれ、心がいっぱいになるのだった。

今、彼のあたまには、一信長のすがたも、一本の稲の垂り穂も、そう違って見えなかった。べつに、もっともっと偉大なものがこの天地にはあることがはっきりしていた。そして信長の冒《おか》した過誤《かご》へ感情をうごかすには、自分もまた稲の一《ひ》と穂に過ぎない一臣の気であることがあまりにも分り過ぎていた。

陣門快晴《じんもんかいせい》

一

ここの本営《ほんえい》にあった信長も、昨夜来、ほとんど一睡もしていなかった。伊丹の落城は必至なものだったし、戦況《せんきょう》の見通しも味方の絶対優勢に進んでいるものと分っていたが、なお刻々に来る情報を聞き、次の命令や処理を断じ、また敵の降将を見るなど、営中《えいちゅう》のかがり火は夜もすがら旺《さか》んだった。

そしてようやく暁のころ、

「伊丹城は完《まった》く陥滅《かんめつ》。残党の勦討《そうとう》、信忠様、信澄様以下、お味方の入城も了《おわ》りました」

という報を聞いて、初めてしばし手枕でまどろんだ程度だった。

そのくせ彼はもう朝陽とともに起き出して、兵馬に満つる営庭を逍遥《しょうよう》していた。朝起きは多年の習性であった。どんなに遅く寝ても起きる時刻はそう変らなかった。

営は古池田の土豪の広い邸内と附近の田野を中心としていた。信長は一隅の柿の木の下に佇《たたず》んで旭日《あさひ》にてらてら燿《かがや》いている真っ赤な実の、枝もたわわな姿に眼を醒《さ》まされていた。ところへ、本軍の陣門とされている彼方《かなた》の大きな築土門《ついじもん》のあたりから、馬廻《うままわ》りの湯浅甚助が何か事あり気に走って来た。そして信長の姿に遠くひざまずいて、

「ただ今、滝川殿のご家中に守られて、伊丹城の獄内につながれていた黒田官兵衛どのが、お味方の手に救出《きゅうしゅつ》されてこれへ運ばれて参りました。どこへお通し申しあげますか」

と、主君の意をたずねた。

「なに。官兵衛が。……あの黒田官兵衛が、獄中から救い出されて来たというか」

「左様でございまする。ほとんど瀕死《ひんし》のご容子で、戸板に臥《ふ》されたまま、滝川殿のお心入れに依《よ》る医師、ご家中など付添い、黒田家の侍衆数名もついて参りました」

「ふうむ。……ではなお今日まで、彼は伊丹の城中に捕われていたものか？……」

「疑いなく、昨年十月以来、まる一年、荒木村重のために、城中に監禁《かんきん》されて、無慙《むざん》な目にお遭《あ》いになっていたものと思われまする」

「やはりそうだったのか。……城中の消息はいささかも知れなかったゆえ、よもやと存じていたが」

信長のことばは一語一語慚愧《ざんき》と長嘆《ちょうたん》であった。また驚愕《きょうがく》のうちにこもっている深刻な悔いでもあった。一時は茫然《ぼうぜん》それに打たれて、眼のまえの者に、答えを与えることも忘れているような面持であった。

扈従《こじゅう》のひとり前田又四郎が、主君のその当惑を救うように、かたわらからそっといっ

た。

「ともあれそれがし参りまして、官兵衛どののご容体を見、仔細《しさい》をただし、その上でよろしきように致しておきましょうか」

「うむ。そうせい。そうしおけ」

「――が、もし官兵衛始め一同の者が、お目通りを望みおりますものとすれば？」

「もとより会《お》うてくれよう。真実、彼が織田家に異心なく、まったく村重の奸計《かんけい》にかかって、今日まで、さる境遇《きょうぐう》にいたものとすれば、誠に不愍《ふびん》のいたりだ。会う会わぬどころではない。いかに彼を慰めてよいか、信長は当惑するほどに思う。早《はよ》う行ってみるがいい」

「かしこまりました」

前田又四郎は湯浅甚助とともに彼方へ駆けて行った。

二

今朝、勝軍《かちいくさ》のどよめきの中に、前線の負傷者とも、敵方の病人とも思われないが、戸板のうえに横臥《おうが》したまま、滝川の家臣や医師などに護《まも》られてこの本営へ入って来たので、途上にそれを見かけた多くの将士は、

「何事であろう。何者であろう」

と、みな眼をそばだてて噂していたものだった。そのうちに誰からともなく、昨年の十月、伊丹城へ入ったまま、生死不明となっていた姫路の黒田官兵衛であると伝えられると、

「えっ。あの人がか？」

と、その変り果てた姿にもみな驚き合い、同時にまた、

「それではまだ生きていたものとみえる」

と、遭難《そうなん》当時の一と頃、世上に喧《かまびす》しく聞えた種々な取沙汰《とりざた》を今更のように思い出して、その流説《るせつ》にまどわされて、きょうまで官兵衛に抱いていた誤った認識をそれぞれ心のうちで急に是正《ぜせい》していた。

とりわけ人々の胸にすぐ考え出されていたことは、官兵衛の嫡子松千代の問題だった。質子《ちし》として織田家に託されていたその子は、去年、官兵衛に対する信長の疑いと一時の怒りから斬首を命じられ、その首は、竹中重治の手によって、安土へ示されたということは、ついこの春さき頃、かくれもなく世上に語られたことで、誰の記憶《きおく》にもまだ生々《なまなま》しいこととして残っている。

「かく身の証《あか》しは立っても、その子のすでに首斬られていることを知ったら、あの父の心はどんなだろう。……ここまでは一途《いちず》に信義《しんぎ》を守って来た士も、かえってこの先において織田家を恨むことになりはしないだろうか」

官兵衛の信義と、その生還《せいかん》の意外に打たれた人々は、ひいてはまた、こういう危険さ

も杞憂《きゆう》しあっていた。そしてやがて営門のうちへ入って行った戸板の上の人と信長との今朝の会見を想像して、異様な緊張《きんちよう》を加えていた。

そこを入った戸板の担架と護衛の人々は、一時病人の戸板を、ふところの広い袖《そで》門の陰《かげ》におろして、信長の命を待っていた。

「おっ。……これが、官兵衛どのか」

前田又四郎は戸板のうえの人を見ると、そこまで駆けて来た足をすくめ、それきり次のことばもなくはらはらと落涙してしまった。

やがて、そっと戸板の枕元へ膝《ひざ》を折ると、さしのぞいて、

「おわかりか。前田又四郎でござる。利家《としいえ》でござる。——官兵衛どの、おわかりか」

と、努めて悲痛《ひつう》なものを自分の声にあらわすまいとするもののようにいった。

ともすれば昏々《こんこん》と眼をふさぎたくなるような容子の官兵衛であったが、又四郎の声と知ると、上眼を吊《つ》って、にことうなずいた。その顔を見ると、又四郎の瞼《まぶた》は更に熱くなった。彼は官兵衛のぼうぼうたる髯《ひげ》やこけ落ちた頬に悲しむのではなく、その心中に哭《な》かされるのであった。武門の信義を守りとおすことの並々ならぬものを同じ武門の将として骨髄《こつずい》から思い知るのだった。

「目出度い。……官兵衛どの、すぐお目通りなされるかの」

又四郎はこれしか訊《き》かなかった。官兵衛はふたたび頷《うなず》いて、

「よしなに……」と、微《かす》かに答えて、また、「この穢《きたな》いすがたでは、君前甚だ畏《おそ》れ多い

が、如何《いかん》ともし難い」

なかば独言《ひとりごと》するようにいった。

「なんの」――と慰めて又四郎は起《た》った。そして滝川一益の臣から一益の言伝《ことづ》てを聞き取り、また母里《もり》太兵衛や栗山善助などの姫路の直臣から、主人を救出するまでの経緯《いきさつ》をつぶさに聞いて、ふかい感銘《かんめい》とともに、

「さてさて、ご苦心のほど、察し入る。しかしそれだけに、今日の各〻《おのおの》のよろこびも、いかばかりかと存ぜられる。……ともあれそっと官兵衛どのをこちらへお連れください。ご案内する」

前田は先に立って、庭上の幕舎《ばくしゃ》のひとつへ導き入れた。本来は家の内へ担《にな》い上げてやりたいのであるが、黒田官兵衛なるものは今なお信長から宥《ゆる》されていない離反《りはん》の臣とされている身分であった。その質子まで殺されたほどの憎しみをうけたままでいる臣である。それが誤解《ごかい》とわかりきった今なるにせよ、信長自身の口からゆるされるまでは、傷々《いたいた》しくとも戸板のまま地上に寝かしておくしかなかった。

三

信長はいったん居室へ帰っていた。つねになく沈痛な唇をむすんで坐《すわ》りこんでいた。折ふし朝食のしたくが調ったので、近習《きんじゅう》たちが運びかけて来ると、

「後にする。退《さ》げておけ」

と、依然《いぜん》、沈思《ちんし》のすがたを守っていた。

彼は後悔を知らない人であった。どんなに臍《ほぞ》をかむほどな事にも、過去を振り向いて前進を鈍《にぶ》らすような低迷を持たない質《たち》のひとだった。けれども、この朝の彼の眉《まゆ》には実にきびしい慚愧《ざんき》が滲《にじ》んでいた。苦味《にがみ》を口いッぱい頰ばったような面持をたたえていた。

第一には、人を視《み》る明《めい》を誤ったことである。これは将として自己の全軍に絶大な信を失墜《しっつい》する。かつても彼はずいぶん人を処断《しょだん》しているが、その人間を観過《みあやま》って断じたことはない。

ふたつには、質子の松千代を斬らせたことだった。それもこれも官兵衛を離反の賊と疑って、一時の感情にまかせたためであることを思うと、自らには深く辱《は》じ、彼にたいしては、主君として、合わせる顔もない気がする。

しかしこういう内省はしても、その内省にとらわれて、彼に会うことを逡巡《しゅんじゅん》したり卑屈な弁解《べんかい》を考えてみたりする信長ではなかった。信長にとって常に心の奮うものは眼前の百難を克服《こくふく》することと将来の構想であって、彼にとって最も興味のうすいものはその反対な過去の事件であった。

(弱ったのう。……彼奴《きゃつ》、どんな顔をして、予をうらむだろうか)

胸の中で、こう呟《つぶや》いたとき、彼はもうすっぱりと眉根の当惑《とうわく》を掻《か》き消していた。人間である。間違いや過ちは信長にだってある。自分は神ではない。神でないものが天下統一の大業を成そうとするのである。大過《たいか》あらばその業は不適任な者として自《みずか》ら止むしかないが、小過は天もゆるしてくれよう、官兵衛もまた恕《ゆる》すだろう。――そう考えはすわったのである。

いずれにせよ、彼の今なしつつある業と大志にくらべては、これしきの苦い思いは、歯の根にのこる程もない些事《さじ》と意志してしまわれるのだった。やがてその意志と身を起して立ち上がると、

「どれ。……会ってくれるか」と、独りつぶやいて、秋のあかるい陽《ひ》のいっぱいに射している広い濡縁《ぬれえん》を大股《おおまた》に歩み出していた。

どうして一年間も伊丹の獄中にいたか。戦場の中から救い出されたか。容体の程度はどんなか。そんな経緯《いきさつ》を質《ただ》させにやっている前田又四郎の返事を聴くことも、信長はふっと忘れていたらしかった。

彼方《かなた》から来る又四郎のすがたを見て、思い出したように歩みを止めた。そして、又四郎から伝えることを、途中で聞き取って、幾たびもうなずいた。

「そんなに重態か。……して、どこへ通しておいたか」

「東側の幕のうちへご案内しておきました」

信長は自分からそこまであるいた。昨夜中はそこを将座《しょうざ》として戦況を聞いたり使番に会ったりしていた所である。幔幕《まんまく》のまわりには篝《かがり》の燃え殻が散らかっていた。

つと、そこの囲いのうちへ信長は入った。約十歩もへだてた大地に、多くの者が一様

に平伏していたが、何ものより先に、彼の眼へ飛びこんで映ったものは、地上にある一枚の戸板と、そのうえに横臥《おうが》されている平べったい一個の人体だった。

「…………」

信長は床几《しょうぎ》にも着かずややしばし凝然《ぎょうぜん》とそれを見ていた。

四

「太兵衛。……ご出座か」

戸板の上から小声で官兵衛がたずねた。まわりの者が一斉に平伏したので察したらしかった。

すぐ側にいた母里太兵衛は、地についていた額をこころもち擡《もた》げて、

「信長様と拝されまする。ご床几のかたわらにお立ち遊ばしておられます」

と、ささやいた。

官兵衛は急にむくむくと身をうごかし始めた。——が、例の左の足がどうにも動かし得ない容子である。太兵衛は、主人の気もちを測《はか》りかねていた。左足の負傷が激痛し出したのかとも思われ、信長の出座と聞いて感情を激発したものかとも危ぶまれ、われを忘れて、主人の顔へわが顔をすり寄せた。

「……いかが遊ばしたのですか」

信長のところまでは聞えないほど低い声で訊《き》いた。すると官兵衛は、その細い腕を藤《ふじ》蔓《づる》のように太兵衛の肩へ絡ませて、

「わしを起こせ。坐らせてくれ。……そして仆《たお》れぬように、わしの体を後ろから抱いておれ」

と、命じた。

信長は床几についていった。

「官兵衛、起きるにはおよばぬ、そのままでよい。——ゆるす、ゆるす、そのままでおれ」

しかし官兵衛は何とまわりの者がなだめても肯《き》かないのである。ついに太兵衛と善助とが左右から極めて徐々に抱き起した。うごかすと今朝もなお左足の関節から夥《おびただ》しい血が厚ぼったい繃帯《ほうたい》をやぶって噴き出した。こんな枯木のような体のどこにこれほどな血の量があるかと怪しまれる程だった。

やっと信長のほうへ向って坐り得た官兵衛は、二つの穴のような眼から信長の姿を仰いで、同時に、がくと肋骨《あばらぼね》の下を折って、両手をつかえた。

「生きてお目にかかり得ようとは思いませんでしたが、測《はか》らずも、お変りなきおすがたを拝し……官兵衛のよろこび、これに過ぎるものはございませぬ。……昨年わたくしの浅智《せんち》より、みずから難を求め、久しくご心配をおかけいたしました。どうかおゆるしおき下さいますように」

官兵衛がいい終らぬうちに信長は床几を離れて歩いて来た。そして彼のすぐ前へ片膝をついた。

また、その片手をのばして、官兵衛の尖《とが》っている肩の骨を撫《な》でた。

「官兵衛。今日となっては、信長はいうことばがない。わしは貴様を怒ったのだ。貴様の才を惜しむの余りであったろう。口実を構えて、伊丹城に入り、荒木に加担したものと疑っていた。その後そちが伊丹にありやなしやも不明だったが、疑いは解けずにいた。……つい昨夜までは」

「みなわたくしの浅慮《せんりよ》より求めた禍《わざわ》いというに尽きまする。申しわけございませぬ」

「いや、その詫《わ》びは、信長からいいたい。ゆるせ」

「もったいない」

「ゆるせよ、官兵衛」

「もう仰せられますな。身のおき場がございませぬ」

「智者《ちしや》の貴様も智に過《あやま》ることがあるように、信長こんどは過った。そちからの質子の松千代は、この一月、信長が命じて首を討たせた。……うらむか、わしを」

「何の、おうらみはございませぬ」

「いとしかろうに。嫡子《ちやくし》であればなお更に」

「もとより人の親として子には、代ってやりたかった程の不愍《ふびん》を覚えまする……とはいえ、このただならぬ世では」

「世の中のせいと思うか」

「左様には存じませぬ」

「信長のせいとも思わず世のせいとも思わず、誰のせいと思う」

「たれのせいとも思い寄るところはありませんが、これも天下統一の大業に積《まさ》まれてゆく小石の一つであったよと、折にふれてご一顧でも給わるならば、これに勝る慰めはございませぬ」

そのとき床几わきに控えていた前田又四郎が湯浅甚助に呼ばれてついと幕《とばり》の外へ出て行った。何たる多事な日か、この朝、またここの陣門には信長にとっても官兵衛にとっても、更に更に驚くべき者が、駒をつないで取次を求めていたのであった。

髪を地に置く

一

弱々《よわよわ》と見える痩身白皙《そうしんはくせき》の、武者らしからぬ武者振りの一将と。年のころ十三、四。身なりに合った具足《ぐそく》を着、丸っこい眼と笑靨《えくぼ》を持った年少の可憐《かれん》なる武者と。

——今。ここの陣門で駒を降りたのはこの二人だった。徒歩《かち》の郎党三、四名連れているので、乗り捨てた馬はすぐ供の手へ渡し、痩《や》せたる武者が年少の武者を伴って、

「信長公にお目通りいたしたい」

と、門衛の部将を通じて申し入れ、

「自分は、病気療養のため、中国の陣よりお暇《いとま》を賜わって、久しく郷里菩提山《ぼだいさん》の城や南禅寺に籠《こも》って、薬餌《やくじ》に親しんでいた竹中重治でござる。近来健康もやや取戻したように思わるるゆえ、ふたたび中国の戦場へ罷《まか》り下る途中——ご挨拶《あいさつ》をかねて、伊丹落城のお祝いをも述べとう存じて立寄り申してござる」

と、つけ加えた。部将が営中へ取次ぐと、氏家左京亮《うじいえさきょうのすけ》と湯浅甚助が出て来た。いずれも半兵衛重治とは相識の仲であるから、

「や。どうして今日これへは？」

と、その折も折なる訪れに意外な眼をみはって迎えた。そして、甚助が、

「お伴《つ》れになっておられるのは、どなたのお子か。貴所にご子息はないように承知していたが」

と、怪訝《いぶか》ると、重治は、

「お見知り置かれよ。これこそそれがしが、信長様よりお預かり申しておいた黒田殿の嫡子松千代でござる。かく健《すこ》やかに大きく成られた姿を、父なる官兵衛にも見せたや、

ご主君のお目にもかけたやと存じ、昨夜、南禅寺において、伊丹城に総がかりの火の手が揚がる――と承《うけたまわ》るやすぐ駒を打ってこれまで急ぎ参った次第です」

と、事もなげにいうのであった。

けれど聞く方の愕《おどろ》きは沙汰《さた》のほかだった。なぜならば松千代はすでに世に亡《な》い者ということが誰もの通念になっていたからである。――だからこの意外をそのまま、信長の前へ取次ぐには、多大な不安とためらいを抱かずにいられなかった。故になお、一応も二応も、事情を訊《たず》ねてからと思ったが、早くも、竹中が来たということは信長の耳へ聞えたものと見えて、小姓の森於蘭《もりおらん》が、

「湯浅殿、氏家殿。ともあれ竹中殿を、こなたへ誘《いざな》い参れとのおことばです。――何か、主君にはしきりとお急ぎの体《てい》ですから、すぐ此方へお召連れなさい」

と、彼方《かなた》の幕舎から駆けて来て催促《さいそく》した。

「さらば――」と、湯浅と氏家とは、於蘭のあとに従い、また半兵衛重治と松千代を案内して畏《おそ》る畏るそこの幕のうちへ入った。

実に、時を約しておいたように、そこには官兵衛孝高《よしたか》が、まだ戸板の上に、身を支えられて坐《すわ》っていたのである。――重治と松千代のすがたを一目見たときの官兵衛のひとみが、どんなものであったかは、これを拙《つたな》い筆で描くよりは、世の親たる人たちの想像にまかせたほうが、はるかにその真実を感得《かんとく》することができよう。

二

官兵衛は信長の直臣ではないが、半兵衛重治は織田家の直臣格である。

彼は、その資格に倣《なら》って、静かに信長へ対坐《たいざ》し、病のために、久しく戦陣の務めを怠っていたことを詫び、且《かつ》、伊丹の戦捷《せんしょう》と、信長の健康を祝して、そのあいだの声色は、何ら非常時らしい急務をもっている風《ふう》もなかった。傍らに控えさせている少年松千代のことについても、主君から訊《き》かれるまで、何も自分からそれに触れないのであった。

信長は堪《たま》りかねて、ついにこう訊いた。

「重治。――お汝《こと》のそばに召しつれている和子は誰だ」

すると半兵衛の静かな面《おもて》は初めて小石を落された池水のように微笑をたたえ、

「はやお見忘れ遊ばしましたか。これは去《い》ぬる年、安土のお城において、わが君から私へ、確《しか》と養いおけと、お預けを命ぜられました黒田家の質子《ちし》、すなわち松千代でござりますが」

「最前《さいぜん》から、その松千代にちがいないが？――とは見ているのだが――。はて、その松千代がいかにしてなお世にあるのか。松千代の首を斬れと、信長はたしかに命じたはずだった。あれは去年の暮であったと思うが」

「仰せの通りでありまする」

「そして、お汝《こと》は、予の命を奉じて、間もなく安土へ首を斬って出した。あれはどうしたことか」

「元より偽首《にせくび》でありました」

「なに。偽首であったと」

「はい。後のお咎《とが》めを覚悟のうえで、畏《おそ》れながらわが君を欺《あざむ》き奉りました」

「ううむ……そうだったか」

唸《うめ》きをもらして、信長はもういちど、松千代のすがたを見直しているのだった。半兵衛重治と信長との対照は、あたかも火と水のようである。――如何《いか》あらんと、事の成行きを、息つまらせて見ていた側臣たちの眼は、期せずして、信長の顔いろとその唇《くち》もとにあつめられていた。

信長の面には、人々が案じていたような怒色《どしょく》は出て来なかった。かえって、非常に安心したような落着きのなかに蔽《おお》いきれない歓《よろこ》びすらあふれていた。そしてこの人の眸《ひとみ》にはかつて見られたことのない素直な自己への反省がありありと眼のうちに往来していた。

「……さようか。そうだったのか」

彼はなおこれだけしか物いうすべを知らなかった。一面、親の官兵衛の方を見れば、彼の憮然《ぶぜん》として語なき容子《ようす》はなおさら無理もなく思われた。――さすがの官兵衛たりとも、死せるはずの子がはからずも健やかに成長して、眼前にあるのを見ては、世のつねの煩悩《ぼんのう》な親心とべつな者となっていることは出来なかった。涙と水洟《みずばな》を咽《むせ》ばせて、怺《こら》えようとすればするほど、戸板の上に俯伏《うつぷ》している身は、よけいに踠《もが》き苦しむのだった。

「……この上は、何とぞ私のご処罰を」

半兵衛重治は、やがて悪《わる》びれず信長へ訴えた。

「仰せを歪《ま》げて、自分一存の計らいを取りおきましたことは罪万死に値《あたい》いたしまする。法は紊《みだ》すべからずです。今日参上いたしましたのも、まったくは唯《ただ》、そのご処分を仰ぐためのほかございませぬ。どうか、死をお命じ下しおかれますように」

すると、やにわに官兵衛が、動かぬ身を、無自覚に踠掻かせて、戸板の上から哭《な》くが如く叫ぶが如くいった。

「かたじけない。半兵衛どの。ご友情の段は、官兵衛、謝することばもない。死すとも、ご温情はわすれません。……が御辺の大事なおいのちを、せがれ如きの一命に代ゆることはできない」

きっと、松千代を見て、親の手がさしまねいた。

「於松《おまつ》。こちらへ来い」

「はい」

松千代は、父の側へ寄った。変り果てた父のすがたを見ては、この少年も哭《な》かないでいられなかった。両手を顔にあてておいおいと泣き出した。

「さむらいの子が見ぐるしい」

官兵衛は叱るが如く宥《なだ》めて、

「そなたに取って、親に次いでの大恩人はたれだ」

「竹中半兵衛様です」

「左様であろうが。さすれば聞き分けもつこう。そなたをお助け下された大恩人を死なしてよいものか。半兵衛殿がご主君のおとがめによって死を賜《たま》わらぬ前に、そなたは帯《お》びておるその短刀をもって自ら腹を切って死ね。父が見ていてやろう。父の子だぞ。皆様に嗤《わら》われぬように死ぬのだぞ」

「はい」

少年はそのつぶらな眼をいっぱいにみはって答えた。泣くまいとする力が顔に漲《みなぎ》った。そして短刀を取り腹帯を解き始めた。

と。そのとき信長は、いきなり歩いて来て、この少年の肩を二つ三つ叩《たた》いた。そして親の官兵衛へも、竹中半兵衛の方へも、等分にことばを頒《わ》けるように、

「和子。もうよい、もうよいのだ。死ぬには及ばん。何事も信長の過ちから起ったことだ。まず信長の過ちをゆるせ。――むかし、漢土《かんど》にもこういう話があった」

ふたたび床几《しょうぎ》へもどりながら、彼は左右の扈従《こじゅう》へも眼をくれて語った。

「魏《ぎ》の曹操《そうそう》のことだが。――かつて曹操が麦畝《ばくほ》を行軍中、百姓を憐《あわ》れんで、麦を害すものは斬らんと、法令を出した。ところが曹操自身の馬が飛んで麦田《ばくでん》を荒らしたのだ。すると曹操は、自ら法を出して、自ら之を犯す、何を以《もっ》て、兵を帥《ひ》きいんやと、自分の髪を切って地に置いたという。……重治、これはいつか其方から聞いた話だったな」

「左様でありましたか」

「信長も髪を切って地に置かねばならん。――予は漢土の風習に倣《なら》うものではないが、気持としては、それほど自《みずか》らを責めておる。重治は直ちに中国へ行って、秀吉を扶《たす》けよ。官兵衛は、これから近い有馬の湯へ行って、当分、療養《りょうよう》いたすがよい」

信長はまた、

「於松。これへ来い」

と床几の下へ呼びよせて、

「よい子だの」と、その頭《つむり》をなでながら、

「あれほどな父を持ち、これほどな恩師を持ち、そちはよほど倖《しあわ》せ者だ。さだめし行末よい武勲《ぶくん》を持つだろう。重治に従《つ》いて中国へ征《ゆ》け。信長がその初陣《ういじん》を祝《いお》うてとらせる」

と、自身の脇差《わきざし》を取って、松千代の両手に授けた。

三

有馬の池の坊へ、陣輿《じんかご》が着いた。

池の坊の主、左橘右衛門は、雇人を指図して、その重病人を人目につかない奥の一室へ案内した。そして家中の者が心をあわせて鄭重《ていちょう》に、また親切に世話をした。

一年ぶりである。官兵衛は湯にひたった。

骨と皮ばかりの体を、壊《こわ》れ物《もの》のように、女中や宿の男の手に支えられて、そうっと、湯《ゆ》槽《ぶね》の中へ沈めてもらったのである。

官兵衛は、湯槽のへりに枕した。けれど、体が浮きそうでならなかった。

「……ああ」

初めて人心地のついたものを身の中に持った。われ生きたりと思った。

「ふしぎな……。ふしぎなことだ」

今更のように回顧《かいこ》して、すべてが奇跡《きせき》のように考えられた。松千代が生きていた――これは自分の生きている以上の思いだった。奇跡以上の奇跡であった。

「みな半兵衛重治の友情によるところ」と、感じるとともにその背後《はいご》の人、秀吉の恩を感受せずにはいられなかった。ひいては、天地の意を悟らずにいられなかった。

「大きく思えば、自分になお命をかし給うものも、一子を助けおかれたものも、目に見えぬ何かの偉大なものの思《おぼ》し召となすしかない。官兵衛を生かしておいて、天はこの身に、何をなお世に行えと命じ給うものか」

窮極《きゅうきょく》して、彼の思念《しねん》は、そこへ行きついた。この境地には些々《ささ》たる愛憎もなく現在の不平もなかった。早く健康に回《かえ》って、天意にこたえんとするものしか疼《うず》いて来ない。

「初めから余り長湯を遊ばすとかえっていけませんから、きょうはこのくらいになされて」

と、亭主の左橘右衛門は、召使たちを督《とく》して、笊《ざる》で何かをすくい上げるように官兵衛の体を移した。

その日は垢《あか》も落とさなかった。唯《ただ》、一年間の頭髪《とうはつ》が女のように伸びているので、わずかに櫛《くし》を加え、紐《ひも》を以て結ばせたのみである。

虱《しらみ》のいない衣服を着て、やわらかな夜具の上に仰臥《ぎょうが》すると、身を宙に泛《う》かせているような気がいつまでもしていた。

夜に入ると、後から栗山善助や母里太兵衛などが来て、その後の伊丹《いたみ》の戦況をつたえた。こんどは織田軍も敵に息つかせずに、なお余勢《よせい》ある荒木村重の尼ケ崎と花隈の二城へたいして、直ちに第二次の総攻撃が加えられるであろうなどといって聞かせた。

「また竹中殿には、松千代様をお伴《つ》れして、あれから間もなく信長様へお暇《いとま》をのべ、播州《ばんしゅう》へ下られました。——和子さまはしきりとお父上の側へ来たいような顔色でありましたが、初陣《ういじん》の意気ごみは格別で、お元気に竹中殿へ従《つ》いてゆかれました」

枕元で語るそれらの便りを、官兵衛は始終《しじゅう》楽しげに聞いていたが、そのうちに、湯疲れが出たのであろう、

「すこし眠たい」

と、いって眼をふさいだ。

昏々《こんこん》と眠った。

そして、どれ程な刻《とき》を経《へ》た後だろうか、ふと眼をさましてみると、枕元には静かな灯《とも》し火《び》がともっているのみで、宿の者の跫音《あしおと》も聞えず、宿直《とのい》の太兵衛、善助の影も見えず、

ただ窓外の松風の声だけがひとり夜更けを奏《かな》でていた。

——水が欲しい。

と思ったが、誰もいないので、ただ眸《ひとみ》を以て、上眼《うわめ》づかいに枕元を見まわすと、官兵衛はとたんに、ぎくとした容子であった。それは何か妖《あや》しげなものでも見たときのような愕《おど》き方に似ていた。

「……た、たれだ？」

思わず呼びかけたのである。明りも仄暗《ほのぐら》くしか届かない部屋の片隅に、壁をうしろにして、消えも入りたげに、じっとうつ向いている若い女の姿を見出《みいだ》したからであった。

たれだっと、一喝《かつ》されると、彼女のほうでもぎくとしたらしかった。ちらと、眸を官兵衛の方へ上げたが、すぐ両手をつかえて、

「菊でございまする……」

と、聞きとれないほど低い声で答えた。

心《しん》契《けい》

一

「なに。於菊《おきく》？……」と、いぶかしげであったが、官兵衛はなおその眼を大きくみはって、――

「おお。飾磨《しかま》の与次右衛門のむすめではないか。あの於菊ではないか」

夢みる人のように何度もいった。

そして彼女が答えるのも、もどかしげに、かさねて訊《たず》ねた。

「わしが伊丹城の獄中におったとき、あの藤蔓《ふじづる》の這《は》っておる高い窓の外から、わしの名を呼んだ者は、そなたではなかったのか、――夏の初め、まだ藤蔓の嫩《わか》いころだった」

於菊はうなずいた。そしてその時からの苦しい思いを新たに胸へ呼び起したものか涙を膝《ひざ》にこぼした。

「どうして伊丹の城中にいたか」

官兵衛は久しい間の謎をいま解きにかかったように、病褥《びょうじょく》の中にある体の痛みも忘れ

ていった。するとその時襖《ふすま》を開けて、栗山善助が、

「――お目ざめでございましたか」と、煎薬《せんやく》を盆にのせて持って来た。

「善助か。水がほしいのだ。水をさきにくれ」官兵衛がいうと、

「わたしがお持ちいたしましょう」

と、於菊はすぐ起《た》って行った。

そのあとで善助がささやいた。

「殿。お驚き遊ばしたでしょう」

「何とも意外であった。どうして与次右衛門のむすめなどがこれに来ておるか」

「伊丹脱城の夜、殿がお遁《のが》れなされた後も、ひとりあとに残った衣笠久左衛門が、ようやく、於菊どのが、あの獄屋《ごくや》の裏の古池に落ち込んでいたのを見つけ、辛《から》くも救い出して来たのでございました」

「あ。……あの夜、あの折にもおったのか」

「焔《ほのお》と煙を冒《おか》して、殿のおられる場所へ、われらを導いてくれたのは、於菊どのでありまする。――もしあの際、於菊どののなかりせば、こうして主従がふたたびお目にかかる事ができたかどうかわかりません」

「解《げ》せぬのはその於菊がどうして伊丹の城中にいたのかじゃ。今もそれを彼女にたずねていた所だが……」

「殿ご救出のためわれら十三名が死を誓って姫路を発足いたした時から、於菊どのも決

死組のうちに加わっていたのでございまする」

「あのかよわい身で」

「父の与次右衛門は年老《としと》っておることゆえ、自分を代りに召連れて給われと、われら同志の者へ強《た》っての頼みでした。――で、伊丹の白銀屋新七とは、義理ある兄妹でもありますので、新七の手づるを以《もっ》て、城内にある離反《りはん》の者を語らい、奥仕えに入れて、ひそかに殿のご安否をつねに探らせていた次第にござりまする」

この事は官兵衛も初めて知ったのであった。異様な感動に心も痺《しび》れたかの如くそのまま口を緘《つぐ》んでいた。廊下を歩むしずかな跫音《あしおと》がそれとともに主従の耳に聞えた。於菊である。命ぜられた水を器に汲《く》んでもどって来た。

一碗《わん》の水を彼女の手から飲ませてもらうと、官兵衛はまた仰《あおむ》向けに寝姿を直して枕の上の眼をふさいだ。

「みなも、寝るがよい」

そこのふたりへも、次の間にいる母里太兵衛や衣笠久左衛門へもいって、やがて枕元の燈《あかり》も消させた。

二

十日ほども経つと、官兵衛は部屋から浴槽《よくそう》まで独りで通えるようになった。

「中国へ行きたい。一刻も早く、三木城の攻略に加わりたい」

すこし体がきき出すと、官兵衛はしきりにいって、宥《なだ》める家臣たちを手こずらせた。

信長からは幾度も見舞があった。使者はここへ臨《のぞ》むたびに、

「充分にお体を癒《いや》し、ご本復《ほんぷく》の上も、姫路へもどって悠々《ゆうゆう》休養されるがよい」

と、浅からざる恩命と、種々な贈物とを齎《もたら》した。

官兵衛からは、希望として、

「羽柴殿にはまだ今日も三木城を包囲長攻のまま、長陣の苦戦もただならぬものある由。病後恢復《かいふく》の上は、何とぞ中国の戦場に参陣の儀、従来の如くなるべしと、ご許容《きょよう》をおねがい申しあげる」

と、信長への取次を仰いだ。

もちろんその儀は仔細《しさい》なしという事ではあったが、呉々《くれぐれ》も無理をせぬようにと、重ねて信長は見舞をよこした。

「もう大丈夫。馬にも乗れる。明日はこの宿を立つぞ」

二十日目である。官兵衛はついにいい出して、肯《き》かない容子を示した。ぜひなく家臣たちは、宿の亭主に告げて、

「馬を雇うてくれ」

と、頼んだ。

母里太兵衛や栗山善助が危ぶんでいた理由は、主君の体ばかりでなく、帰路の物騒《ぶっそう》に

もあった。

伊丹は陥《お》ちたが、荒木村重のいる尼ヶ崎城は、いまなお、織田軍が攻囲中であるし、兵庫の花隈城もまだ陥ちてはいない。当然、道中の危険は予想される。

でも、危険という点を理由にして止めれば、官兵衛の気性として、なお止まらない事は知れきっているので、それには今日まで一言も触れず、もっぱら他の同志を以て、途々《みちみち》の状況を探らせたり、どこを通過したらよいかなどを調べさせていたのである。

「兵庫口は到底、無難に通行は難しい」という報告があり、
また、

「海上から船でお渡りが最も安全であるが、大坂からお立ちに相成ることは、本願寺の通謀《つうぼう》があるから所詮《しょせん》危ない。御影《みかげ》あたりの漁船を雇って、ひそかに出られるほかあるまい」

とも、その方面の人たちからいって来た。

しかしこの辺まで聞えている風説《ふうせつ》に徴すると、その海上の往来こそかえって危険極まるものらしいのである。

なぜならば羽柴勢が三木城に釘付《くぎづ》けにされ、織田本軍が荒木村重の包囲にかかっている現下にあって、さすがの毛利もこれを傍観《ぼうかん》していることはしていないからだった。すなわち毛利軍の独壇場《どくだんじょう》ともいうべき瀬戸内《せとうち》の海上権にものをいわせて中国沿岸は元より大坂から芸州《げいしゅう》にわたる間には、きょうこのごろその水軍たる大小の兵船がわが物顔に監《かん》

視《し》の眼をひからせて、一舟の航行でもうかつに見のがすことはないと沙汰《さた》されている。

「万一の事に遭遇《そうぐう》して、われらの斬り死になすはいと易いが、殿のお体はまだまだ充分でないし、片脚のきかぬ御身《おんみ》を以ては、とても敵地を駆け抜けることは難しい。……一体どこを通るが、最もご無事か？」

この問題は、湯宿を立つ前夜まで、太兵衛や善助が頭をなやましていた事だった。

ところが、ここしばらく顔も見せずにいた白銀屋新七が、ふと、思いがけない妙案を携《たずさ》えて、それを土産に、出立の朝、ここの湯宿を訪ねて来た。

それは近衛家の往来《おうらい》手形だった。官兵衛の祖父明石正風と、近衛家の当主との風交《ふうこう》は、近年こそ途絶えているが、その縁故《えんこ》は歌の道のほうからいっても浅くない関係にある。新七は従来、近衛家の仕事も折々うけていたので、伊丹の囲いが解けると、同志の一名、後藤右衛門と共に京都へ出向いて、官兵衛の立場を訴え、近衛家の用務をおびて諸太夫の者が西下する旨なることを認《したた》めた公卿状《くぎょうじょう》を乞《こ》いうけて来たのだった。

三

杖《つえ》なしでやっと歩ける程度である。負傷した片脚は、傷口の肉こそついたが、ひどい跛行《びっこ》をひかなければ歩けないものとなっていた。

「これは生涯癒《なお》りそうもない」

その朝、亭主の左橘右衛門や大勢の者に見送られて、温泉宿の軒端まで歩いて出て官兵衛は、わが片脚をながめてそう呟《つぶや》いた。

雇い馬が曳《ひ》かれて来た。

官兵衛は、鞍《くら》へ手をかけてみたが、乗れなかった。人々に扶《たす》け上げられて、ようやく鞍のうえに納まった。

「武士が独りで馬に乗れないでは不自由だ。これから屢々《しばしば》乗り方を稽古《けいこ》せねばなるまい」

馬上で笑った。それを仰いで、宿の者大勢が、軒下で頭を下げた。

「永々、世話になったのう」

官兵衛は駒をすすませた。乗るには不自由でも、乗ってしまえば、片鐙《かたあぶみ》でもさしつかえないふうに見えた。

すると、栗山善助が、馬の側へ寄って、

「殿、殿。ひと言、何ぞおことばをかけてやって下さい」

と、小声で催促した。

彼が促《うなが》す目のほうへ官兵衛も眼を向けていた。池の坊を出てすぐの湯町の辻《つじ》に、於菊《おきく》が佇《たたず》んで見送っていた。側には、義兄の白銀屋新七がいた。ふたりとも、官兵衛のひとみを自分たちの方へうけると、膝《ひざ》まで手をさげて、黙然《もくねん》と、別れの意を告げていた。

官兵衛は馬を寄せて、ふたりのすぐ前まで行った。於菊は俯向《うつむ》いたまま、なお顔を上げないのである。官兵衛は、彼女が面を上げるまで待っているように眺めていた。

「於菊」

「……はい」

「いつ飾磨《しかま》の家へ帰るか」

「………」

於菊は、なぜか真《ま》っ紅《か》になった。瞼《まぶた》は見せないが、泣いているらしいのである。彼女の足のつまさきに涙がこぼれた。

官兵衛は、涙の意味を覚《さと》らなかった。単なる別れをかなしむものとしか思わなかった。で、むかしのような気がるさでその哀愁をなぐさめた。

「まだ、当分はむずかしかろうが、三木城でも陥《お》ちて、一《ひ》と戦陣《いくさ》終ったら、また与次右衛門の家へも遊びに立ち寄ろう。……それまでには、そなたも飾磨へ帰っているだろうし……」

するとと彼女の涙はなお速く頰を走った。見るに見かねたように、義兄の新七が、あわてて彼女に代っていった。

「殿さま。於菊はもう飾磨へは帰りませぬ」

「ほう。――此地《このち》におるか」

「どこに住むことになるやら分りませんが、さるお方と縁談がととのって、やがて嫁ぐことになりました」

「なに、他家へ嫁ぐか。……そういえば、もう嫁ぐ年頃だのう」

急に官兵衛も淋《さび》しさを抱いたようだった。彼女の姿をしげしげとながめ直した。きのうまで、病を養っていた自分の部屋には、彼女の挿《い》けた一枝の菊花が丹波焼《たんばやき》の壺《つぼ》によく匂っていた。それをあとの部屋へ置き残して来るのさえ今朝は何となく儚《はかな》い気がしたものを——と、彼はふと多感な血に満身を駆け荒された。

が、飽くまでさりげなく、

「そうか。それはまあ目出度《めでた》い。して、嫁ぐさきは何家か」

「もと荒木の家中でしたが、このたびの戦いを機に、織田勢の麾下《きか》に加えられました伊丹兵庫頭の子息、伊丹亘《わたる》という者へ、縁があって、嫁ぐことになりました」

義兄としていうにもいい辛《づら》そうな新七の容子だった。湯町の辻のような人目のある所でなかったら於菊は泣き仆《たお》れたかもしれなかった。義兄のうしろにかくれて、袂《たもと》で顔を掩《おお》っていた。

「ふうむ。降参の将伊丹兵庫のせがれに嫁ぐとは、おかしな縁だの——いやたとえ降将《こうしょう》であろうと織田殿に随身の上は官兵衛も一つ麾下《きか》の人。めでたく過せよ」

「ありがとうございまする」

「於菊。ながい間、なお、城中のことも、官兵衛のいのちのあるうちは、忘れはおかぬ。嫁《とつ》いだうえは良い妻になれよ」

於菊は、答え得なかった。なお新七の背の陰にいた。けれど、官兵衛の駒がうごくせつな、袂《の》を除けて、懸命に馬上の人をひと目見た。官兵衛もふり向いた。そして余りに傷々《いたいた》しい瞼をちらと見たので、彼はあとへ惹《ひ》かれる心と反対に、馬腹へ軽い鞭《むち》を当ててしまった。

太兵衛、久左衛門、善助たちも、それに急《せ》かれて、別れのことばもそこそこ、駒の足に倣《なら》って駆けて行った。

四

兵庫口も播州へかかっても、道は難なく通った。案ずるより生むが易しで、護符《ごふ》としていた近衛家の往来状《おうらいじょう》も、それを出して示した所は、花隈城に近い湊川の渡しの木戸一ヵ所しかなかった。

「姫路表では、ご隠居さま始め、奥方様や和子様方まで、どんなにこの度《たび》のお帰りを歓《よろこ》びぬいて、日々お待ちになっておられるか分りますまい」

善助や太兵衛などまで、途々、眼に描いてそう噂するのを官兵衛もまた、一刻も早く会いたいような面持で、

「そうだろう。何しろ、生きて還《かえ》れるはずもない者が、こうして生きて還るのだからな」

と、楽しげに語らい合っていたが、やがて、加古川あたりまで来ると、急に道の方向

を更《か》えて、

「わしには、善助一名ついて来ればよい。久左衛門と太兵衛はさきへ帰って、姫路の者へ、わしの無事をよく伝えてくれい。そのうちに三木城でも陥《お》ちたらば、いずれ一度は立ち帰るが」

と、国許《くにもと》への言伝《ことづ》てだけを途中で与えて、自身は直ちに、秀吉の長陣《ながじん》している北播磨の奥地へ向ってしまった。

山地へ向って行くほど、秋の色は深く、急に季節を覚え出した。途々の悪路には、輜《し》重《ちょう》の車馬が踏みあらした轍《わだち》が深く刻まれている。到るところ柵《さく》の破壊されたあとや塹壕《ざんごう》のあとが見られ、草むらに落ちている刀の折れやかぶとの鉢金《はちがね》の錆《さび》を見ても、ここのあたりの戦いの長い年月と激戦が偲《しの》ばれてくる。

その後、秀吉の軍は、一塁一塁を力攻して、いまはかつて官兵衛がいた頃の平井山の本陣をずっと前方へすすめ、依然《いぜん》として、なお陥ちずにいる三木の城と対《むか》い合っていた。呼べばこちらの声が敵へとどくぐらいな近距離の一高地に、秀吉の陣営は移されている。

「孝高《よしたか》。いま帰りました」

「おお。官兵衛か」

「ご心配をおかけ致しましたが」

「真《まこと》に一時は案じたぞ。……だが、よくぞ、よくぞ」

秀吉と官兵衛とが、一年余を経て、ここで再会したときの両者の感激は、到底、筆舌には尽し難いものがあった。またそれを語り合うに必ずしもことば多きを要さない二人でもあった。当時の実状を誌《しる》した「魔釈記《ましやくき》」の原文はもっともよくその間の状況を伝え、こう二者の英傑の一面にある風情をもよく叙《じょ》していて余すところがない。

――筑前守《チクゼンノカミ》、孝高《ヨシタカ》ニ会ヒ給ヒ、其手ヲ取リテ、顔ニ当テ、マヅ今生ノ対面コソ悦シケレ。抑《ソモ》、コノタビ命ヲ捨テ、敵城へ赴カレシ忠志、世ニ有難シ、ワレコノ恩ヲイカニ報ズベキト、前後モ覚エ給ハズ泣給ヘバ、孝高モ暫シ涙ヲセキアヘザリシト。

官兵衛は慰められた。信長の恩命よりも、菊女の挿《い》けた一枝の花よりも――である。秀吉がなみだをもって、自分の手に注いだ男と男の心契《しんけい》一つにすべてを忘れ得ることができた。一年余の惨苦《さんく》も、生涯の不具となった身も、悉《ことごと》く忘れてなおその上にも、

――この人のためならば。

と、思い強めずにいられなかった。

美人臨レ死可ニ儀容一《びじんしにのぞんでぎようよし》

一

黒田官兵衛は健在なり。官兵衛は無事帰陣せり。という声は、たちまち味方の壕塁《ごうるい》に伝わった。難攻不落の敵城に対して、かなり長陣の疲れを見せていた味方も、ために一脈の新しい士気《しき》を加えた。彼の復帰はそれだけでも大きな意義があった。さきに松千代を伴《つ》れて、この中国へ下っていた竹中半兵衛も、報《し》らせをうけるや否、秀吉の陣屋へ来て、

「さても、お久しいことでござった。今日、こうして無事な姿が見られようとは、まことに、禍福《かふく》は糾《あざな》える縄のごとしとか。人生の不測《ふそく》、分らないものですな」

例のごとく、口少なく、表情のない彼であったが、友の再生をよろこぶ精神的な真実さにかけては秀吉以上なものすらあった。

その夜、秀吉は、小宴《しょうえん》を催《もよお》して、

「この陣中にも、何もなくなって来たが、壺酒《こしゅ》乏しければ風趣《ふうしゅ》を酌むじゃ。久しぶり水

入らずで――」

と、主従三名、鼎座《ていざ》になって、夜の更くるまで語りあった。

山の秋は寒かった。官兵衛もなお自重して多くを飲まないし、半兵衛もほとんど杯を手にしないほどである。陣屋の廂《ひさし》から映《さ》す月光のせいとも思われたが、官兵衛は余りに白い半兵衛重治の面が案じられて、ふとこう訊《たず》ねた。

「――時に、あなたのご病気の方は、幾分かお快《よろ》しいのですか。――今日一日は、何やら自分の無事ばかり祝されておったが」

「いや、それがしの体は、どうも相変らずです……」

と、半兵衛は自己の痩軀《そうく》をかえりみながら、自ら憫笑《びんしょう》を与えていった。

「所詮《しょせん》、この病身は、不治のものと、医師も匙《さじ》を投げておるようです。しかし、百年生きても遭《あ》い難き名主にお会いし、ただ長寿《ちょうじゅ》だけしても得難い良友を持ち、更には、またなき時世に生を得て、すでに三十六歳まで生きたのですから、天にたいして不足を思う筋合もありませぬ」

事実、半兵衛の病状は、この晩も、体に熱があって、折々悪寒《おかん》を催していたほどだった。

彼が、療養中の身を推《お》して、再びこの戦場へ戻ってきたのは、病が癒《い》えたためではなく、その病の不治と、死期の遠くないことを覚《さと》ったからであった。武将と生れて、畳の上で死ぬは口惜しい限りであると思い極め、松千代を伴って、中国へ下るとともに、それを機会に、秀吉の側へ帰っていたものである。

秀吉も、彼の病状が、以前と較べて、少しも快《よ》くなっていないことを察して、深く案じていたが、半兵衛の姿には、死生を諦観《ていかん》して澄み徹《とお》っているような気高さがあった。秀吉のことばもその覚悟の体《てい》をうごかすことはできなかった。

二

秋も更けた頃である。半兵衛重治の病は急に篤《あつ》いと沙汰《さた》された。彼の陣屋の幕は寒々と夕風に揺れ、その宵、丸木組《みとり》の病屋のうちには、秀吉も枕頭《ちんとう》に詰め、官兵衛も昨夜以来、詰めきって、あらゆる看護を尽していた。

「もはやお別れの時が来たように思われます。殿にもおすこやかに。官兵衛殿にも」

重治は末期《まつご》を覚って枕頭《ちんとう》の人々へ告げた。秀吉は掻《か》い抱かんばかりに摺《す》り寄って、

「今、中国の事もまだ半途なのに、そちに別れるは、闇夜に燈《あかり》を失うような心地がするぞ。師とも仰ぎ、また、秀吉の片腕とも恃《たの》んでいたのに、はや先へ逝《ゆ》くか。つれないぞよ重治。……重治」

と、慟哭《どうこく》して、次の間には多くの近臣もいるのに、見得《みえ》もなく惜しみ嘆いて止まなかった。

半兵衛は弟の竹中重門と小姓を呼んで、静かに身を起してもらい、秀吉に向って、謹

しんで半生の恩顧を謝し、そして語気常のごとく、

「人の死は、梢《こずえ》のものが、地に帰するようなもので、逝く者は無情、残る者は有情とい え、これを春秋の大処から観れば、極めて平凡な自然のすがたでしかありません。わが 殿ともあろうお方が、今更、未練なおん涙は、日頃の殿らしくもないことです。わけて も今は信長公の大業もまだ中道にあり、あなた様のご前途には、並ならぬものがありま しょう。愚痴《ぐち》に暮れているときではありません。……且《か》つは、この重治が亡い後も、官 兵衛孝高どのがおられます。孝高どのこそ、それがしに取っても、真《まこと》に士は士を知るの 知己《ちき》でした。また、将来のお計りも、すべて、お嘱《まか》しあって、万まちがいないでしょう。 ……不肖《ふしょう》の些《いささ》か学び得てお役に立ちそうなことは、今日までに、ほとんど申しあげて、 篤《あつ》くご会得《えとく》もあることと存じまする。……」

いい終ると、屋外の夜色《やしょく》を、沁々《しみじみ》見て、

「ああ、月白風清《つきしろくかぜきよし》。……この世は真に美しいところ哉《かな》。さて、先の旅路はどんな月夜 やら」

つぶやいて、ふたたび、そっと仰臥《ぎょうが》させてもらい、かねて生前からととのえておいた 具足櫃《ぐそくびつ》の中の数珠《じゅず》と法衣を求めて、側《かたわ》らに置かせ、瞑目《めいもく》、ややしばらくであったが、や がて細目にあたりを見まわして、おさらばという一語を洩《も》らしたようであったが、とき すでに脈は絶えて、官兵衛が呼んでも、秀吉が呼んでも、ふたたび答えはなかった。

「――松千代の間に合わぬのが残念であった」

と、官兵衛はそれのみを繰返した。重治が危篤《きとく》に落ちるとすぐ使いを姫路へ派して、

(そなたの大恩人がご重態だからすぐ看護に馳《は》せつけて来い)

と、迎えを出していたのだった。

松千代はその夜遅くここへ着いた。母里太兵衛、後藤右衛門などとともに、馬をとばして来たのであったが、ついに生前には間に合わなかった。この少年も、さながら十年も側にいた恩師を亡《うしな》ったように、重治の死をかなしんだ。

いや、この若くして偉大なる軍師の死は、寄手全軍の上にも、悲愁《ひしゅう》をたたえずにいなかった。

——此人アルトキハ陣中自ラ重キヲナシ、将卒モミナ何トナク安《ヤス》ンジケリ。——とまで、三軍に仰がれていた重治だった。病軀《びょうく》は重い鎧《よろい》にも耐えぬほど弱々しかったが、官兵衛孝高とともに、秀吉の双璧《そうへき》といわれ、智略《ちりゃく》の嚢《ふくろ》と恃《たの》まれていた彼でもあった。

「そうかなあ。——あれでまだお齢《とし》は、わずか三十六歳でしかなかったのかなあ」

と三軍、士卒の端《はし》にいたるまでが、その夭折《ようせつ》を、惜しまぬはなかったという。

三

十二月に入ると、摂津《せっつ》方面の戦況は、急転《きゅうてん》直下を示した。いうまでもなく織田軍の優勢が、荒木一類を悉《ことごと》く掃蕩《そうとう》し終ったのである。まだ、伊丹を支《ささ》えていた頃、

（村重を説いて、尼ヶ崎、花隈を開城させ申さん）

と織田軍に約して城を出た荒木の老臣たちは、村重が肯《き》かないために、味方の内にも停《と》まれず、織田軍にも投じかねて、ついに何処かへ逃亡してしまった。

その後、伊丹が落ちると、

（ここも危うし）

と見て、村重は、尼ヶ崎へ移った。そしていよいよ、敵の急追《きゅうつい》迫るや、ふたたび密《ひそ》かに城を脱して、兵庫の浜から船で海上へ逃げ、毛利家の水軍に投じて、援《たす》けを乞《こ》うた。

世人は嗤《わら》った。

（毛利の援助と誓約を信じて、信長に叛《そむ》いた村重ではないか。伊丹、尼ヶ崎、花隈の三城が攻め潰《つぶ》されても、まだ援けにも来ぬほど不信義な国を恃《たの》んで、まだ目も醒《さ》めずそこへ庇護《ひご》してくれと逃げ込んで行くとは――。はてさて、浅ましい限りではある）

けれどやがて、その年十二月十九日の頃には、世人はもっともっと深刻な浅ましき武門の末路《まつろ》を見た。それは村重やその一族が織田軍の手に委《ゆだ》ねて行った妻子老幼、召使の女子たちの処分であった。

尼ヶ崎の七つ松で、信長は、かかるあわれな者たちを、仮借《かしゃく》なく一まとめに殺させたのである。いかに逆徒《ぎゃくと》の遺族《いぞく》とはいえ、卑劣《ひれつ》な武人への見せしめのためとはいえ、それは余りに厳しい惨刑《さんけい》であったようだ。火を用い、槍《やり》を用い、鉄砲を用い、五百余人の男女を辻々《つじつじ》で処刑《しょけい》したので、世人は信長のきびしさに戦慄《せんりつ》した。そして誰も皆、信長の一面にある残虐性《ざんぎゃくせい》というものに少なからず眼を蔽《おお》うた。

しかし、その信長に対しては、誰も非難を向けられなかった。当然、荒木村重だの、その一類などの、男どもの卑怯《ひきょう》を罵《ののし》った。武将の風上《かざかみ》にもおけない者だと悪《あ》しざまに噂した。

ところが、そうした卑怯者揃いの男女とは反対に、ひどく最期のいさぎよい一人の女性がまた評判となった。その女性も、当日、七つ松の辻で斬られたうちの一人であるが、車から引きずり降ろされても悪《わる》びれず経帷子《きょうかたびら》のうえに色よき小袖《こそで》を着、いざ、処刑となると、

「しばらくお待ちください」

と、声もすずしく辺りを制し、帯をしめ直し、髪の根高々と揚げ、いと神妙に、

「よろしゅうございまする」

と、合図して、男も及ばぬ尋常な最期をとげたというのであった。

「あれはもと伊丹のお城にいた室殿《むろどの》という女子だそうな」

と誰からともなく沙汰されたが、彼女の死後、幾刻も経過せぬうちに、尼二人ほど連れて、その首級と小袖とを、貰《もら》いうけて行った婦人があった。

「室殿の妹であろうか」

「どこかの武家の奥方らしいが？」

人々はまた、それについて、しきりに詮索《せんさく》し合ったが、その女性の身元のほうは、つ

いに誰も知る者がなかった。

分ったのは、よほど後のことであるが、織田信澄麾下《きか》の新参で、伊丹亘《わたる》という者の妻なりと知れた。そしてその妻女の名は、菊とも聞えた。

四

「殿。何かご思案ですか」

「官兵衛か。――下手な考えは休むに似るという。茫然《ぼうぜん》、不落の敵城を見ていたまでのことよ」

「近ごろ、折々、黙然《もくねん》と不興におわすご容子は、いかにもご精気なく仰がれますな」

「それほど元気がないように見ゆるか。……どうもいかぬ」

秀吉は、呟《つぶや》くと、急に面を振って、快活を呼びもどそうとするように笑った。

「いかぬのは、何が、いかぬのでございますか」

「さればよ。今以《もっ》て、ふと、うつろになると、半兵衛重治の面影が、忘れ難《がた》のうて困る。愚痴には似るが――重治あらばと、身の智慧《ちえ》なさが、嘆かれるのじゃ」

「はて。煩悩《ぼんのう》な」

「まったく、わしは煩悩だな」

「いや、そう仰《お》っしゃりつつ、一面、この官兵衛に、何ぞ無策《むさく》なる、はや良計を出しそうなものとの、ご叱咤《しった》ではございませぬか」

「ははは。そう取ってもさしつかえない」

二人は哄笑《こうしょう》した。実際、半兵衛重治を失ってからの秀吉は、一時ぼんやりしていた。女々《めめ》しいほど、何かにつけて半兵衛の思い出をよく語るのである。まして、ある折には、こうまでにいった。

(彼の死を見たことは、この筑前《ちくぜん》にとって、たとえば蜀《しょく》が孔明《こうめい》を亡《な》くしたよりも大きな悲しみだろう)と。

――そう聞く度に官兵衛は、死んだ友がねたましくさえあった。かくまで良臣を愛慕《あいぼ》する秀吉の情に打たれながら、一面には、重治の信望がそれほどまで厚かったかを思うのであった。

(片腕をなくして落胆している主の為に、これから自分が両腕ともならなければならない)

と彼は密《ひそ》かに誓うのであったが、それは余りに気負い過ぎているようで口には出せないものだった。

今も今とて。

秀吉が自分に無言でいっているものは、眼前にある敵の鉄壁《てっぺき》にちがいないのである。――官兵衛、何とかもう陥《おと》す工夫はないのか――という催促《さいそく》なのだ。あせりなのだ。このあせる理由も、両三日前から官兵衛はよく察している。

なぜならば、信長の方から、数日前に。

――摂津方面一円は、すでに諸事落着。荒木一類の掃滅《そうめつ》も完了した。ときに、長攻久しき中国の三木城は如何《いか》に。

と、いう通告に添えて、ここの戦況をも問い合わせて来ているからであった。

信長の焦れ気味は、即《すなわ》ち、秀吉の焦躁《しょうそう》ともなるはいうまでもない。――で、官兵衛は夙《つと》にその事について、眠る間も肝胆《かんたん》をくだき、ついに一策を思いついて、おといからそれに懸り、ようやく今、その端緒《たんしょ》を得て、これへ諮《はか》りに来たものであった。

「敵の三木城内に、後藤将監基国なるものがおるのを、殿にも、お聞き及びでございましょう」

「どこへ」

「昨夜、参りました」

「後藤基国は、主将別所小三郎の老臣であるが、それが何としたか」

「それがしの陣所へ。――密かに城内から脱《ぬ》けて」

「なに。後藤が投降して来たというか」

「どう致しまして。彼は、荒木一類のごとき卑怯者《ひきょうもの》ではありませぬ」

「では、何しに来たのか」

「――実は、それがしと相識の小森与三左衛門は、後藤将監の次席におります者ゆえ、矢文《やぶみ》をつかわして、会談を求め、彼の手引に依《よ》って、密かに、後藤とも面会いたし、その効《か》いがあって、昨夜深更、ことし八歳になる我が子を郎党に負わせて訪ねて来たものでござります」

「──子を負うて？」

「はい。基国の一子です。それを敵のそれがしに託し、自分はふたたび城中へ帰りました。……殿。三木城の陥《お》ちるのもはや両三日を出《い》でませぬぞ」

「まことか」

「何でいつわりを」

「どうして、そういえるか」

「城中にはもう食うべき草も木の皮もありません、馬の屍《しかばね》も、鼠すらも食い尽しております る」

「兵糧米の涸《こ》渇《かつ》はすでに幾月も前からだが、しかもなお、城兵の意気はあのように旺《さか》んである。死を決しているあの意気で打って出られたら、たとえ城は取り得るまでも、味方の損害は容易なものではすまぬ。……それを考えに容《い》れてのことか」

「決死の鋒先《ほこさき》をうけては堪《たま》りません。故に、それを避くべきで、それがしの苦慮《くりよ》もそこにあります」

「では、汝の思う所、即ち、我が思う所だ。どうするか」

「こよい、これから、私が城内に参って、主将の別所小三郎と、一族の者に会い、篤と談じつけます。──まず、荒木も潰《つい》え、その荒木をすら、毛利が捨てて見殺しにしたではないかと、あきらかに利害成敗を諭《さと》して、説き伏せて参りまする」

「さあ。まる二年も、頑張った敵、そのような口舌だけではどうかな……？」

「何か、お心許《こころもと》なく思《おぼ》し召される点がありましょうか」

「あるなあ」

「どういう点が」

「また、智者が智に囚《とら》われて、伊丹の城の二の舞をせねばよいがと思う」

「ははは。その事は、誰よりもてまえが懲《こ》りていることです。このたびは、ご懸念《けねん》には及びませぬ。——何となれば、老臣の後藤将監、小森与三左衛門など、すでにそれがしとの意見の一致を見、ある少数だけの犠牲《ぎせい》を以て、全城の将士を助けたいものと、彼から希《ねが》っていることでありますから」

官兵衛の言は自信にみちていた。

城なき又坊《またぼう》

一

次の日、官兵衛は、軍使として敵の三木城へ赴《おもむ》いた。

今なお足の傷手《いたで》は癒《い》えないので、歩行のときは甚だしい跛行《びっこ》をひく。（これは痼疾《こしつ》となって生涯の不具となった）――で、彼は、栗山善助に命じて、軽敏に乗用できる陣輿《じんかご》を製《つく》らせておいた。その日はそれに乗って、敵中へ使いしたのである。

彼の陣輿は、彼の工夫を多分に取り入れた物だった。従来の輿《こし》では、重きに失して、進退の敏速を欠く。また近来用いられ出した駕籠《かご》では、敵に出会って働きができない。そこで彼は、輿と駕籠を折衷《せっちゅう》した新様式の陣輿を案出した。

それの用材にはほとんど竹を用いた。重量を軽減するためである。上の覆屋根は除き、船形の座だけを深目にして、すっぽり坐《すわ》りこむ。そして神輿《みこし》のように高々とかつがせるのだ。担い棒は二本通し、前棒に二人、後棒に四人、都合六人して担がせた。これなら担う者も軽々と進退できるし、乗っている官兵衛も坐ったままで、長柄《ながえ》でも刀でも使い得る。いざとなれば、乱軍の中へ駆けこんでも、自由に敵と渡り合えるという点を主眼としたものだった。

「どうだな。太兵衛」

途中、その上に揺られながら、官兵衛はうしろに従えて来た母里や栗山を顧《かえり》みていった。

「古今にわたって、こういう乗物を戦陣で用いた武将はあるかの。わしを以《もっ》て嚆矢《こうし》とするだろうな」

「左様ですな。恐らくございますまい。むかし天慶《てんぎょう》の乱《らん》に、将門《まさかど》の猛威に抗し難くなった軍勢が、彼の叔父《おじ》にあたる者の木像を輿に乗せて陣頭にかつぎ出し、叔父に矢を射るかと将門《まさかど》を威嚇《いかく》して追い崩《くず》したということは聞きましたが」

「官兵衛は生きておるからな。木像では前例にならぬよ」

「綸巾《かんきん》をいただき羽扇《うせん》をもって、常に三軍を指揮していたという諸葛孔明《しょかつこうめい》は、四輪車という物に乗って戦場を奔馳《ほんち》していたそうですが」

「孔明か、なるほど。しかし孔明の四輪車よりは、このほうが我が国の武士にはふさわしい。いちど乱軍の中を駆けてみたいものだ」

「今日にも或《ある》いは、そんなことが？」

「いやいや。今日はあるまい。伊丹で懲りている官兵衛だ。二度と拙《まず》い策は踏まん」

三木城中に臨む前から、彼には充分使命を果す確信があるような口吻《こうふん》だった。使命の目的はいうまでもなく、籠城《ろうじょう》の責任者に腹を切らせて、いまや餓死に瀕《ひん》している全城数千の人命を助けるというにある。

その夜、官兵衛は、三木城主の別所小三郎と会見した。月明りのみで、燈火《とうか》すらない城寨《じょうさい》の一室だった。

城主小三郎は、まだ二十六歳の若大将であったが、このとき明《あか》らさまに官兵衛に語った。

「この通り燈火もないのは、燭の油も食べ尽したためです。城中、鼠の物音もしません。鼠も食べ尽しているからです」

それから種々述懐《じゅつかい》した後、小三郎はすずやかに誓約した。

「元々、筑前守のお扱いで、ひとたび織田家に盟を約しておきながら、また毛利方へ寝返ってまる二箇年の歳月、ここにたて籠《こも》って来たわれわれのことですから、それがし以下、責《せめ》ある者が、腹を切るのは当りまえです。けれど、一族以外の将士に、降人扱いの辱《はじ》を加えらるるにおいては、彼等とても生きてかいなく思いましょうし、われらの切腹も意義をなしません。城中の者どもを、ただにご助命あるのみならず、それらの点をも、武門の情けと礼を以て、ご処置くださるなれば、お申し入れに伏しましょう」

「その辺の斟酌《しんしゃく》には、ずいぶんご寛大な筑前守様ではあるが、この官兵衛もきっとお計《はか》らい申しておく」

それから官兵衛は他の一族の者や老臣たちとも会見した。すでに肚《はら》と肚で語り合っていた後藤基国や小森与三左衛門などもその中には交《ま》じっていることなので、談《はな》し合《あい》は極めて円滑にすすんだ。

しかしその日以後、重ねて、三、四回にわたる会合が行われたのは、相互二年間という長日月の攻防を繰返し、言語に絶した苦戦と苦戦を頑張り合って来た敵味方の帰結としては、まず当然といっていいほどの折衝《せっしょう》であった。

二

解決は、年をこえた。そして、城主別所小三郎以下の切腹と開城とは、愈ゝ《いよいよ》、正月十七日と決定した。

その前日、秀吉は、酒の樽《たる》三荷《か》と、多くの食物とを、城中へ寄贈した。

小三郎はよろこんで、翌朝、使者を以て、こう礼をつたえて来た。

「昨夜は、ご芳志《ほうし》の馳走に、妻子、兄弟、老臣、それらの女房子どもまでを一殿にならべ、皆楽しく、今生《こんじょう》の思い出など語らいあい、明日《あす》の別れをも告げおうて、心ゆくまで名残りを惜しみました。――今日、申《さる》の刻《こく》には、小三郎以下、お誓約の如く、切腹仕《つかまつ》りますれば、慥《しか》とお見とどけを願いたい」

秀吉側から検死《けんし》が出向いた。

城中は大勢の手で塵《ちり》一つないように清掃されてあった。時刻が近づくと、城主小三郎は、まだ若い夫人やその乳のみ子までに死装束《しにしようぞく》を着せ、弟の彦之助、その他、一族とともに、広間を死の座として居流れていた。

ところが、その中の一名で、しかも三木一城の今日の運命を招来《しようらい》した発頭人《ほつとうにん》であるところの別所賀相《よしすけ》が、いつのまにか姿をかき消していた。

「叔父御のおすがたが見えぬが」

と、小三郎を始め、死ぬべき人々も、心懸《こころがか》りに待っていたが、何で起《た》って行ったのか、賀相はいつまでも戻って来なかった。

――自分を説いて、強《た》って織田軍に叛《そむ》かせ、毛利によしみを通じて、今日の破滅を求めさせた責任者でもあり、また一族の中では最も重きをなしている叔父である。いかに疑おうとしても、この期《ご》に卑劣な行いがあろうとは、小三郎には何としても考えられないことだった。

だが、不幸にも、その、よもやと思っていたことのほうが中《あた》っていた。程なくこれへ、激昂《げつこう》した家臣の一群がどやどやと来て、大廊下にひざまずき、みな涙をふるって、たった今、掻《か》き斬って来たばかりの賀相の首をそこへおいて、一同から小三郎に詫《わ》びた。

「今朝ほどから腑《ふ》におちぬご容子を見ておりましたところ、果たして賀相殿には、何とかして生命を助からんものと思われたか、お櫓《やぐら》の下に火を放《つ》けておられるのです。余りなるご卑怯《ひきよう》につい激して、かくの通りわれわれの手でお首にいたしてしまいました。――お詫びには、一同の者もここで腹を切ってお供を仕りますれば、何とぞおゆるし下さいませ」

哭《な》きむせぶ者もあるし、早くもふところを打寛《うちひろ》げて、自刃しようとする者もある。

「待てっ。お汝《こと》らは一人とて、勝手に死ぬことはゆるさぬ」

小三郎は叱咤《しった》して制した。

「何のために今日、小三郎一族どもが歓《よろこ》んで腹を切るかを思うてみい。その歓びを少しなりと大きくいたしてくれよ。叔父御の振舞《ふるまい》は、別所一族の名に、可惜《あたら》、一点の泥をなすったもの、もし天がこれを見れば天も誅《ちゅう》し、地これを知れば地も怒《いか》ろう。お汝《こと》らが手にかけたとはいえ、それは予に代ってなしたものだ。何で科《とが》といおう、罪と呼ぼう」

小三郎はいいつつ起ち上がって、広縁まで歩み出で、庭上いっぱいに平伏して別離を惜しんでいる将士へ向いしずかに頭《かしら》を下げた。

「共々、二年のあいだ、籠城中の皆のはたらきは、前代未聞《みもん》のことであった。草木の根を食い野鼠死馬の骨を舐《ねぶ》りおうて戦ったことも、今はなつかしくもあり、正しく武門のほまれといえるものぞ。ただこの城の主将として、その志に、何の報いもせで去る小三郎のふつつかはゆるしてくれ。われらの相果てた後は諸士相扶《あいたす》け、各〻将来を求め、かりそめにも叔父賀相《よしすけ》のような汚名をのこすなよ。……それと、今日のわれらの身をよい訓《おし》えとして、ひとたび誓《ちこ》うた節義を更《か》えるな。時勢《じせい》のゆくてを見誤るなよ。わしの滅亡は若年のためその先見がなかったに依《よ》るのだ。小三郎がよい鑑《かがみ》であるぞ」

いい終って座にもどるや否、彼はすぐ脇差《わきざし》を取上げてきれいに腹を切っていた。

妻、その子、弟の彦之助も、相次いで、紅《くれない》の中に伏した。一族の三宅肥前、老臣の後藤将監基国、小森与三左衛門なども尽《ことごと》く殉《じゅん》じた。

今はたゞ恨みもあらず諸人《もろびと》の命に代るわが身と思へば

は、小三郎長治《ながはる》の辞世《じせい》であった。また、まだうら若い彼の妻が詠《よ》み遺《のこ》した一首には、

もろともに消えはつるこそうれしけれおくれ先だつ習ひなる世を

こういうとき女性の覚悟が男子を凌《しの》ぐような例はままある。別所賀相《よしすけ》の妻もそうした潔さをこの時に示した一人だった。彼女は良人《おっと》の醜《みにく》い死際《しにぎわ》を知ってもみだれず騒がず、小三郎夫妻の死を見とどけてから、男女三人の幼な子を膝《ひざ》に寄せると、目をふさいで母の手で刃を加え、後、われとわが喉《のど》を突いて自害した。そしてその傍らに書き遺した短冊には、

のちの世の道もまよはじいとし子を我が身にそへて行くすゑの空

三

秀吉は即日、一書を封じて、早馬に託《たく》した。三木城陥落《かんらく》を、信長の許へ急報したものであることは言を俟《ま》たない。

さきには、荒木を征伐し、いままたこの戦果をうけ取ったので、安土は凱歌《がいか》に沸いた。

「信長記」にはその状況を記《しる》してこういっている。

別所三人ノ頸、安土へ進上、御敵タルモノハ、悉ク御存分ニ属シ、御威光ナカナカアゲテ数フベカラズ。併セテ筑前一身ノ覚悟ヲ以テ、大敵ヲカクノゴトク退治ナサレ候ノ事、武勇トイヒ、調略トイヒ、弓矢ノ面目之ニ過グベカラズ。

しかし、世人の眼は、信長のなした荒木村重の始末と、秀吉がなした三木城の結末とを、必ずしも、同じに視《み》ていなかった。

「信長公が自身攻めつぶして行かれた後は、草木も枯れてしまう酷《きび》しさだが、筑前守が攻め陥《おと》したあとには、何となく寒土から木や草の芽が萌《も》え出るようなものが残る。いったいこれは何の違いだろうか」

そのころから世人の気もちの中には、漠然《ばくぜん》とではあるが、こういう観察がどこかに根ざし始めていた。

――とはいえ、秀吉の地位は、柴田、丹羽、滝川などの諸将に比しては、なおまだ遥《はる》かに低かった。ただこの戦果を挙げて以来、

「筑前もさる者」

と、それらの重臣たちからも、いささか従来の眼をあらためられたことは確実である。尠《すく》なくも彼をさして猿々と呼ぶが如き者は、自分に恥じて、次第に減って来たことだけは明らかであった。

「――半兵衛重治に見せたかったよ」

三木城へ入城して、あちこち検分《けんぶん》した日、秀吉は沁々《しみじみ》いった。

官兵衛も、それを思い出していたところである。心のうちで、故人を偲《しの》び、今日の事を、その霊に告げていた。

「なるほど、この要害では、容易に陥《お》ちなかったわけだ。ここを自分の拠城《きょじょう》とさだめて、中国の経略に臨むもいいな」

「いや、いけません」

「いけないか」

「さればです。守るには、要害無双《ようがいむそう》といえましょう。しかし、交通の不便、四山の偏狭《へんきょう》、政治の地ではありますまい」

「もっともだ。その点、秀吉の住むには適さぬな」

「わが姫路こそ、殿のお城とするに足る条件をすべて備えておるといえましょう」

「しかし、彼処には、御辺の家族が住んでおるではないか」

「いや、お忘れですか。それがしが初めて岐阜へ参ったとき、姫路は中国攻略の足場として、いつでも献上いたす旨を、信長公の前でお約束いたしておいたことを」

「くれるというのか。うム……姫路か」

「海路の便もよし、うしろは書写山、増位山を負い、城下の河川、街道の往還《おうかん》、申し分はありません」

「官兵衛。お国自慢だの」

「いや、てまえが誇りたいのは、もっとべつなものにあります」

「何か？　それは」

「厳父。よい女房。忠義な家臣。それを一にした家風でござる。住居を移すといえども家風はなくなりませぬ。父宗円や妻子をおく所は、べつに小構え一ついただけばそれで結構にぞんじまする」

「もらおう。――では早速、お汝《こと》は姫路へもどって、曲輪《くるわ》など新たに普請《ふしん》してくれい」

「それまで、当所におられますか」

「荒壁なりと塗り上がったらすぐこの地から姫路へ移ろう。春三月にはできるだろうな。筑前は気がみじかい。急いでくれよ」

「では、早速、出立いたしまする」

数日の後、官兵衛は、姫路へ立った。従者十数名を連れ、道中は乗り更え馬と、例の陣輿《じんかご》との両方を携えていた。

久し振りの帰家である。さきに松千代は帰してあるが、彼としては、伊丹遭難後、初めてわが家へ帰るのだった。

馬に乗るにも、陣輿の上にいるときも、彼は膝《ひざ》の前に、ひとりの孤児を抱いていた。

少年はことし九歳《ここのつ》になった。

去年、三木落城のまえに、別所の老臣後藤将監基国から、一夜ひそかに、

（あなた以外に、この子の末をおたのみ申すお人はない。三木落城のときは、いずれは城とともに相果てる身、頑是《がんぜ》ないこの一子まであの世へつれてゆくに忍びぬので、煩悩とおわらいもあろうが、家臣の端へなと置かれて、どうか成人までお育《はぐく》みをねがいたい）

と、敵の将から託された一子なのである。

「又坊、何をぽかんとしているのだ。さびしいか」

「ううん」少年は首を振って——「何ともない」

と、ぶっきら棒な返辞をした。しかし大人の官兵衛には、子供のわりに至極無口なこの少年のひとみが淋《さび》しげに見えてならなかった。

「わしを父と思え。死んだ基国から、お前の父に成り代ってくれと頼まれたわしじゃ。父と思うておるか」

である。

「ううん」又坊は首を振った。

「思っておらんか」

「ええ」と、うなずいて、体をもじもじさせた。官兵衛の膝にいるのは窮屈らしいので

「姫路へゆけば、おまえの友達になれる者がいるぞ」

と、いったりしたが、又坊は楽しまなかった。それからやっと彼の心を察して、こんどは母里太兵衛や栗山善助の仲間にあずけ、列の中に加えて勝手に歩かせておくと、急に元気になり出して、見ちがえるほどはしゃいだり馬の尻尾《しっぽ》に悪戯《いたずら》をしたりし始めた。

「ははは。子供はやはり、陣興には飼えんなあ」

官兵衛もかえって明るい気持になった。この一孤児が、黒田という一家風のうちに育まれて、成人の後、後藤又兵衛基次と世に称《よ》ばれるような男になろうとは、このときまだその寸芽《すんが》の色すら誰の眼にも見えなかった。

草履《ぞうり》片方《かたほう》・下駄《げた》片方《かたほう》

一

前もって彼の帰国を知っていた――彼の妻、彼の子ら、彼の家臣たちは、みな姫山の門に並んで、彼を待っていた。

官兵衛の列が上って来た。その顔の見えるころから、子らは笑みかけ、妻は涙に迎え、家中の者の顔は感激に燃えた。

「帰ったぞ。みな迎えてくれたか――」

馬を止めると、官兵衛は馬上からそのまま、一同の上へ、いつに変らぬ快活な声を投げて、さて、ぎごちなく、片足で轡《くつわ》を踏まえながら、ひらりと地に降りた。

「や。あの片方の御足《みあし》は？」

家臣たちは目をみはった。留守の者の大半はまだ彼がこんな不具になったとは知らずにいたのだった。

やがて還《かえ》って来るものは、遺髪《いはつ》と爪だけかとまで、一ころは深く思いあきらめていた彼の妻には、大きく左の肩を落して、跛行《びっこ》をひきひき歩く良人《おっと》の姿も、よくぞご無事で――としか見えなかった。

「松千代。お側へ行って、お父上の杖《つえ》のかわりに、お手を取っておあげなさい」

妻は、自分が寄って行きたさを、子に託して、促した。

松千代は、駆け寄った。

「父上様。お手を」

すると官兵衛は、からから打ち笑って、その子や妻や、あたりの者たちを見廻《みまわ》して、

「よい、よい。それほどではないよ。まだこれでも、この先何十年も、千軍万馬のなかを駆けるつもりでおるのに、今から子に手をひかれるようではどうもなるまい。――こうしてヨチヨチ歩くと、恰好《かっこう》が悪かろうが、傍《はた》で見るほどのことはないのじゃ。大きく片方の肩を落して歩くほうが歩きよいので見得《みえ》を捨ててるのだから心配すな」

それからうしろの供人の群れを振り向いて、

「又坊はどうした。又坊、おらぬか」

と、さしまねいた。

「はいっ」――又坊は人々に促され、こう答えると、素ばしこく寄って来た。

官兵衛はその頭《つむり》へ片手を載せ松千代の頭へも片手を載せ、わが妻にむかっていった。

「この童《わっぱ》は、三木の陣中で拾った敵将の子じゃ。敵将とて卑怯者《ひきょうもの》の子ではない。よい血を享《う》けているものだ。末々、よいさむらいになるだろう。松千代の友だちにはちと頑是《がんぜ》

なさ過ぎるが、よう育ててやれよ」

そしてまた、館《たち》の内へ入るとすぐ、

「お父上は？」と、老父の状を問い、先ごろからご微恙《びよう》できのうまで打臥《うちふ》しておられたが、きょうは床を払って朝からお待ちになっていると聞くと、

「そうか、そうか」

と、旅装も解かず、官兵衛もまた急にせかせかして、老父宗円のいる本丸のほうへ歩いて行った。

二

姫路城の大改築は、官兵衛が帰ってからわずか数日後の、二月早々からもう着手され出した。

秀吉の方からも奉行《ぶぎょう》として、浅野弥兵衛を。また手助けとして、多数の人数をよこした。

元々、この姫山の城は、黒田宗円が住居として建て、その後、家運の興るとともに、郷党をあつめて一族の砦《とりで》としたものに過ぎないので、時代の築城学上から見ては、ほとんど、改築というよりは、全部、再構築を要するほどな価値しかない。

で、旧館はことごとく毀《こぼ》たれた。新しき石垣組の線は高く美しく築かれてゆき、天守《てんしゅ》

閣《かく》が建つ所の鑿《のみ》の音や手斧《ちょうな》のひびきは、摩天《まてん》の丸太足場に、時代の黎明《れいめい》の来るのを、この国にも告げている。

しかし、普請は普請、戦いは戦いで、こういう間にも、秀吉を中心とする、以後の中国攻略は、片刻《かたとき》も休んではいない。

二月、官兵衛は秀吉と諜《しめ》し合わせて、児島地方に使いし、岡山の浮田直家に会い、共に企策《きさく》して、毛利家との境に、幾つもの城塞《じょうさい》を築かせ、まず境を固めて、児島地方の一勢力高畑一族を味方に説き降《くだ》して帰った。

帰るやまた、普請を見、ふたたび出ては、秀吉の軍に従い、英賀城の三木通秋《みちあき》を攻め、長水山の宇野政頼を陥《おと》し、山崎城の宇野祐清をも討伐した。

六月、初めて、これらの掃討戦は一段落した。播州但馬《ばんしゅうたじま》の二国に亙《わた》って平定を見たのである。

姫路の城も、ほぼできた。秀吉は、三木城に、舎弟の羽柴秀長をのこし、そのほかの士馬全軍を移して、爾後《じご》、姫路の新城を根拠とすることになった。

この山の草分けである官兵衛の父宗円は、さすがに回顧のなつかしさ切なるものがあるらしい。彼は最後の最後まで、旧館の一棟に住んでいたが、いよいよ秀吉が移ることとなったので、官兵衛の妻子眷族《けんぞく》とともに、御着《ごちゃく》の城へ引っ越した。

この春以来、御着の城は空家になっていたのである。なぜならば、赤松氏以来、そこに住んでいた黒田家の主筋の人たる小寺政職《まさもと》やら老人たちは、あれほど官兵衛が、

（時代はかく成りますぞ）

と、あらゆる忠諫《ちゅうかん》と、身を以《もっ》て、この主家の動向を過《あやま》らすまいと努力したのにかかわらず、その官兵衛を荒木村重に売り、村重と呼応《こおう》して、再度、節義を変え、信長に反《そむ》き、あらゆる妄動《もうどう》と醜態を世に暴露《ばくろ》してしまった。

ところがたちまち、村重は滅ぼされ、恃《たの》む三木城も陥落し、俄然《がぜん》、足もとの危急に気がつき出している所へ、

（官兵衛が姫山へ帰って来た）

と、聞えたので、元より何らの実力も信念も持たない小寺政職以下、詐謀《さぼう》、日和見《ひよりみ》の偽装でこれまでようやく通って来た老臣たちも、すわと怖れをなし、あわれ主家は主家、彼らは彼ら、一夜のうちに御着を捨てて、みな思い思いの地方に逃亡してしまったものである。

「四散した旧主の城へ移り住むのも心苦しいが……」

と、宗円は好まぬふうだったが、官兵衛から、しばらくのご辛抱ですからと慰められて、ぜひなく、そこへ移って行った。

七月初旬。――秀吉は新城にくつろぐ遑《いとま》もなく、またすぐ軍をすすめて、因幡《いなば》、伯耆《ほうき》の国境に転戦した。飽くまでも積極的な秀吉の日々夜々であった。秀吉の遑《いとま》なき活動ぶりと頭脳とは、いつも月日の先を進軍していた。

この方面の事を了《お》えて、秀吉が姫路へ帰って来たときは、もう九月となっている。木

の香、丹青《たんせい》すべて新しき城に坐《ざ》して、秀吉は初めて、こういった。

「お汝《こと》の老父や妻子は今、どこに住居させておるのだ」

「御着をいただいたので、御着に移らせました」

「ああ、そうだったな。御着も古城でいと狭い小城と聞く。かようなよい地を去って気のどくだの」

秀吉は一通の感状に目録《もくろく》を添えて官兵衛に授けた。これは秀吉から信長へ要請《ようせい》してゆるしを仰いだものである。

播州において一万石の領地を与う。

という信長の墨付であった。目録には、揖保《いぼ》郡福井、岩見、伊勢村の内にて——と地行割も指定してある。

「過分にぞんじまする」

謙遜《けんそん》ではない。真実のよろこびだった。彼は初めて大名の列へ加えられたのである。

年十六歳から小寺家に仕え、初めの禄《ろく》は四十石だった。二十余歳となり、稀《まれ》な若家老として勤めてからも、その禄高は数百石を出ていなかったのである。かえりみれば爾来二十一年、その間の苦節苦衷《くちゅう》、死生の外の艱難《かんなん》悪闘はことばにも絶えている。五体のうちなお四肢の揃っているのは、ふしぎな程である。戦国の将士みな風雲に会して、顕《あら》わるる僥倖児《ぎょうこうじ》と後人に見られやすいが、この時代においてすら、人生、大名となるもまた難い哉《かな》であった。——とにかく官兵衛は正直によろこんだ。その目録感状を持って、老父のいる御着へ駆けて行ったであろうことは疑いない。彼もすでに三十余歳、陣中にあっては鬼謀《きぼう》の勇将と恐れられているが、家にあっては、まだ達者な親を持っている子どもであった。

三

その年の冬から翌年の正月にかけては、彼はまた、親のそばにも姫路にも侍《じ》していなかった。めずらしく私的な旅行をして歩いていた。

治内の視察か、敵状の検察《けんさつ》か。それのみではないらしい。彼はしきりと、

「旧主小寺政職《まさもと》どのには、今どこにおられるか」

を、あらゆる知縁をたどって、諸国に探しあるいていた。

御着を離散して後、小寺政職が備後に亡命したことだけは聞き得ていた。しかし漂泊《ひょうはく》して行く先々の人情はすでに政職の頼りに考えていた知己とは違っていた。そのうちに連れていた僅《わず》かな召使もみな離れ、鞆《とも》の津《つ》に病んで、間もなくそこで歿《ぼっ》したということが知れた。

「――それにしても、ご子息の氏職《うじもと》どのや奥方はまだおられるにちがいない」

官兵衛はいちど立ち帰って、秀吉の了解《りょうかい》を得、自身、鞆の津へ出向いた。

しかし鞆へ行っても、その居所はなかなか知れなかった。いかに零落《れいらく》しても、かつて

は一城の主、なお若党小者の三、四人はいる暮しと考えていたからである。——ところが、ようやく知れた住居へ行ってみると、ひどい路地裏の長屋住居で、変り果てた氏職が手内職をしているし、政職の夫人は、氏職の子を負うて、子の襁褓《むつき》を自ら濯《すす》いでいるという有様だった。

「——官兵衛か。お許《もと》に会わせる顔はない」

氏職も政職の夫人も、彼の突然な訪れに会うと、穴にも入りたいばかり詫《わ》びて泣いた。官兵衛も実に暗然とした。そして一歩踏み外《はず》したがさいご、人の姿も家門のかたちも、かくまで急に転落するものかと、社会の仮借《かしやく》なさに愕《おどろ》かれた。

「ともあれ、それがしと共に、ご帰国なされまし。決して決してご危害の及ぶようなご心配はありません」

家臣に命じて、一切を支度させ、旧主の夫人、遺子、その孫までを伴って、官兵衛は御着へ帰った。

そして秀吉を通じて信長へ、

「何とぞ、お怒りを解かれて、小寺家の跡目を、その遺子に相続なすべきことを、ご聴《ちよう》許《きよ》下しおかれますように」

と、再三願い出たが、どうしても信長の許すところとならなかった。秀吉もまた、このことだけは、余り熱心にならなかった。なぜならば、いまや随所に、大小の旧地方豪族を取潰《とりつぶ》している最中だった。殊に、小寺政職の一たんの離反は余りにも悪質であり、これに家名の再興をゆるしてはと、政治的にもおもしろからずと考えられたからである。

しかしなお旧恩を思う官兵衛は、氏職たちを離さなかった。わがうけた采邑《さいゆう》の一部を割いてこれを禄し、以後、黒田家の客分として、礼遇《れいぐう》も落とさず、その子孫を世々養ってゆくこと、官兵衛一代だけでなく、明治維新の時にまで及んでいる。

その年、彼は更にまた一万石を加えられ、山崎の一城をも附せられた。官兵衛はさっそく、老父の宗円をその方に住まわせた。宗円もよろこんで、これで初めて、余生の家を得た気がするといった。

同時に、このときを記念して、彼は、黒田家を象徴《しょうちょう》する軍旗と馬簾《ばれん》などを新たに制定した。旗幟《はたのぼり》の印には、永楽通宝《えいらくつうほう》を黒地に白く抜き出した。また従来の家紋は、橘《たちばな》であったが、それも更《か》えて、藤巴《ふじどもえ》とした。

山崎城内の神前で、軍旗祭の執り行われた日、秀吉はわざわざ出向いて来て、

「勇壮勇壮。官兵衛もまだ壮年、秀吉も壮年。やがてこの旗幟が、どれほど敵また敵の中を次々に分けて進むか、官兵衛一代にかけて見ものであろう」

と、祝辞をのべて、後、酒宴のとき、

「家紋は滅多《めった》に更えるものではないと申すが、何で藤巴にあらためたのか」

と、いぶかしげに訊《たず》ねた。

すると官兵衛は杯を下において、この夜初めて秀吉に伊丹城中一年の苦しみを述懐したとのことである。そして座にいあわせた母里太兵衛や、栗山善助などの家臣をもかえ

りみて、

「これらの者の忠節をわすれぬ為と、身にとっては、喉元《のどもと》すぎると熱さを忘れるの喩《たと》えもありますから心に驕《おご》りの生じたときは、すぐ伊丹の獄窓を思い出すように、と希《ねが》う心からでござります。――あのころ、日々、仰ぎ見ては、心に銘じた獄窓の藤花こそ、申さば官兵衛の生涯の師であり、家の吉祥《きっしょう》でもありますので」

と、答えたという。

もういちどここで彼の年齢を指折ってみよう。とき天正九年、彼は三十六歳であった。

註解

＊5 風化《ふうか》 風雨にさらされた岩石が、次第にくずれて変質していくこと。

＊5 御着《ごちやく》の城《しろ》 「村中に遺跡あり、村上源氏宇《う》野《の》家《け》の末葉《まつよう》にして、大永《たいえい》の頃（一五二一〜二八＝室町時代）姫路の城を守りし小寺加賀守則職の舎弟、同藤兵衛政職の居城なり」と古書にある。永正一六年、小寺政隆が築城し、天川城ともいった。姫路市御国野町御着に城址《じようし》がある。

＊11 向背《こうはい》 去就《きよしゆう》。そむくことと従うこと。進退。

＊13 武田勝頼《たけだかつより》 天文一五〜天正一〇（一五四六〜八二）。武田信玄の四男。母は諏訪《すわ》頼重の娘（諏訪御寮人《ごりようにん》）。信玄の病死後家督を継ぎ、美濃を侵し、三河・遠江に進出したが、長篠戦で織田・徳川連合軍に大敗、家臣団の分裂、一族の離反、特に穴山信君の反逆で、天正一〇年三月、天目山で一族とともに自害。いわゆる「武田三代」は滅亡した。

＊20 洒然《しやぜん》 けがれやこだわりがなく、さっぱりしているさま。

＊25 抱懐《ほうかい》 考え。心に思うこと。

＊25 紛論《ふんろん》 もつれた議論。紛議。

＊26 衆愚《しゆうぐ》 多くのおろか者。「衆愚政治」などという。

＊31 住持《じゆうじ》 寺のあるじの僧。住職。

＊33 母里太兵衛《もりたへえ》　生没年不詳。但馬守母里友信のこと。黒田孝高（官兵衛）・長政の臣で、朝鮮派兵のときは長政に従って忠正道稷山の戦に加わった。ご存じ、酒は呑《の》め呑めのむならば……の「黒田節」のモデル。

＊37 兵燹《へいせん》　戦争による火災。戦火。兵火。燹は野火の意味。

＊38 野衲《やのう》　自称。僧が自分をへりくだっていう語。拙僧。

＊38 畷《なわて》　まっすぐな長い道。あぜ道。たんぼ道。

＊40 姫山《ひめやま》　古くは日女道《ひめじ》ヶ丘《おか》といい、姫路山を経て姫山となった。姫路市の市街地の中心部にある山で、山上に姫路城がある。この場合は姫路城のこと。

＊43 国中《こくちゅう》　一国の領域。国の内。国内。こくじゅう。くにじゅうとも。

＊47 鼎《かなえ》の沸《わ》くような　鼎の中の湯がわきかえるように、多くの人がさわぎ立てて混乱するさま。蜂の巣をつついたような。

＊65 荒木村重《あらきむらしげ》　天文四～天正一四（一五三五～八六）。摂津守。伊丹（有岡）城主。天正元年（一五七三）茨木城主となり、信長に属したが、同六年、本願寺光佐・毛利氏と通じて信長に背いた。以後の事歴については本文を参照せられたい。

＊荒木村重については、黒部亨著「荒木村重―惜命記―」（88年11月）、遠藤周作著「反逆」上下（89年7月）の二冊が講談社から刊行されている。

＊69 倨傲《きょごう》　おごりたかぶること。ごうまん。

＊70 三顧《さんこ》の礼《れい》　蜀漢の劉備が、まだ即位する前に、諸葛孔明を三度《みたび》その庵《いおり》に訪ねてやっと面会し、天下をとる策を問うた故事から、君主などから特別の信任、優遇をうける意

に用いられる。「劉備が三顧のこよなき知遇」という。

＊78 横道《よこみち》ばなし　本筋からはずれた話。「話が横道にそれる」という。

＊81 別所長治《べっしょながはる》　永禄一〜天正八（一五五八〜八〇）。播磨・美嚢郡《みなぎぐん》三木城主。初め信長に与《くみ》していたが、天正六年（一五七八）秀吉の中国攻めに抗戦し三木城は包囲された。持久戦二年、八年正月、城兵の助命を条件に開城して自害。没年は二十三、二十七の両説がある。

　＊元・広島カープの小早川毅彦《たけひこ》氏が、小早川隆景の末裔《まつえい》といわれているが、往年の三百勝投手・別所毅彦氏もまた、この別所一族の流れといわれている。

＊107 朱印《しゅいん》　武家時代、命令・公認の証拠におした朱肉の印。また、その文書。

＊112 己《おの》れを知る者《もの》のために死《し》す　「士は――」とつづき、男子は自分の真価を知って待遇してくれる人のためには身命をなげうって尽くす。

＊120 款《かん》を通《つう》じ　敵とひそかに仲よくし。

＊125 画餅《がべい》　「絵にかいた餅《もち》」から、役に立たないもの。むだぼねおり。がへいとも。「画餅に帰す」などという。

＊136 鹿柴《ろくさい》　敵の侵入を防ぐため、鹿の角《つの》のような木の枝でつくった障害物。逆茂木《さかもぎ》。

＊146 逆睹《ぎゃくと》　あらかじめ見とおしをつけること。予想。「形勢は逆睹し難い」などという。

＊157 予察《よさつ》　前もって察し知ること。

＊162 石尊様《せきそんさま》へ詣《まい》ります　神奈川県の大山寺（阿夫利神社）に参詣《さんけい》すること。石尊参りともいう。

＊176　衒気《げんき》　てらう気持ち。見せびらかす心。

＊197　連判《れんぱん》　連名で印判をおすこと。れんばんとも。

＊201　愁心《しゅうしん》　つらくてなやましい心。悲しい気持ち。

＊203　心火《しんか》　はげしい怒り。しっとなどの感情。

＊203　処士《しょし》　民間にいて、官に任《つか》えない人。

＊268　一縷《いちる》の望《のぞ》み　かすかな希望。ごくわずかな見込み。

＊272　龍女《りゅうじょ》　龍宮にいる龍王のむすめ。おとひめ。賢い女。

本書は一九八九年十一月、講談社吉川英治歴史時代文庫より刊行されました。

本文は、明らかな誤字脱字以外は底本ママとしております。

なお、本文中には、生まれや職業、国籍、障害者を差別する語句や表現があります。これらは現代の人権擁護の見地からいずれも使うべきではない言葉です。

しかしながら、人権意識の低い時代に発表された作品であること、物語の舞台となっている時代的背景、並びに、著者がすでに亡くなっておりみだりに表現を改編すべきではないことなどを熟慮し、ほとんど原文のままとしています。

本書の出版が差別や侮辱の助長を意図したものではないことをご理解ください。


（編集部）

黒田如水《くろだじょすい》

吉川英治《よしかわえいじ》

平成25年 7月25日　初版発行
令和7年 3月15日　12版発行

発行者●山下直久

発行●株式会社KADOKAWA
〒102-8177　東京都千代田区富士見2-13-3
電話　0570-002-301（ナビダイヤル）

角川文庫 18063

印刷所●株式会社KADOKAWA
製本所●株式会社KADOKAWA

表紙画●和田三造

●お問い合わせ
https://www.kadokawa.co.jp/（「お問い合わせ」へお進みください）
※内容によっては、お答えできない場合があります。
※サポートは日本国内のみとさせていただきます。
※Japanese text only

Printed in Japan
ISBN978-4-04-100950-5　C0193

◆◇◇

角川文庫発刊に際して

角川源義

第二次世界大戦の敗北は、軍事力の敗北であった以上に、私たちの若い文化力の敗退であった。私たちの文化が戦争に対して如何に無力であり、単なるあだ花に過ぎなかったかを、私たちは身を以て体験し痛感した。西洋近代文化の摂取にとって、明治以後八十年の歳月は決して短かすぎたとは言えない。にもかかわらず、近代文化の伝統を確立し、自由な批判と柔軟な良識に富む文化層として自らを形成することに私たちは失敗して来た。そしてこれは、各層への文化の普及滲透を任務とする出版人の責任でもあった。

一九四五年以来、私たちは再び振出しに戻り、第一歩から踏み出すことを余儀なくされた。これは大きな不幸ではあるが、反面、これまでの混沌・未熟・歪曲の中にあった我が国の文化に秩序と確たる基礎を齎らすためには絶好の機会でもある。角川書店は、このような祖国の文化的危機にあたり、微力をも顧みず再建の礎石たるべき抱負と決意とをもって出発したが、ここに創立以来の念願を果すべく角川文庫を発刊する。これまで刊行されたあらゆる全集叢書文庫類の長所と短所とを検討し、古今東西の不朽の典籍を、良心的編集のもとに、廉価に、そして書架にふさわしい美本として、多くのひとびとに提供しようとする。しかし私たちは徒らに百科全書的な知識のジレッタントを作ることを目的とせず、あくまで祖国の文化に秩序と再建への道を示し、この文庫を角川書店の栄ある事業として、今後永久に継続発展せしめ、学芸と教養との殿堂として大成せんことを期したい。多くの読書子の愛情ある忠言と支持とによって、この希望と抱負とを完遂せしめられんことを願う。

一九四九年五月三日

角川文庫ベストセラー

人斬り半次郎（幕末編）　池波正太郎

人斬り半次郎（賊将編）　池波正太郎

堀部安兵衛（上）（下）　池波正太郎

近藤勇白書　池波正太郎

仇討ち　池波正太郎

姓は中村、鹿児島城下の藩士に〈唐芋〉とさげすまれる貧乏郷士の出ながら剣は示現流の名手、精気溢れる美丈夫で、性剛直。西郷隆盛に見込まれ、国事に奔走するが……。

中村半次郎、改名して桐野利秋。日本初代の陸軍大将として得意の日々を送るが、征韓論をめぐって新政府は二つに分かれ、西郷は鹿児島に下った。その後を追う桐野。刻々と迫る西南戦争の危機……。

十四歳の中山安兵衛は、路上であった山伏に「剣の道に進めば短命」と宣告される。果たして、父の無念の切腹という凶事にみまわれ、安兵衛の運命は大きく変わってゆくが……。

池田屋事件をはじめ、油小路の死闘、鳥羽伏見の戦いなど、「誠」の旗の下に結集した幕末新選組の活躍の跡を克明にたどりながら、局長近藤勇の熱血と豊かな人間味を描く痛快小説。

夏目半介は四十八歳になっていた。父の仇笠原孫七郎を追って三十年。今は娼家のお君に溺れる日々……仇討ちの非人間性とそれに翻弄される人間の運命を鮮やかに浮き彫りにする。

角川文庫ベストセラー

天下騒乱 (上)(下) 鍵屋ノ辻　池宮彰一郎

群雄割拠の戦国時代を制した家康が、ついに没した。外様大名と旗本の抗争が激化し、ふたたび戦乱の気配が……家康の遺命により幕権を委ねられた宰相土井利勝は、戦国の世と訣別すべく、あえて「悪」を行う。

忠臣蔵夜咄　池宮彰一郎

刃傷が起きたのは松ノ廊下ではなかった？「南部坂雪の別れ」は後世の創作だった？『四十七人の刺客』で新たな忠臣蔵像を打ち出した著者が忠臣蔵の意外な実像に迫るエッセイ&対談。

舞首 流想十郎蝴蝶剣　鳥羽亮

大川端で辻斬りがあった。首が刎ねられ、血を撒き散らしながら舞うようにして殺されたという。惨たらしい殺し方は手練の仕業に違いない。その剣法に興味を覚えた想十郎は事件に関わることに。シリーズ第3弾。

恋蛍 流想十郎蝴蝶剣　鳥羽亮

人違いから、女剣士・ふさに立ち合いを挑まれた流想十郎は、逆に武士団の襲撃からふさを救うことになり、出羽・倉田藩の藩内抗争に巻き込まれる。恐るべき殺人剣が想十郎に迫る！　書き下ろしシリーズ第4弾。

愛姫受難 流想十郎蝴蝶剣　鳥羽亮

目付の家臣が斬殺され、流想十郎は下手人の始末を依頼される。幕閣の要職にある牧田家の姫君の輿入れを妨害する動きとの関連があることを摑んだ想十郎は、居合集団・千島一党との闘いに挑む。シリーズ第5弾。